"인류 최초의 문명국가가
동북아에 있었다"

소설 환단고기

❶ 역사의 은자들

초판 1쇄 발행일 2021년 5월 21일
초판 2쇄 발행일 2021년 12월 10일

저     자 | 신 광 철
펴 낸 이 | 김 희 경
손 글 씨 | 신 정 균
디 자 인 | 권 민 철

펴 낸 곳 | 느티나무가 있는 풍경 / www.느퐁.com
주     소 | 경기도 남양주시 가운로4길6-8 302호 (다산동)
대표전화 | 031-555-6405 / 010-5705-6405
팩     스 | 031-567-6405
이 메 일 | 88bung@hanmail.net
출판등록 | 제399-2020-000042

ISBN 979-11-971341-4-2
ISBN 979-11-971341-3-5 (세트)

동북아에 대륙을 지배한
최초의 문화강국이 있었다

作家의 말

## 한국정신의 원형, 배달겨레

한국인을 만나려면 만나야 할 책이 있다. 환단고기桓檀古記다. 역사서의 어디에도 없는 한국인의 근원을 밝혀주는 책이다. 자신이 살고 있는 나라 이름의 의미를 모르는 사람들이 있다. 한국인이다. 자신이 태어난 나라 이름의 의미를 가르쳐주지 않는 나라가 있다. 한국이다.

우리나라 이름은 '한韓'이다. 한韓의 뜻을 모른다. 배달의 후손이라고 하면서 배달의 의미를 모른다. 짜장면 배달을 빨리 잘 해서 배달의 후손인 줄 착각할 수도 있다. 얼마 전까지만 해도 한국인은 모두 흰옷을 입었다. 우리가 왜 흰옷을 입었는지를 모른다. 이것이 한국인이 가진 한국역사와 한국문화를 아는 현주소다. 내가 나를 모르고, 내 나라에 대한 역사와 정체성이 없는 것이 한국인이다.

한국인의 원형을 만날 수 있는 책이 필요했다. 한국정신의 원형, 한국문화의 원형, 한국인의 정체성의 근원을 찾아가고자 하는 노력이 필요했다. 찾아가는 길은 멀고, 암호 같았다. 한국인의 모습을 찾아가는 길은 쉽지 않았다.

고조선의 흔적은 너무나 많은 곳에 흔적들이 있었다. 단국檀國도 마찬가지였다. 고조선이 역사라는 것은 조금만 파고 들어도 바로 드러났다. 중화문명이 우리 동이족東夷族, 다시 말하면 배달족의 영향으로 시작했다는 것도 곳곳에 있었다. 자료가 넘쳐났다. 조금만 관심을 가지면 확인할 수 있었다.

인류 최초의 나라는 중앙아시아에 있었다. 그것을 환국桓國이라 한다. 우리말로 환하다는 말을 그대로 적었다. 환국에서 문명개척단으로 3천 명의 무리를 이끌고 동방으로 진출했다. 환국에 있었던 당대 최고의 전문가 집단이었다. 나라를 경영하고, 우주의 정신을 깨친 사상가들과 기술자 집단이었다. 이들이 세운 나라가 단국檀國이다. 단국이 바로 우리가 배달의 후손이라고 하는 배달국이다. 배달겨레의 나라가 단국이다. 배달국을 중화 쪽에서 동이東夷라고 했다. 동이를 일러 고대 중국에서는 존엄의 의미로 썼다. 지금 우리가 알고 있는 오랑캐라는 뜻이 아니었다. 세상 어느 나라에 자신을 오랑캐라고 하는 나라가 있는가. 그것이 지금 한국 역사의식의 현주소다.

고대에 동이東夷를 사마천이 쓴 《사기》에는 '동이저야東夷柢也, 동이는 뿌리'라고 했다. 《논어》에서는 동이를 군자불사지국君子不死之國, 군자가 죽지 않는 나라라고 했다. 공자가 직접 한 말이다. 중국 최초의 한자사전인 《설문해자說文解字》에는 동이를 일러 종대從大하고, 대인大人이라고 했다. 큰 뜻을 따르는 큰 사람이라는 뜻이다. 다시 정리하면 고대 중국에서는 동쪽에 위대한 국가나 민족이 있었다는 것을 증언하고 있다. 그 나라가 바로 우리의 배달국이고, 고조선이다.

## 세계최초, 최고의 문명을 생산한 동이

우리 민족이 창조한 문명은 신비롭고 경이롭다. 1부터 10이라는 수, 불과 81자로 우주의 원리를 설명한 천부경이 있다. 고대에는 하늘을 읽는 천문에 밝았다. 현재 기술로는 이해가 안 되는 놀라운 기술력을 가져야 만들 수 있는 다뉴세문경多鈕細文鏡이 발견되고 있다. 한국의 역사학자들은 입을 다문다. 역사를 팔아먹은 사람들이 일제강점기 이래 지금까지 한국의 역사학계를 그대로 장악하고 있다.

모든 역사는 왜곡된다. 자신의 일기를 쓰면서도 자신의 치명적인 약점은 적지 않는다. 국가에 있어서는 더욱 왜곡의 유혹이 강렬하다. 역사왜곡은 현재도 진행되고 있다. 같은 사건에 대해 쓰면서도 다른 시각으로 적는 신문 기사와 같다. 대부분의 역사왜곡은 자국에 유리하게 만들기 위해서 왜곡시킨다. 우리의 경우는 반대다. 우리에게 불리하게 왜곡된 역사를 가진 세계 유일의 국가일 수도 있다. 일제강점기 이후 지금까지 한국 사학계를 장악한 역사학 집단의 영향권에 있어서다. 위대한 우리의 역사를 자긍하고, 발굴해서 민족적 단합과 미래를 열어가는 힘으로 작용시켜야 할 역사학자들이 역사를 모독하고 국민의 꿈을 빼앗고 있다.

우리는 태양족이다. 나라 이름에서도 그대로 나타난다. 고대국가인 환국 단국 한국의 환단한桓檀韓에 모두 해日가 한 가운데 들어있다. 우리가 고대에 숭상했던 삼족오三足烏가 있다. 삼족오는 태양과 인간을 연결해주는 영혼의 새다. 삼족오가 다시 태어나고 있다. 숨겨도 결국은 드러날 것이다. 어느 날 치우천황이 붉은 악마로 조국을 찾아왔다. 놀랍다. 그리고 고맙다. 고수레의 유래와 댕기머리, 색동저고리의 유래를 알 수 있는 계기가 될 것이다. 잃어버린 문화와 잃어버린 웅혼한 역사의 한 부분을 만나게 될 것이다. 《소설 환단고기桓檀古記》를 오랫동안 준비했다. 연작으로 이어진다. 일단 2권이 출간되고 이어서 3, 4, 5권을 이어서 출간할 예정이다.

감히 말한다. 인류문명의 출발이 동방에서 시작되었다는 것을. 《소설 환단고기》에서 인류의 원형문화를 만날 수 있고, 근원적인 인류의 정신세계를 연 곳이 동방임을 깨우칠 수 있다. 《소설 환단고기》는 환단고기를 엮은 계연수 선생을 주인공으로 하고, 엮는데 도움을 준 독립군 대장 홍범도와 계연수의 스승이었던 이기 등이 등장한다. 후일 환단고기를 세상에 펴낸 이유립의 아버지인 이관집도 등장한다.

내 조국, 대한민국의 근원을 알고 싶은 사람에게 일독을 권한다. 한민족의 피를 가진 것이 자랑스러운 사람에게 일독을 권한다.

# 목차

## 소설환단고기 1권. 역사의 은자隱者들

# 역사의 은자隱者들

# 1. 역사를 공부하는 약초꾼과 호랑이를 사냥하는 호랑이 사냥꾼이 만나다

**한** 사내가 산을 오르고 있었다. 그러다가 다시 산을 내려갔다. 마른 체구에 퀭한 눈 그리고 몸은 날렵했으나 생각이 깊은 얼굴. 눈매 또한 차가울 만큼 날카로웠다. 고독의 7부 능선을 넘고 있는 늑대의 눈처럼 깊었다. 늑대의 눈을 따라 들어가면 더욱 고독이 깊었다. 열흘이 넘게 산을 뒤지고 있었다. 생계를 위해 약초를 캐는 일을 하고 있었다. 약초에 훤한 능력을 가지고 있었지만 사내의 관심은 약초보다 역사였다. 잃어버린 왕국을 혼자의 몸으로 지켜내야 하고, 찾아내야 한다는 사명감을 가지고 있었다.

개인의 힘으로 어림없는 일이지만 그럼에도 해야 할 일이라고 사명감을 가진 사내였다. 자신이 역사란 짐을 온몸으로 짊어진 존재라는 하중감에 무거웠다. 사내는 자신의 맡은 책무가 사명이라고 생각하고 있었다. 조선인이라는 사람 앞에, 조선족이라는 종족 앞에, 조선이라는 나라 앞에서 역사의 광명을 찾아내고, 알리려는 사내였다. 약초를 캐는 역사가였다. 자신은 조선을 짊어진 역사의 한 증인이라고 굳게 믿고 있었다.

또 한 사내가 산을 뒤지고 있었다. 역시 날카로운 눈과 묵직한 당당함 그리고 흐트러짐 없는 산 같은 무게를 가진 사내였다. 호랑이를 잡는 사냥꾼이었다. 사냥이 직업이었다. 생명을 가진 존재로 생명을 사냥하는 거친 사내였다. 세상과의 적대를 가슴 안에서 반란처럼 키우고 있었다. 사냥꾼 중의 사냥꾼이었고, 조선에서 사냥꾼으로 이름난 인물이었다. 세상의 변방에서 누구의 도움 하나 없이 독존하며 살고 있었다. 운명이 사내를 단련시켰고, 세상이 사내를 버려서 다시 한 번 강인해졌다. 사내의 출생지는 평양 서문 안에 있는 문열사 부근이었다. 사내의 아버지 홍윤식은 가난하기 짝이 없는 농민이었다. 사내의 아버지 홍윤식의 증조부는 평안도 용강군 화장동에 살았다. 사내의 이름 앞에 붙어있는 홍씨인 것만으로도 조심스러운 성씨였다. 조선을 역모한 죄로 손꼽히는 홍경래의 난과 관계가 깊은 집안이었다. 조선팔도를 뒤집으려는 홍경래난을 주도적으로 이끈 홍경래와 가까운 일가붙이였다. 역적의 무리로 몰려 숨어 살아야 했다.

약초꾼과 사냥꾼은 한 산에 있었다. 백운산이었다. 산은 커서 두 사람을 품고도 남았지만 서로는 서로에게 지대한 영향을 미칠 운명적인 만남을 가질 것이라는 사실을 전혀 모르고 있었다. 각자의 일에 몰입하고 있었다. 전혀 다른 집안이었고, 인과로 묶일 것 같지 않은 두 사람이었다. 두 사람은 다른 일로 산에 들었지만 두 사람의 거리는 점점 좁혀지고 있었다. 하지만 그들은 몰랐다.

약초꾼은 예리한 눈으로 풀과 나무들을 살폈다. 그리고는 약초를 찾아냈다. 이미 달인의 경지에 있었다. 약초를 캐면서도 사내는 역사가 자신의 본분이라고 생각하고 있었다. 역사는 집안의 짐이었고, 개인의 짐이었다. 개인으로서 역사를 지켜 내야한다는 생각 자체가 힘들었지만 무거운 현실을 거스를 수 없는 것임을 사내는 자각하고 있었다.

또 한 사내, 사냥꾼은 소리를 죽이고 발자국과 나뭇잎에 스치는 동물의 소리에 촉각을 곤두세우고 있었다. 반골 집안의 자식이었다. 관리들이 백성들의 재산을 빼앗고 못살게 굴자 홍경래는 조선으로부터 버림받은 부락민들과 함께 들고 일어났다. 산마을, 들마을, 강마을 사람들이 순식간에 동참했다. 참았던 백성들의 울분을 몸으로 일어서서 횃불을 들었다. 홍경래는 광산 노동자, 가난한 농부, 집과 재산을 잃고 떠돌던 백성들과 함께 반란을 일으켰다. 산에서 사냥을 하고 있는 사내는 썩은 나라를 뒤집어서 백성의 나라가 되어야 한다며 난을 일으킨 홍경래 집안의 자식이었다. 사내의 선조는 홍경래의 거사가 실패한 뒤 평양으로 도망쳐 와 살았다. 사내의 아버지는 어린 나이에 남의 집 머슴살이를 했고 사내의 어머니는 고아로 외가에서 자라다가 혼인을 했다.

사내의 운명은 단애절벽에 피어난 가을 국화 같았다. 조선을 뒤집어보려는, 세상을 바꾸어보려는 홍경래와 친족이라는 역사의 굴레는 갓 태어난 아이의 운명에도 뒤집어 씌워졌다. 산이 두 사내를 받아들인 것은 이유가 있었다. 전혀 다른 두 사내를 받아들이고는 숨죽이고 바라보고 있었다. 세상에 일어날 일은 결국 일어나고, 만날 사람은 결국 만난다는 선인들의 말이 실현되려는 순간이었다. 젊은 약초꾼은 첨예한 역사의식과 사명의식을 가지고 있었지만 낙천을 들여놓은 넉넉한 사내였다. 콧노래를 부르며 여유있게 잡풀들을 헤치며 능선을 오르고 있었다.

또 한 사내, 사냥꾼은 산을 오르다 귀에 스치는 움직임 소리를 직감했다. 약초꾼은 막 능선으로 접어들며 오르고, 사냥꾼은 반사적으로 몸을 숨기고 소리 나는 방향으로 총을 세웠다. 총구가 바스락 소리가 나는 방향으로 겨눠졌다. 순간 긴장감이 팽배했다. 동물의 움직임 소리가 틀림없었다. 긴장하고 방아쇠에 손을 넣고 기다리는 순간, 바스락거리는 소리와 함께 한 사내가 나타났다. 잔뜩 긴장한 모습으로 총구 방향을 응시하던 사냥꾼은 순간 웃었다. 약초꾼은 자신을 겨누고 있는 총구에 놀라면서 멈칫하다 따라 웃었다. 첫 만남은 웃음이었다. 시대의 질곡과 역사의 비극을 끌어안은 두 사내의 만남은 극적이었지만 싱거운 웃음으로 만났다.

-살려줘서 고맙소.

약초꾼이 싱거운 웃음을 얼굴 가득 담고서 농담처럼 말했다.

-산중에서 반갑소.

사냥꾼의 목소리는 굵고 나직했다.

-이도 인연이니 통성명이나 하고 지냅시다.

약초꾼이 먼저 손을 내밀며 사냥꾼에게 다가갔다.

-나는 선천의 약초꾼 계연수라고 하오. 호는 운초雲樵요.

-나는 평양의 산꾼 홍범도요. 호는 백암白岩이요.

계연수와 홍범도는 깊은 산속에서 사람을 만나는 것이 얼마나 두렵고, 또한 반가운 것인가를 아는 사람들이었다. 산 속에서 며칠씩 있다 보면 사람이 그립기도 하지만 처음 만날 때 사람이 두렵기도 했다. 정체를 알 수 없는 사람이기 때문이었다. 하지만 서로의 존재를 확인하는 순간 급속하게 가까워졌다. 동료 의식도 생겼다. 범이나 늑대도 두렵지만 사람이 더 두려울 때가 있었다. 약초를 캐는 약초꾼과 사냥을 하는 산꾼과의 만남은 그리 특별한 일은 아니었다. 산 속에서 사는 사람들이라 드물지만 만날 수 있는 사이였다. 만날 때 첫 인상이 좋은 사람이 있었다. 두 사람은 서로에게 호감을 가졌다. 두 사람의 만남은 우연 같았지만 홍범도는 후일 대한독립군의 총사령군이 된 인물이었다. 봉오동 전투에서 독립군 최대의 승전을 기록한 인물이었다.

-수확이 있습니까?

-빈 손이요.

-나도 그리 수확이 좋지는 않습니다.

두 사람은 요기를 때우려 가져 온 것을 꺼냈다. 먹을 것이래야 주먹밥에 된장과 장아찌가 전부였다. 조촐한 식사를 마치고 능선에 앉아 아래를 내려다보면서 이야기를 나누었다. 산벚꽃이 흐드러지게 피는 산 능선에서 바람이 향기를 품고 불어왔다. 두 사람은 봄 속에 있었다.

-홍 대장 집안입니까?

평안도를 불 질렀던 인물인 홍경래를 이르는 말이었다.

-그렇소.

홍경래는 금기어였다. 역적이기도 했고, 집안이 거의 멸족되어 씨를 말린 터라 평안도 일대에서는 남은 사람도 적었다. 홍씨 집안 사람들이 더 홍경래에 대한 이야기를 하지 않았다. 숨어사는 신세로 몰락했다. 하지만 계연수의 말에 홍범도는 경계하는 모습을 보이지 않았다.

-우리 평안도에서는 난세의 영웅이었지요. 적어도 내가 전해들은 이야기로는 그랬소.

-성공 못 하면 반란이지요. 역적이고요.

-그래도 백성들은 소리쳐봤다고 합니다. 세상을 향해 울부짖어봤다고 합니다. 그것만으로도 평안도 백성들은 고마워하고 있습니다.

계연수가 난세의 영웅이라 이야기하자 성공 못 하면 반란이라며 홍범도가 답했다. 사실이었다. 난세의 영웅이기도 했고, 역적이기도 했다.

하지만 천대와 무시 그리고 가난으로 죽어가던 사람들을 끌어안은 인물이었다. 약자들을 뭉치게 한 인물이 홍경래였다.

홍범도는 자신의 인생을 떠올렸다.

-저는 그분, 홍경래 할아버지로 인해서 인생이 어려워졌지요.

홍범도는 자신의 삶을 돌아보았다. 누구도 따라오기 어려운 삶을 살아왔다. 홍범도는 음력으로 1868년 8월 27일 태어났다. 일개 민초의 태어난 날이 중요할 리 없었다. 그렇더라도 한 생명이었다. 평양시 서문 안 문렬사 부근에서 가난한 농사꾼의 맏아들로 태어났다. 홍범도의 고조부는 평안도 용강군 화장골에서 살았다. 순조 때 농민의 난을 일으킨 홍경래와 가까운 친척이었다. 홍범도의 고조부는 홍경래 난이 실패로 돌아간 후, 일가친척이 화를 입게 되자 가족을 이끌고 평양으로 와서 장사를 하며 살았다. 사람이 많은 곳이 오히려 숨기에 적당했다. 아무 것도 할 수 있는 것이 없었다. 이름을 어디서 내놓을 수 없는 신세였다. 홍범도 아버지 홍윤식은 할아버지 생전에 남긴 빚 때문에 머슴살이를 했다. 홍범도 어머니는 어려서 부모를 여의고, 외가에서 자랐다. 홍범도의 어머니는 인물이 남달리 뛰어나 관기官妓로 뽑혀갈 처지였다. 집안에서 관기로 가는 것을 용납할 수가 없었다. 외가 어른들이 서둘러 홍윤식과 혼인시켰다.

홍범도의 어머니는 사내를 낳을 때 이미 영양실조 상태였다. 홍범도가 태어날 때 영양실조에 걸린 사내의 어머니는 산고로 죽었다. 홍범도의 아버지는 심봉사처럼 어린애를 안고 집집을 다니면서 동네 여인들의 젖을 먹여 키웠다.

가난한 부부는 생계에 어려움이 많았다. 결혼하고 이듬해에 아들을 얻었다. 홍범도였다. 기쁨도 잠시 뿐이었다. 임신 기간에 먹을 것이 없어 굶었던 산모는 해산한 뒤 하혈이 심했다. 가난으로 의원도 불러보지 못하고 병석에서 세상을 떴다. 누운 뒤 이레 만이었다. 홍범도는 태어나자마자 어머니를 잃었다. 홍범도는 그렇게 자랐다. 홍범도가 아홉 살 되던 해 열병으로 아버지마저 세상을 떴다. 인생은 끝을 모르고 고난에서 고난으로 이어졌다. 일찍 부모를 여읜 홍범도는 머슴살이를 했다. 그리고 병정, 막일꾼 등 닥치는 대로 했다. 부모를 잃은 아홉 살짜리 아이가 살아갈 길은 막막했다. 사내는 달의 고독을 배운 늑대의 울음처럼 슬펐다. 화려하게 피어나는 유채색의 꽃이 달밤에는 무채색으로 변하듯 세상의 것들이 사내에게로 가면 낮달의 스산함을 가진 늑대의 울음처럼 안타까웠다.

-무슨 생각을 그리 골똘하게 하십니까?

멍하니 먼 곳을 바라보고 있는 홍범도를 향해 계연수가 말했다.

-처연하기만 한 내 인생이 떠올라서 잠시 생각에 잠겼지요.

-혼자만 떠올리지 말고 속에 있는 이야기를 들어볼 수 있는 기회를 만들어 보시지요.

-그것도 괜찮은 일인 듯합니다.

홍범도는 머릿속에 떠올랐던 기억들을 풀어내기 시작했다.

-아홉 살 어린 나이에 마을을 떠나 저잣거리를 떠돌다 제법 나이가 들어 공장에 들어갔지요. 세상은 약자를 더 이용해 먹는 것이 흔한 일입니다. 공장에 들어갔으나 품삯을 주지 않는 겁니다.

-악덕 주인이군요.

-그렇지요. 이달에는 주겠지, 담달에는 주려나 한 것이 일곱 달이 되었는데도 품삯을 주지 않아 어렵게 주인에게 이야기했습니다.

-도리어 밥값 내라고 하던가요?

계연수가 던지듯 한 말에 홍범도는 크게 웃으며 다음 말을 이었다.

-햐. 점쟁이가 여기 계셨군요. 도리어 먹고 입고 잠 잔 값을 받아야겠다는 겁니다.

-적반하장이었군요. 기가 막혔겠습니다.

-공장은 막일을 하는 곳인데 일로 부려놓고는 도리어 돈을 내라고 하니 너무나 기가 막혀서 공장주를 냅다 바닥에 내리꽂고서는 그 길로 금강산으로 들어갔습니다.

-아니. 도망가는 사람이 천하제일의 풍경을 가졌다는 금강산으로 가는 호사는 무엇입니까?

-그렇게 볼 수도 있군요. 실제로는 그렇지 않아요. 가다보니 금강산이었을 뿐이지요. 외금강 신계사 주지 스님 앞에서 머리를 깎고 중이 되었지요.

-대단한 역전입니다.

-그렇지요.

홍범도는 계연수의 대단한 역전이란 말에 힘을 얻었다. 목소리에 힘이 들어가며 이야기하기 시작했다.

-저는 평생을 절간에서 보낼 사내가 아닙니다. 무료하고 견디기 힘든 생활이었습니다.

-내가 봐도 정좌하고 앉아서 수도생활을 하기에는 성격이 괄괄합니다.

-잘 보셨습니다.

-한 해 남짓 수도 생활을 청산하고 하산했습니다.

홍범도는 다시 생각에 잠겼다. 지난 생각을 하니 다시 가슴이 벅차올랐다. 그때 홍범도는 수도 생활 중에 여승 옥녀와 정이 들어 뱃속에 아이까지 가지게 되었다. 절에 계속 있을 수가 없었다. 떠돌이로 길거리에서 자고 먹고 살다 일생에 처음으로 사랑을 느꼈던 여인이었다. 홍범도는 사랑했던 옥녀가 떠오르자 눈물이 고였다.

-왜 그러시오?

계연수의 말에도 답하지 않고 멍하니 하늘을 바라보고 있었다. 순간 사랑했던 여인을 떠올렸다. 홍범도는 사랑하는 여인, 옥녀의 고향인 북청으로 가고자 봇짐을 지고 금강산을 떠났다. 농사를 지으며 사내로서의 역할을 하며 살 수 있는 기회라고 생각했다. 하지만 운명은 평탄한 인생을 용납해주지 않았다. 원산 교외에서 불한당으로부터 변을 당해 홍범도는 옥녀와 생이별을 하고 방랑객이 되었다.

-사내가 눈물을 보여 미안합니다.

-미안할 것이야 있겠소. 아픈 인생의 곡절이 문제겠지요.

서로 할 말이 없어 시작한 이야기가 깊어져서는 감정이 복받쳐 오르기까지 했다. 홍범도는 쑥스러웠다.

## 2. 홍범도, 배달동이東夷의 나라를 처음 만나다

바람 한 줄기가 세상을 바꾸고, 바람 한 줄기가 천하를 쥐락펴락하는 곳에 살고 있었다. 바람은 천 년 전에 하던 버릇을 지금도 하고 있었다. 반복하는 버릇 하나로 봄이 오고 여름이 오고 있었다. 그리고 가을이 오고, 겨울이 오고 있었다. 물은 흐르는 일 하나로 물고기를 기르고 생명을 키우고 있었다. 제대로 된 버릇 하나로 세상을 만들어내고 있었다. 바람의 운명이었고, 물의 운명이었다. 두 사람은 우연처럼 만났지만 바람처럼 물처럼 운명으로 엮여가고 있는 것을 알지 못했다.

-막사발처럼 세상에 던져진 내 인생을 이야기하다 그만 실수를 했소. 무슨 일을 하고 사시오?

홍범도는 계연수에게 말을 넘겼다. 산에서 만났고, 행색으로 약초를 캐며 사는 사람임을 알면서도 무슨 일을 하고 사느냐는 질문을 던졌다.

-본래 직업은 환족쟁이고, 생계 직업은 약초꾼이지요.

-본래 직업은 환족쟁이라는 의미는 무슨 의미요?

-역사를 지켜야 하는 천직을 가지고 태어났는지 우리 민족의 역사를

전하는 것을 내 운명으로 알고 있습니다.

-환족쟁이라는 말이 생소합니다.

홍범도는 잘못 들었나 싶을 정도로 말의 의미를 알 수 없었다. 눈빛이 깊어 내공이 보였고, 조용한 말투가 예사로워 보이지 않았지만 이야기의 핵심을 읽지 못했다.

-우리 역사의 정점에 환국이라고 하는 나라가 있는데 거기에 미쳐 살아 환족쟁이라고 만들어 봤습니다.

-환족쟁이는 무슨 뜻입니까?

-우리의 첫 나라가 환국이라고 있었습니다. 거기에 미쳐 살아 환족쟁이라고 합니다.

-한민족이 아니고요?

-예. 한민족이 환민족이지요. 같은 의미를 가졌으나 첫 나라는 환국이라고 했습니다.

-환국이요?

-그렇습니다.

-우리 민족의 역사를 연구하고, 이를 전하는 것을 천직이라고 생각하고 있다는 말이요?

계연수의 말에 이해가 되지 않아 홍범도가 다시 물었다.

-예. 그렇습니다.

-환국이란 나라도 처음이고, 역사를 전하는 것을 천직으로 알고 있다니, 이해가 안 갑니다.

-우리에게는 단군 이전에 역사가 있었고, 세계를 이끌어갈 정신을 가진 나라지요. 우리가 정신의 나라라는 의미입니다.

-우리 조선이 정신의 나라라는 말은 처음 들었소. 공맹孔孟이 최고라

고 한결같이 이야기하는 유학의 나라에서 무슨 근거로 그런 말을 하는 게요?

홍범도의 허튼 소리 말라는 의미를 담은 말에 섭섭함을 담지 않고 계연수는 빙그레 웃었다.

-아니라는 게요?

계연수가 반박을 않고 웃음을 짓자 홍범도가 재차 면박을 주듯이 말했다.

계연수는 흐드러지게 피어나는 벚꽃을 바라보았다. 산벚나무도 꽃 피우는 버릇 하나로 일 년을 견디어내고 있었다. 멀리서 바라보면 두 마리의 신짐승이 벚꽃놀이를 하는 것처럼 붙어 앉아 이야기를 나누고 있었다. 순한 두 마리의 산 짐승이 역사를 이야기하고 있는 것처럼 보였다. 두 사람이 앉아 있는 공간에도 시간은 쉬지 않고 흘러가고 있었다.

-우리의 역사를 담은 《삼국유사》에 이런 말이 적혀 있습니다. '석유환국昔有桓國'이라고, 오랜 옛날에 환국이 있었다고 적혀 있습니다. 우리의 첫 나라는 환국이라는 것이지요.

-아하. 그런가요.

홍범도는 계연수의 말에 남의 이야기하듯이 답했다.

-우리를 일러 표현하는 이야기로 여러 가지가 있지만 대표적으로 배달과 동이東夷라고 합니다. 동이에 대해 많은 사서에 적혀있습니다.

-어느 사서를 말합니까?

-사마천의 《사기》에는 '동방왈이 이자저야東方曰夷 夷者柢也'라고 적혀 있지요. 동쪽에 사는 사람을 일러 이夷라고 합니다. 이夷라는 글자의 의미는 뿌리라는 뜻이라고 적혀 있습니다. 다시 말하면 동쪽 방향에 살고 있는 사람들을 동이라고 하는데, 여기 적은 이夷의 의미는 뿌

리라는 의미를 가지고 있다는 말입니다. 사마천이 살고 있는 곳보다 근원적인 동이라는 나라가 있음을 이야기한 것입니다.

-이夷라면 오랑캐라는 의미 아닙니까?

홍범도의 말에 계연수는 환하게 웃었다.

-그렇지요. 그러기에 역사가 잘못 되었다는 것입니다. 한자 이夷를 풀면 '큰대大'와 '활궁弓'으로 만들어진 글자입니다. 큰 활을 쏘는 민족이라는 의미입니다. 쇠를 처음으로 만들었다는 의미도 들어있습니다.

-동쪽에 사는 오랑캐라는 의미를 가진 동이가 그런 깊은 뜻을 가졌다니 뜻밖입니다. 어찌된 영문이지요?

-이유는 간단합니다. 약소국으로 전락하면서 생긴 일이지요. 모든 역사는 왜곡됩니다. 왜곡이 자연스러운 것이지요. 반대로 뒤집어진 역사속에 살아 위대한 우리 민족의 정신을 다 잃어 버렸지요.

-우리 조선은 입만 벌리면 공자고 맹자인데 우리의 정신을 이야기하니 공허하게 들립니다.

-그렇지요. 논어에 보면 동이에 대한 이야기가 나옵니다.

-논어에요?

홍범도의 목소리에 궁금함이 가득 들어있었다.

-조금 표현은 다르지만 이렇게 적혀 있지요. 공자가 직접 한 말입니다. 동이를 일러 군자불사지국君子不死之國이라 했습니다. 군자가 죽지 않는 나라라는 것입니다. 다시 말하면 군자가 끊어지지 않고 이어지는 나라라는 의미입니다. 논어, 〈자한子罕〉 편에 나오지요. 그러면서 동이 나라에서 살고 싶다고 합니다. 논어에서는 구이九夷로 나오는데 구이가 조금 의미가 다르지만 결국은 동이지요. 이렇게 말하지요. "자욕거구이子欲居九夷' 곧 동이에서 살고 싶다"고. 어떤 사람이 공자에게 묻

지요. "눌여지하陋如之何, 누추한데 어찌 하시렵니까?" 이에 공자는 이렇게 답합니다. "군자들이 살고 있으니 무슨 누추함이 있겠느냐"고.

-공자가 그리워한 나라가 우리나라라는 말씀이십니까?

-우리 기록이 아니라 논어에 나오는 내용입니다. 그것 말고도 아주 여러 곳에 우리 동이에 대하여 기록하고 있습니다.

-그래요. 듣고 싶습니다.

-그러지요. 일부 내용인데 원문은 이렇습니다.

이, 동방지인야 남만종충 북적종견 서융종양 유 동이종대 대인야

夷, 東方之人也 南蠻從蟲 北狄從犬 西戎從羊 唯 東夷從大 大人也

〈이夷란 동쪽에 사는 사람이다. 남쪽은 만蠻이라 부르며 벌레를 쫓는 종족이고, 북쪽은 적狄이라 부르며 개를 따르고, 서쪽은 융戎이라 부르며 양을 따른다. 오직 동이는 '큰 뜻을 따르는 대인이다'〉라고 기록되어 있습니다. 놀랍지 않은가요?

-오호, 대인大人이라. 뜻밖입니다. 가슴이 뜨거워집니다. 우리를 일러 큰 뜻을 따르는 큰 사람이라는 말이 그렇습니다. 그것도 중국의 기록에 있다니!

홍범도의 표정이 상기되었다. 홍범도는 역사에 관심이 유독 많았다. 공부를 제대로 해 본적도 없었지만 역사에 대해서 마음이 끌렸다.

-그렇습니다. 다른 방향 사람을 일러 벌레나 개와 양, 동물과 비교하며 낮추어 적었습니다. 우리 동이를 일러서는 큰 뜻을 따르는 큰 사람이라고 적고 있습니다. 우리 조선인이라면 당연히 대의大義와 대인大人이라는 말에 가슴이 더워지지요.

-이 내용은 어디에 있습니까?

-《설문해자說文解字》라는 책에 기록되어 있습니다. 설문해자는 세계

최초의 한자 사전이라고 할 수 있습니다. 한자 하나하나에 대해, 본래의 글자 모양과 뜻 그리고 발음을 종합적으로 적어놓은 책이지요. 중국 동한東漢시대의 허신이란 사람이 필생의 노력을 기울여 저술한 책입니다. 한자를 설명하고 한자의 의미를 풀었다는 의미를 가진 책이지요.

-오늘 산인山人에게서 뜨거운 이야기를 들었습니다. 큰 인연인 듯합니다.

홍범도가 계연수에게 뜬금없이 '산인山人'이라며 솔직한 마음을 전했다. 약초를 캐는 사람임을 알았음에도 특별히 부를 말도 애매하고, 산에서 만난 인연이니 나온 말이었다.

-첫 만남에 가슴에 묻어놓고 사는 역사를 드러냈으니 인연은 인연인 듯합니다.

계연수도 홍범도의 말을 받았다.

두 사람의 대화는 깊어갔다. 역사의 혁명을 꿈꾸는 계연수와 세상의 혁명을 꿈꾸는 홍범도, 두 사내의 가슴에 뜨거운 혁명의 불꽃이 발아하고 있었다. 때는 봄이었다. 진달래가 피어나고, 생강나무는 노랗게 부풀어 오르고 있었다. 봄은 반란처럼 와서는 일시에 세상을 초록으로 덮어버리는 즉각적이고도 신속한 파괴력을 가지고 있었다. 봄의 파괴는 죽음을 깨부수고 생명으로 세상을 덮어버리는 거대한 생명의 혁명이었다. 혁명군이 점령한 초록세상은 세상의 생명들도 반겨서 순조롭게 점령당하고 말았다. 봄은 반란처럼 와서는 혁명으로 완수되곤 했다. 이번 봄도 그렇게 오고 있었고, 두 사내의 만남은 봄처럼 개벽을 꿈꾸고 있었다. 우연으로 만난 두 사내는 운명처럼 엮여가고 있었다.

-그냥 헤어지면 허하니 바로 아래에 있는 백운사에 들러 차나 한 잔 하

고 헤어지시지요.

-좋습니다.

홍범도의 제안에 계연수는 흔쾌히 응하며 일어섰다.

# 3. 이기, 역사의 짐을 지다

한 개인이 민족의 역사를 혼자서 짊어질 수 있을까. 혼자가 아니라면  한 집안이 짊어질 수 있을까. 감당하기 어렵다. 역사를 한 개인이나 집안이 끌어안기에는 너무 크고 오랜 기간이었다. 감내해야 할 고통은 산처럼 장대하고 강물처럼 끝이 없는 고통의 양은 방대하면서도 거칠기만 했다. 한 중년의 선비가 조선의 역사를 품에 안고 걸어가고 있었다. 중년선비의 발걸음은 빨랐다. 중년선비는 황현黃玹·이정직李定稷과 함께 호남 3절로 불리는 인물이었다. 유형원柳馨遠·정약용丁若鏞의 학풍을 이어받은 기울어가는 조선의 실학자, 이기였다.

중년 선비는 할 일이 있었다. 내가 아니면 안 된다는 확고한 신념이 있었다. 적어도 자신이 지금 가지고 있는 사명의식은 누구와도 함께 하기에는 두려움이 있었다. 천둥과 번개가 치듯이 어느 날 자신에게 주어진 짐이 너무 무거웠다. 중년 선비의 뇌리에는 항상 떠나지 않는 사건이 있었다. 아버지와의 독대였다. 세월이 흘렀지만 잠시도 잊을 수가 없었다.

-너는 너의 몸이 아니다.

-무슨 말씀이십니까?

-내가 네게 짐을 지어주지 않으려 했지만 누군가는 맡아야 하는 일이기에 네게 맡긴다. 이 일은 준엄해서 거역할 수가 없다. 거역해서도 안되는 일이다.

젊은 이기는 엄숙한 아버지의 말에 영문도 모른 체 침만 삼켰다.

-개인의 일이 아니라 우리 조선 전체의 명命이다. 현재의 조선이 아니라 우리의 고대 역사를 품어 안은 조선의 역사를 네가 맡아주어야겠다. 나는 이제 갈 준비를 해야 할 나이다.

-아버지. 아버지의 말씀을 이해할 수가 없습니다.

사실 이기는 무슨 영문인지 알 수가 없었다. 간헐적으로 조선의 역사에 대해 들은 적이 있었지만 지금 아버지 말씀의 의미를 이해할 수가 없었다. 더구나 조선의 역사를 맡아야 한다는 말을 이해하지 못했다.

-우리 집안이 역사의 짐을 진다는 것은 거역할 수 없는 사명이다. 더구나 한 개인에게 산 같은 짐을 지게 하는 것은 안타까운 일이다. 하지만 다른 방법도 없다. 나도 짐이 버거웠지만 거부할 수 없었다.

아버지가 자식에게 당부하는 말은 엄정했으며 절절했다.

조선의 역사와 고성이씨 가문의 오랜 인연이 원인이었다. 고성 이씨 가문이 조선의 역사와 만나게 된 것은 고려가 몽고침략을 받는 시기로 거슬러 올라간다. 이존비李尊庇는 어느 날 왕자를 가르치는 서연書筵에서 고려의 자주부강론自主富强論을 역설했다. "우리나라는 환단 이후 북부여 고구려에 이르기까지 부강하고 자주독립을 지켜온 나라입니다. 최근 원의 내정 간섭으로 나라에 사대주의 바람이 불고 있는데 이래서는 안 됩니다."라고 하면서 자주오사自主五事를 올렸다. 스스로 주인된 나라를 만들기 위한 5가지 책략이었다. 이존비의 자주독립론을 이어받은 사람이 행촌 이암이었다. 이암은 이존비의 손자로서 할아버지와 똑같은 자주책自主策을 임금에게 올리고 《태백진훈》, 《도학심법》, 《농상집요農桑集要》로 이루어진 행촌삼서杏村三書를 남겼다. 고성 이씨 집안이 조선의 역사와 깊은 인연을 갖게 된 이력을 아들을 앞에 놓고 길게 설명했다. 전하는 아버지의 마음이나 이를 받아들여야 하는 아들의 마음은 준엄했고 엄중했다.

-잘 듣거라. 내용을 알아야 지켜야 할 의미도 알게 된다. 선조인 행촌 이암 어른께서 어느 날 천보산天寶山에 올라갔을 때 소전이란 사람에게서 태소암에 진서가 많이 소장되어 있다는 말을 전해 들었다. 찾아가 읽어 보니 모두가 환단 시대의 신서神書와 진결眞訣이었다. 진결이란 우리 환민족의 역사를 밝혀줄 비서秘書를 말한다. 비서를 가지고 있으면 참형에 처해지는 무서운 책이다. 우리 고대 조선의 역사를 밝혀주고 있는 책이다

-우리의 고대사를 밝혀주는 책인데 왜 못 읽도록 합니까?

-설명이 길지만 오늘은 작정하고 해야겠다. 지루하더라도 듣도록 해라. 우리의 근원적인 역사를 숨겨야만 했던 사연은 불행한 역사에 있다. 단 한 마디로 하면 약소국으로의 전락에서 출발한다. 약소국의 비애다. 역사는 언제나 강자의 몫이다. 이유는 간단하다. 정통성의 확보로 역사처럼 확실한 것은 없다. 강대국은 역사를 독점하고, 약소국은 역사를 빼앗기는 것이 당연한 흐름이다. 우리가 우리의 역사를 공부할 수 없고, 조정에서는 이를 거두어 태워버리거나 수장고 깊은 곳에 두어 읽을 수가 없었다.

-우리가 약소국이라면 대상이 명나라입니까, 청나라를 말합니까?

-명도 아니고 청도 아니다. 그 이전의 나라를 말한다. 고조선이 망하면서 역사왜곡은 출발하지만 본격적인 것은 고구려의 멸망에서 시작한다. 신라가 통일을 했다고 하지만 실상은 그렇지 못했다. 신라가 가졌던 국토도 제대로 보전하지 못하고, 당나라에게 지배당하는 수모를 겪게 된다. 형제국이었던 고구려와 백제의 멸망은 결국 신라가 약소국으로 지배당하는, 우리 민족으로서는 최초의 수모를 당하는 시대였다. 고구려와 백제의 고토古土를 우리 것이라고 말 할 수 없는 비참한 지경에 이르게 되었다. 빼앗긴 땅을 우리의 땅이라고 말하면 어떻게 되겠느냐?

-당연히 강압이 들어오겠지요.

-그렇다.

-그러면 늘 말씀하시던 만주 벌판과 현 청나라의 상당 부분이 우리의 땅이라는 말씀이십니까?

-그렇다. 중요한 이야기를 하마. 문을 닫거라.

한적하고 고요한 오후였다. 사랑채 누마루에 마련된 방에서 이야기하면서 방문까지 닫으라는 명에 당황스러웠다. 이기는 진정 중요한 말씀을 하시려나 보다 생각하고, 방문을 닫고 와 더 가까이 다가가 앉았다.

-우리를 일러 환족이라고 한다.

-환족이요?

-그렇다. 환족.

잠시 말을 멈추고 생각에 잠겼다 다시 이야기를 시작했다.

-우리가 우리를 일러 배달민족이라고 하지 않느냐?

-예, 그렇습니다.

-배달이나 환족이 같은 말이다. 처음부터 다시 시작 하마.

이기도 아버지의 설명을 듣기 위해 자신도 모르게 몸을 앞으로 내밀었다.

-우리의 나라를 환단한桓檀韓이라고 한다. 환국, 단국, 한국을 말한다. 여기서 한국이 고조선을 말한다. 환단한은 같은 뜻을 가진 말이다. 또한 지금 우리의 국호인 조선의 조朝도 같은 의미를 갖는 글자다. 그래서 우리를 환족이라고 하고, 환민족 또는 한민족이라고도 한다. 이기는 아버지의 말이 신기하기만 했다. 정확한 의미를 알 수 없지만 처음 듣는 이야기였고, 신비했다.

-우리 최초의 나라는 환국桓國이었다. 나라를 만들면서 나라 이름의 의미를 생각하지 않는 경우는 없다. 환桓자의 오른쪽을 가만히 보면 한일一이 위 아래로 있고, 가운데 날일日이 있지 않느냐?

-예. 그렇습니다.

-亘은 하늘과 땅 사이에 해가 들어있는 모습이다. 환단桓檀 모두에 공통적으로 해가 들어있는 모습이다. 우리는 태양족이라는 의미다. 태양을 숭배했던 종족이다.

-태양족이라고 말씀하셨습니까?

-그렇다.

-우리의 최초 국가가 환국桓國이었다. 다음이 단국檀國이었다.

이기는 아버지가 말하는 나라 이름을 처음 들어보는 말이었다. '단군의 조선'이라는 말을 입에 달고 살았고, '배달의 민족'이라는 말을 수시로 하고 살았다. 하지만 환국과 단국에 대한 이야기는 오늘 처음 들었다.

-그러면 고조선은 어느 나라고, 배달의 민족이라고도 하고 또는 배달의 후손이라고도 하는데 저는 어떻게 연결되는지 알 수가 없습니다.

-그럴 게다. 다시 정리하자. 최초의 나라가 환국이고, 다음이 단국이

다. 그리고 다음이 고조선이다. 모두 같은 의미를 가진 나라다. 같은 국통을 가진 나라다. 여기에서 두 번째 나라인 단국이 우리가 말하는 바로 배달민족이라는 나라다. 배달이란 말도 같은 의미다. 배달의 배는 '밝'이고, 달은 땅이라는 의미다. '달'은 지금도 사용하고 있는 말이다. 빛이 비치지 않는 땅을 응달이라고 하고, 빛이 드는 땅을 양달이라고 하지 않느냐?

-예. 그렇습니다.

-배달의 의미는 해가 비치는 밝은 땅의 나라라는 의미다.

-그러면 좀 전에 말씀하셨던 배달민족이나 배달의 후손이라고 하는 이유는 무엇입니까?

-질문 잘 했다. 환국의 후예라고 하거나 조선국의 후예라고 해도 되는데 왜 굳이 배달민족이라고 하고, 배달의 후손이라고 하느냐는 질문이렸다.

-예. 그렇습니다.

-이유가 있다. 우리나라 최초의 나라를 건설한 사람들이 배달족이다. 최초의 나라는 환국이라고 하지 않았느냐?

-예. 그렇습니다.

-배달족이 세운 최초의 나라인 환국에서 나온 사람들이 동서남북으로 진출하며 새로운 나라를 세우게 된다. 환국을 세운 배달족의 규모가 커지자 더 큰 세계를 찾아 나선 것으로 보인다. 나는 이것을 문명개척단이라고 한다.

-문명개척단이요?

-그렇다. 새로운 나라를 건설하기 위하여 무리의 일단을 이끌고 나온 집단을 말한다. 문명개척단 중 동쪽으로 방향을 정한 무리들이 바로

우리가 배달의 후손이나 배달민족이라고 하는 단국을 건설하게 된다. 우리말로 하면 배달국이고, 한자로 적으면 단국檀國이다.

아버지의 설명에 이기는 한 마디도 놓치지 않으려는 듯 들었다. 처음 듣는 이야기였다. 어디에서도 비슷한 이야기도 들은 적이 없었다. 아버지는 다시 차분하게 이야기를 계속 했다.

-동쪽으로 와서 나라를 세운 사람들이 배달족인데 중국인, 다시 말하면 화하족들이 동쪽에 있는 사람들을 통틀어 동이족이라고 명명했다. 정확하게 말하면 배달족과 동이족은 다르다. 배달족은 환국에서 문명 개척단으로 온 사람들이었고, 동이족은 살고 있던 토착세력이라고 할 수 있다. 결국 우리는 동이족으로 불리게 되었다. 문명개척단인 배달 족과 토착인인 동이족이 최초로 세운 나라가 단국이고, 단국을 배달이 라고 하니 우리 민족을 일러 배달민족이라고 하고, 배달의 후손이라고 하는 것이다.

-그러면 태양은 우리에게 어떤 의미를 갖습니까?

-환단한桓檀韓, 세 나라가 다 같이 태양을 상징하는 국호를 가지고 있 다고 이야기하지 않았느냐?

-예. 그렇습니다.

-같은 국통을 이은 세 나라가 다 같이 태양을 숭배해서 우리에게는 태 양과 인간을 연결해주는 신성스러운 동물이 있다. 새다.

-아하. 솟대에 있는 기러기요?

-그렇다. 혼례에 쓰는 기러기다. 하지만 우리가 숭배하는 새는 기러기 보다는 삼족오三足烏로 보아야 한다.

-삼족오요!

-그렇다.

삼족오. 이기는 그제야 생각이 났다. 그리고 들어본 기억이 떠올랐다. 다리가 셋 달린 검은 까마귀였다. 부자지간에 이야기가 깊어가고 있을 때 밖에서 인기척이 났다. 곧 하인 돌배의 목소리가 들렸다.

-다과와 차를 내 왔습니다.

-그래 들여라.

돌배가 다과와 차를 내려놓고 나갔다.

둘은 다과와 차를 손도 대지 않고 다시 이야기를 시작했다. 둘은 완전 몰입되어 있었다.

이기가 다시 질문을 던졌다.

-한데 삼족오는 왜 다리가 셋이지요?

-중요한 질문이다. 우리 조선인에게는 3이 아주 중요한 숫자다. 하나가 셋이고, 셋이 다시 하나인 원리를 이해해야 조선인의 궁극적인 철학을 이해하게 된다. 이를 설명하기 전에 삼족오에 대해 먼저 이야기하마.

이기는 그동안 자신이 일상생활에서 말하고 사용했던 것들의 의미가 환하게 밝혀지는 느낌이었다. 아버지의 이야기가 부담스럽거나 역사의 짐을 짊어져야 한다는 생각은 잊고 이야기에 빠져들었다. 이기의 아버지는 환하게 웃으며 아들을 대견스럽게 바라보았다.

-너도 알겠지만 삼족오三足烏는 세발 달린 까마귀란 뜻이다. 환민족이 숭배하는 태양과 인간, 즉 태양과 환민족을 연결해주는 상징적인 새다. 세 발 달린 것에는 중요한 의미가 있다. 다시 이야기하지만 이것은 우리 환민족의 근원을 이해하는 중요한 단서다. 다음에 삼수의 원리에 대해서 다시 심도 있게 이야기 하는 것이 좋겠다.

-예 알았습니다.

-네가 맡을 소임은 역사를 공부하고, 누대累代에 걸쳐 내려오는 비서
秘書를 후대에 전하는 일이다.

-비서라고 말씀하셨습니까?

-그렇다. 집안 선대 어른들이 목숨을 걸고 지켜온 비서다. 조선을 살릴
수 있는 유일한 근거 자료라고 할 수 있다. 많은 사서가 있지만 비서
중에 비서가 우리 가문에 가보로 내려오고 있다. 때가 되어 이를 세상
에 공표하는 일이 역사를 짊어진 자의 몫이다.

갑자기 이기의 사명감이 커지고 있었다.

-지금의 조선이 아니라 세상의 문화를 만들고 세상에서 최초로 건국
한 나라의 역사가 담긴 책이다. 최초의 나라인 환국이 우리나라이고,
환국의 국통이 우리에게 이어지는 비밀을 간직한 비서다.

## 4. 세 선비의 만남, 이기 황현 이건창

**안**녕하세요.

가까이서 인사하는 목소리에 이기가 깜짝 놀랐다.

한참 아버지에게 처음으로 가통으로 넘겨받았던 비서에 대해 이야기를 들었던 때를 떠올리고 있는데 뒤에서 다가서며 한 사람이 이기의 손을 잡았다. 황현이었다. 그리고 함께 온 이건창이었다.

이건창은 꼿꼿하고 당당한 암행어사로 알려진 인물이었다. 강화도 출신으로 조선의 당쟁사를 기술한 《명미당집明美堂集》《남천기》《당의통략(黨議通略)》을 기술했다. 이건창은 15세에 과거에 급제한 천재였다. 23세 때 벌써 서장관書狀官으로 발탁되어 청국에 사신으로 다녀와 새로운 문화를 알고 있는 인물이었다. 청의 인사들과 교류해서 이름을 떨쳤다.

황현은 조선 말 4대 시인의 한 사람이었다. 전라도 광양현 봉강면 서석촌에서 태어났다. 황현의 선조 중에는 세종 시절 명재상으로 잘 알려진 황희와 임진왜란 당시 진주성 전투에서 전사한 황진 그리고 병자호란 때 의병장을 지낸 황위 등이 있었다. 그러나 인조반정 이후 집안이 몰락했다. 몰락한 황씨 가문은 황현이 태어난 시절에 이르면 정계에 유력한 인사를 배출하지 못하여 시골의 유생으로서 명맥을 유지하고 있었다. 서당에서 천사川社 왕석보를 스승으로 시와 문을 본격적으로 배워 스스로 일가를 이룬 사람이었다.

이기와 이건창, 황현 셋은 종종 만나 시국을 걱정하고 현실에 대한 대안을 찾으려 만나곤 했다. 시대가 갈 길을 모색하는 과정이었다. 셋 다 공통점이라면 꼿꼿하고 냉철하다는 점을 가지고 있었다. 이건창과 황현이 이기를 깍듯하게 모셨다.

멀리서 이 세 사람을 주시하는 눈길이 있었다. 조정에서 민심을 파악하기 위해 보낸 사람들이었다. 어수선한 조선에서 민란이나 봉기를 일으킬 기미를 잡는 일과 조선의 전복을 꿈꾸는 자들을 색출하기 위해 보낸 정탐자들이었다. 조선의 대표적인 인물들의 경우는 더욱 요시찰 인물이었다. 이기와 이건창, 황현도 대상 인물이었다.

오랜 만의 만남이었다. 세상이 수상하니 만나는 것도 어렵고, 풍류를 즐기기에는 마음 안에 거친 바람이 불고 있었다. 불운한 시대에 태어난 선비는 풍류를 즐길 여유가 없었다. 불운한 시대의 선비는 투사가 되어야 한다는 세상의 이치를 그대로 따라가고 있는 세 인물이었다. 세상 돌아가는 이야기로 울분을 토하고 분개했지만 뾰족한 묘수를 찾을 수 없었다. 러시아와 일본 그리고 청나라가 조선을 집어삼키려고 대들고 있었다. 하지만 조선은 독립과 자존의 칼날을 들지 못하고 있었다.

이건창과 황현이 이기에게 역사에 대해 설명해 줄 것을 부탁했다. 이기가 셋 중에서는 맏형이었고, 이건창이 4살 아래였고, 다시 황현은 이건창보다 3살 아래였다. 나이 차이는 있었지만 만나면 서로 배우고,

서로 가르침을 받는 입장이었다. 조선의 걸출한 인물들이었다.

-매번 감질나게 이야기를 들어 귀가 간지러웠습니다. 오늘은 시원하게 말씀을 해주시지요. 다만 목소리는 작게.

이건창이 이기에게 주문했다. 조선의 역사에 대해 이야기해 달라는 주문이었다. 만날 때마다 조금씩 우리의 고대사를 이야기하곤 했다. '목소리는 작게'라는 말에 서로의 눈빛을 주고받았다. 이 세 사람을 바라보고 있는 감시의 눈빛을 의식하고 있어 한 말이었다. 무엇을 감시하고 있는지는 몰랐다. 다만 분명하게 감시의 눈이 있는 것만은 확실했다.

이기의 눈이 빛났다. 하고 싶은 이야기가 많은 것을 알 수 있었다. 조선의 석학들을 상대로 이야기해야 제대로 된 학문이 이 땅에 씨를 뿌릴 수 있음을 오래 전부터 깨닫고 있었다.

-우리나라 말의 원리는 아주 재미있네.

이기는 자신들을 바라보는 눈빛을 의식해 역사를 이야기하지 않고 일상적인 생활과 관계된 것으로 이야기를 시작했다.

-우리말은 아주 중요하고 핵심적인 글자는 한 글자로 되어 있어.

-그런가요?

이건창이 의문을 제기하듯 되물었다.

-세상에서 가장 중요한 것이 무엇일까?

-생각하기 달렸지만 나 자신이겠지요.

-물이나 공기 같은 것일 수도 있을 듯합니다.

이기의 물음에 이건창과 황현이 대답했다.

-우리말은 아주 중요하고 핵심적인 말은 한 글자로 되어 있네. 물론 예외는 있지만 예외는 드물어.

-?!

두 사람이 이기의 말을 듣고는 고개를 갸우뚱했다. 이해할 수 없다는 표정이었다.

-세상에서 가장 중요한 것은 누가 뭐라고 해도 나 자신일 거야. '나'는 한 글자지. '너'도 한 글자고. 사람의 얼굴을 살펴볼까?

-눈…, 코…, 입…, 진정으로 한 글자입니다.

이기의 물음에 황현이 웃으며 답했다.

-그렇지. 눈코귀입, 한 글자야. 몸에서 중요한 것도 한 글자야. 몸도 한 글자고. 몸에서 근원적인 것으로 '피뼈살' 모두 한 글자야. 움직일 때 필요한 것들도 한 글자야. 팔과 발이 있지.

황현과 이건창이 웃으며 신기해했다.

-졸지에 어린이가 되어서 노는 것 같지?

-아니, 아닙니다. 재미있고, 의미 있는 지식입니다. 정말 신기합니다. 더 이야기해 주시지요.

이기의 말에 황현이 신기해하며 말했다.

-하늘에 있는 것들도 한 글자야.

-해와 달이 있네요.

이기의 말을 이건창이 이어서 받았다. 정말로 신기한 표정이었다.

-그리고 별도 있어. 하늘에서 내리는 것들도 비와 눈으로 한 글자지. 다만 진눈깨비 같은 것들은 근원적인 것이 아니고 별개의 현상이라 여러 글자로 되어 있는 것이고.

-늘 사용하면서도 깨닫지 못했습니다. 우리말이 신비하군요.

이기의 설명을 이건창이 받았다.

-그래. 더 신기한 것은 우리와 같이 사는 동물과 같이 살고 있지 않은

동물의 글자 수가 확연히 다르다는 거야.

-그런가요?

이번에는 황현이 어린 아이처럼 밝은 웃음으로 물었다.

-그래. 생각해 봐. 사람과 같이 사는 동물인 가축은 한 글자로 만들어져 있어.

-가축이 한 글자라고요. 아하. 소, 닭이 있네요.

-그렇지. 양도 있네.

이기가 생각해 보라는 말에 더듬거리며 황현과 이건창이 답했다.

-소 개 말 양 닭, 모두 한 글자야.

-돼지는 예외군요.

이건창이 생각해내고는 틀린 것 하나 찾았다는 듯이 의기양양하게 말했다.

-예외일 수도 있고, 원래의 말을 찾아보면 한 글자임을 알 수 있어.

-그런가요?

-돼지는 원래 '톳'이나 '톨'이라고 했지. 사람의 자식을 '아기'라고 하고, 동물의 새끼를 '아지'라고 하거든.

-아하. 그렇네요. 송아지, 강아지가 있네요.

-그렇지. 망아지도 있지. 돼지가 톨이라고 했으니 돼지의 새끼를 '톨아지'라고 했지. 톨아지가 도야지, 도야지가 돼지로 변해 온 것일세. 돼지는 원래 돼지새끼를 말하는 것이었어. 말은 살아있는 생명체와 같아서 늘 변하지.

-아하. 그렇군요.

이건창이 무릎을 치며 신기해했다.

-아주 중요한 것은 한 글자고, 다음으로 두세 글자로 분화되어 가는 게

우리 말이야. 예를 들면 코에서 콧등, 코털, 콧구멍, 콧수염, 콧마루 등으로 글자 수가 늘어나면서 의미가 분화되지.

황현과 이건창은 고개를 끄덕였다.

-꽃씨강산들물땅문집, 한 글자로 만들어졌어. 하지만 예외도 있어.

-하늘은 두 글자네요.

이건창이 말했다.

-그렇지. 우리가 신성시하는 동물의 경우도 하나인 경우가 많아. 범용곰 같은 경우야. 중요한데도 두 글자인 경우가 있어. 의미가 바뀌어서 그럴 수도 있고, 의미를 담으려는 노력의 하나로 볼 수도 있어.

-의미를 담는다고요?

-그렇지. 땅은 한 글자인데 우리는 하늘에 제사를 지내는 천자의 나라인데 하늘은 두 글자로 되어 있지. 하늘은 '한'과 '늘'의 합성일세.

-'한'과 '늘'이라 했습니까?

이건창이 더욱 재미있어 하며 물었다.

-그렇지. 한은 '크다'는 의미와 '하나'라는 의미가 합쳐진 말이지. '늘'은 시간의 연속성을 말하는 단어야.

-시간의 연속성이요?

이건창이 말을 끊으며 물었다.

-그래. 과거 현재 미래로 이어져 흘러가는 시간을 우리는 '늘'이라고 하잖아.

-아하. 정말 그렇습니다.

신기함에 이건창이 호방하게 웃자 황현도 따라 웃었다.

-다시 말하면 무한공간인 '한'과 무한시간인 '늘'을 합해 만들어진 말이 한늘이야. 한늘이 하늘로 변한 것일세.

-해학의 말씀은 끝이 없습니다. 특히 우리 민족에 대한 이야기는 끝없이 샘솟는 샘물 같습니다.

-지금 말씀하신 하늘이란 의미가 명확합니까?

이건창과 황현이 이어서 이기의 설명에 감탄하며 말했다.

-다르게 말하는 사람도 있어. 하늘은 '한알'에서 나왔다는 사람이지.

-한알은 무얼 말하지요?

-큰알이라는 뜻일세. 새알이 있듯이 우주를 하나의 큰 알로 표현한 것이지. 우리의 시조始祖들을 보면 다 알에서 태어난 것으로 되어 있잖아. 근거 없는 이야기는 아니지. 정확한 것은 더 공부해야 드러나겠지.

이야기에 빠져 돌아보니 세 사람을 감시하는 듯한 사내는 자취를 감추고 없었다.

-시끄러운 세상 이야기만 하다가 해학을 뵙고 잠시 귀를 씻었습니다. 머리도 맑아진 기분입니다. 우리들이 신선놀음을 하고 있으니 감시자도 슬그머니 자리를 감추었습니다.

감시의 눈빛이 사라진 것을 두고 황현이 말했다.

기울어가는 나라를 바라보는 시대의 지식인은 밤잠을 이루지 못하고 있었다. 지식인으로서 마음속에서는 폭풍이 불고, 파도가 해일처럼 일고 있었다. 조선 오백 년의 역사가 한순간에 침몰할 것만 같았다. 쇄국으로 인해 조선은 가난으로 빠져들고 있었다. 생전 보지도 못한 쇠로 만든 배가 서해안으로 들어와 포를 쏘고, 무시해 왔던 일본은 언제 새로운 기술과 문명을 받아들였는지 조선을 압도하고 있었다. 왕을 비롯한 조정과 대신들은 방향을 잡지 못하고 우왕좌왕했고, 백성들은 갈피를 잡지 못하고 있었다. 침몰하는 배에서 어쩔 줄 모르고 이리저리 몰리는 모양새였다. 세계를 읽지 못하고 있었으니, 현상을 파악할 수 없었고, 일어나고 있는 현상의 원인을 모르니 대책이 무책이었다. 더욱 탐관오리들은 자신들의 살길만을 찾아 힘 없는 백성들을 갈취했다. 지성인들이라고 하는 양반들은 만나면 탄식이 늘어갔으나 무엇하나 제대로 된 방안을 만들어내지 못하고 방황하고 있었다.

-어찌 해야 할지 몰라 걱정입니다. 나라가 망국으로 가는 징조가 보이는데도 대책이 무책입니다.

-무슨 말씀이시요?

이건창의 말에 황현이 되물었다.

-제가 비리를 잡아서 기강을 잡는데 일익을 했음에도 오히려 귀양을 다녀오지 않았습니까?

-천하가 다 아는 일이지요.

이건창의 말에 황현이 다시 답했다.

이건창은 충청우도 암행어사가 되어 충청감사 조병식의 비행을 낱낱이 들춰냈다가 도리어 모함을 받아 벽동碧潼으로 유배되었다. 벽동은 평안북도 최북단에 있는 군이다. 벽동은 서북쪽의 압록강을 경계로 중국과의 국경 지대에 위치한다. 유배된 지 1년이 지나서 풀려난 이야기였다. 공사公事에 성의를 다하다가 도리어 조정의 미움을 사 귀양까지 간 뒤에는 벼슬에 뜻을 두려 하지 않았다. 간곡한 부름에 이번에 한성부소윤 자리를 받아서 들어갔으니 책임을 다해야 한다며 열성으로 일을 하고 있었다.

-나라 땅이 왜국의 손에 다 넘어가고 있습니다. 더 무서운 것은 나라가 왜국의 계략에 의해 국권마저 잃어가고 있습니다.

이건창은 열변을 토했다.

청국인과 일본인들이 우리 백성들의 가옥이나 토지를 마구 사들이는 것을 방관하는 사이에 규모가 점차 커지고 있었다. 왜국과 청국이 소유권을 보호한다는 명목으로 문제를 일으킬 것을 예측했다. 이건창은 시급히 국법을 마련해 백성들의 부동산을 외국인에게 팔아넘기지 못하도록 금지령을 실시해야 한다는 소를 올렸다. 좌충우돌하는 조정의 문란함에 대한 이건창의 설명은 절절했다. 현장에서 왕과 조정이 방향을 잃고 우왕좌왕하는 것을 바라보고 있었다.

이건창은 대인관계에 있어서도 양보가 없이 소신대로 대처하는 성격이어서 인심 포섭에는 도리어 결점이 되기도 했다. 정사를 처리하는 과정에서 지나친 충간忠諫과 냉철함으로 벼슬길에 많은 지장을 초래하기도 했다. 심지어 왕도 지방관을 보낼 때에 '그대가 가서 잘못하면 이건창이 가게 될 것이다.'라고 할 정도로 공무를 집행하는 이건창의 자세는 완강하고 차가울 만큼 분별이 있었다.

-해학께서는 일전에 알려드렸던 젊은 친구를 만나보셨나요?

이건창은 현 시국을 강력하게 성토하고 비판하다가 이기에게 생뚱맞은 말을 던졌다.

-아하. 계연수?

-예. 그렇습니다.

-제가 말씀 드린 적이 있지요. 평안도 학동에 유배되었을 때 이웃을 둘러보다가 기인을 만났습니다. 제가 보기에는 대단한 젊은이라는 생각을 했습니다. 대단한 젊은이입니다. 계연수라는 젊은이는 우리 상고사에 대해 한 소식하는 사람이었습니다. 제가 보기에는 젊은 사람이 흡사 기인 같았습니다.

이건창은 평안도 학동으로 유배되어 갔을 때 만난 계연수를 이기에게 소개해 준 적이 있었다. 역사에 대해 말하는데 들어보지 못한 내용을 체계적으로 설명하는 것을 보고 감동 받은 바 있었다.

-보통이 아니었습니다. 지금은 다 잊었지만 예사로운 젊은이가 아님을 직감했습니다. 환인, 환웅, 단군이 개인이 아니라 나라의 임금이라는 의미를 가지고 있다는 것도 그때 처음 들었고, 천부경의 내용에 대해서도 처음 들었습니다. 두 분이 만나시면 대단한 만남이 될 것입니다.

이건창이 계연수를 만났던 때를 회고하면서 목소리가 커졌다.

-그렇게 생각하네. 곧 만나게 될 것이야.

이기는 난감했다. 조선이 망하면 자신이 짊어진 역사는 어떻게 해야 하나. 나라가 있을 때도 펼치지 못하고 때를 기다리고 있는데 나라가 혼돈스럽고 수렁으로 빠져 들어가는 상황에서 어떻게 대처해야 할지 결정을 못하고 있었다. 그렇다고 비서祕書를 끌어안고 있는 것만으로는 방책이 아니라는 것을 강하게 느끼고 있었다. 그래서 가까운 지인들에게라도 우리의 숨겨진 역사를 알리고자 했다. 조선민족, 즉 환민족의 위대한 정신을 찾아내고, 알리는 것이 천명이라고 생각하고 있었다.

이기는 이건창, 황현과 어지러운 세상에 대한 활로를 찾고자 이야기를 나누고 헤어져 돌아오면서 다시 아버지에게 들었던 역사 이야기를 다시 떠올렸다.


-삼수의 원리가 우리 민족의 근원철학이다. 이를 알면 반을 안 것이나 진배없지.

-삼수의 원리라고 하셨습니까?

-그렇다.

목소리는 차분하게 가라앉아 무게감이 있었다. 아들에게 큰 짐을 짊어지게 하는 자리라서 그렇고, 전달하는 내용이 중요해서였다.

-우리에게 삼수三數 원리는 중요하다. 삼三이 일一이고, 일一이 삼三이기 때문이다. 세상을 만든 존재가 일一이고, 세상을 만든 존재가 세상에 나타난 모습은 삼三이라는 철학이다. 다시 설명하마.

이기는 아버지의 말에 귀를 기울였지만 삼수의 의미를 가늠하기 어려웠다.

-절대자를 하나님이라고 하든 상제라고 하든, 절대자가 만든 세상이 천지인天地人, 즉 하늘 땅 사람으로 드러나는 원리다. 천지인을 다시 천일天一, 지일地一, 태일泰一이라고 했다.

-천일天一, 지일地一, 인일人一이라고 하지 않고 왜 천일天一, 지일地一, 태일泰一이라고 했습니까?

-예리하구나. 당연히 인일人一이 되어야 옳은데 태일泰一이라고 했다. 그것이 우리 민족의 특별함이다. 하늘과 땅이 중요하지만 사람은 진정으로 중요한 존재라서 클 태泰자를 써서 태일泰一이라고 했다. 사람이 세상의 중심이고, 우주의 중심이고, 근원이라는 철학이다. 인본의 철학은 여기에서 기인한다. 고대 환국과 단국 그리고 이를 이은 조선은 인본人本 국가였다.

-놀랍습니다. 이제야 제가 알게 된 것이 부끄럽습니다.

-그건 아니다. 어디에서도 알려주지 않았고, 잊혔고, 배우지 못해서이니 네 잘못이 아니다.

-그렇더라도 슬픕니다.

-약자는 역사를 가질 자격이 없다. 그것이 약자의 비극이다.

아버지의 말이 가슴에 못처럼 박혔다. '약자는 역사를 가질 자격이 없다'라는 말이 의미심장하게 가슴을 찔렀다.

-삼수의 원리가 중요한 것은 우리 민족의 근원철학이기도 하지만 지배원리이기 때문이다. 조직과 운영에 그대로 적용해서 통치했다.

-삼수의 원리가 지배원리라고 하셨습니까?

-그렇다. 고대에는 백성을 깨우쳐야 할 대상으로 보았다.

아들의 마음을 아는지 모르는지 아버지는 삼수의 원리에 대해서 계속했다.

-우주의 근원적인 조물주를 삼신三神이라 한다. 삼三을 붙여 삼신이라 하는 까닭이 있다.

-예. 바로 그것이 궁금합니다. 일신一神이면서 왜 삼신三神이라 하는지?

-절대근원으로서 일신이지만 자신을 현실세계에 드러낼 때는 삼신으로 작용한다. 만물을 낳는 조화신, 만물을 깨우치고 가르치는 교화신, 그리고 만물의 질서를 잡아가는 치화신이다. 신神이라는 이름을 붙여서 신적인 존재로 생각하면 안 된다. 원리를 설명하기 위한 방편으로 보면 된다.

-아하. 알겠습니다.

-일신이 삼수의 원리로 만물을 창조하며 변화를 만들어가는 것을 의미한다. 정리하면 이렇다. 이 세상이 어떻게 존재했는가를 정리하는 철학을 만들었다고 생각하면 된다. 절대자를 한 존재로 보고, 이를 상제라고 하는데 공간적으로 천天, 지地, 인人의 삼계三界로 나눈다. 상제는 다시 '조화造化는 창조의 역할', '교화教化는 가르침의 역할', '치화治化는 다스림의 역할', 이렇게 3가지의 역할을 한다.

-이제 조금 이해가 갑니다.

-다시 쉽게 설명하면 세상을 만들었으니 가르쳐야 하고, 다스려야 한다는 원리를 만들었다고 할 수 있다.

-아. 예.

-그렇다. 한 번에 전체를 알려하지 마라. 이해도 어렵지만 자꾸 잊어버리게 된다. 흐름만 이해하는 것만 해도 큰일이다. 우주창조의 원리를 만들어야 조직과 체계를 세울 것 아니냐. 그래서 우리 민족만의 우주창조론을 만들었다고 생각하면 된다. 이 원리로 조직구성의 원리를 만들고. 운영방법을 만들어냈다고 정리하면 된다.

-역사의 의미를 어떻게 봐야 합니까?

-역사는 과거로 현재를 배우고, 현재로 과거를 이해하는 징검다리다. 지금은 무엇보다도 강제로 배우지 못하게 하고 있는 것을 우리 환민족에게 전파하고, 이어나가야 한다. 그것이 우리의 책무다.

# 5. 홍범도, 역사에 눈을 뜨다

檀
古記

계연수와 홍범도는 마치 의형제처럼 친해져 백운산에 있는 백운사로 내려왔다. 그냥 산 중에서 헤어지기 아쉬워 산사에 들렀다. 계연수의 권유에 홍범도가 따라나섰다. 백운사는 작고 아담했다. 봄볕이 마당 가득 했다. 벌써 새소리가 달랐다. 경쾌하면서도 맑은 새소리가 산사를 점령하고 봄은 꽃봉오리를 터드리며 향기를 뿜었다. 봄에 점령된 산사. 산 그림자가 봄 향기에 젖은 몸으로 마당을 더듬고 있었다. 고목에서도 초록잎은 싹을 틔우기 시작하고 있었다.

-계십니까?

계연수가 봄볕 가득한 마당을 성큼 발을 들여놓으며 말했다.

-뉘신가?

칠성각 위쪽에서 소리가 났다.

-운초입니다.

-반갑구만. 어서 오시게.

노스님이 반갑게 맞아주었다. 천부 스님이었다. 운초가 약초를 캐다 들러 신세를 지곤 하는 백운사의 주지였다. 깊은 골에 자리를 잡아 신도도 그리 많지 않고 혼자 산사람이 되어 살아간다고 생각하고 있었다. 스님이 손을 곱게 모으자 계연수와 홍범도도 손을 모았다.

-봄바람이 사람을 이리로 데려 왔구만.

-산 중에서 한 인물 하는 사람을 만나 함께 왔습니다.

계연수가 홍범도를 소개했다. 천부 스님과 홍범도는 목례로 인사했다. 홍범도는 금강산에 있는 절에 들어가 산 일이 떠올랐다. 홍범도는 산사에 들어오자 한 사람에 대한 그리움이 치밀었으나 내색하지 않으려 노력했다.

-칠성각을 곱게 지으셨네요.

칠성각 방향에서 천부 스님이 나올 때 본 느낌을 홍범도가 말했다.

-빚을 졌으니 갚아야지요.

-빚이라니요?

홍범도가 천부 스님에게 물었다.

-운초 선생에게서 이야기를 듣지 못했습니까?

홍범도에게는 뜬금없는 이야기였다.

홍범도가 말의 의미를 모르고 서 있자 천부 스님이 말했다.

-불교가 우리 민족 고대의 믿음으로부터 은혜 받은 것이 많다는 이야기를 듣지 못하셨군요. 이번 기회에 직접 들어보시지요.

천부 스님이 넌지시 계연수에게 설명할 것을 넘겼다.

-아하. 일전에 제가 스님에게 말씀드렸더니 다시 이야기를 꺼내셨습니다.

-그러지 마시고 저에게도 한 수 배우는 기회를 주시지요.

천부 스님이 계연수에게 떠넘기자 홍범도가 다시 계연수에게 설명을 청했다.

-좋지요.

계연수가 본격적으로 설명을 하기 전에 허공을 쳐다보았다.

-우리 환민족에게는 전통적인 믿음의 세계가 있었습니다. 하늘에 제사지내는 제천의식이지요. 그 제단이 곳곳에 있었는데 강화에 있는 참성단이 그 중 하나입니다.

-제천의식이나 참성단이 불교와 관계가 있다는 말은 처음입니다.

-당연하지요.

-당연하다고요?

-그렇습니다.

홍범도는 제천의식과 불교가 관계없다는 말을 처음 들었다는 말에 당연하다는 답이 이해가 가지 않았다. 모르고 있는 것이 당연하다는 말이었다.

-이참에 본격적으로 공부하는 시간을 가져보시지요. 여기서 이러지 말고 안으로 들자고요.

천부 스님이 계연수와 홍범도를 요사채로 안내했다.

천부 스님이 화로에다 차를 끓여 한 잔씩 건네주었다. 차향이 방안에 가득했다.

-제천의식과 불교가 관계있다는 말을 처음 들은 것이 당연하다는 말씀을 하셨는데 무슨 의미입니까?

-마음이 급하시군요.

계연수가 말을 받은 후 차를 마셨다.

-이 땅에 불교가 들어오면서 전통적인 우리의 믿음인 제천의식과 삼신사상이 사라졌지요. 원래 절은 환민족이 제사지내고, 모시던 곳이었

지요. 제천의식과 삼신사상이 쇠퇴하면서 그 자리를 불교가 들어선 것입니다.

-어디에 근거한 말입니까?

조금은 대들 듯이 홍범도가 말에 힘을 주었다.

계연수는 반발하듯 물어보는 홍범도를 바라보며 서두르지 않고 한 발 물러서서 차를 한 잔 마시는 것으로 잠깐의 침묵을 가졌다. 천부 스님은 가부좌한 채로 찻잔이 비면 주전자에 담긴 차를 채워주었다. 그리고는 아무 말도 없이 두 사람이 이야기하는 모습을 바라보고 있었다.

-우리의 전통 믿음의식에는 삼신사상과 신선사상이 있습니다. 먼저 대웅전과 칠성각, 신선각에 대해 말씀드리겠습니다.

홍범도의 시선이 계연수에게 꽂혔다.

-칠성각부터 말씀드리면 불교와 칠성각이 무슨 관계가 있어 보입니까?

홍범도는 생각하다가 고개를 갸웃했다.

-글쎄요. 관계가 없어 보입니다.

-그렇지요. 칠성각은 북두칠성을 상징하는 것입니다. 불교와는 관계가 없습니다. 우리 환민족은 북두칠성에서 왔다고 생각합니다. 그래서 죽으면 북두칠성으로 돌아간다고 하지요. 돌아가는 곳이 북두칠성입니다. 그 중 북극성이고요. 그래서 우리는 죽으면 칠성판 위에 시신을 눕히지요. 북두칠성으로 돌아가라는 의미지요.

-그러면 대웅전은 무엇입니까?

조금은 누그러진 소리로 물었다.

대웅전에 대한 직접적인 답을 피해 다른 말로 이끌었다. 대웅전을 설명하려면 약간의 설명이 필요했다.

-우리를 동이족이라고 합니다. 동이족이 최초로 만든 나라가 단국입니다.

-단국이라고요?

-예. 단국檀國입니다.

-그러면 제가 최초의 우리나라 이름도 모른다는 이야기네요.

홍범도가 어처구니없는 표정으로 계연수와 천부 스님을 쳐다보았다. 천부 스님은 그저 웃고만 있었다.

-환민족의 최초의 나라는 단국 이전에 환국이라고 있었지요.

-환민족의 최초 나라는 환국이고, 동이족의 최초의 나라는 단국이라는 말씀이시지요?

단국 이전에 환국이 있었다는 말과 이야기 한 동이족은 무엇인지 이해가 되지 않았다.

-비슷하면서 조금은 다릅니다. 환국은 인류 최초의 나라지요. 그래서 군이 환족桓族이라고 합니다. 그리고 우리를 일러 동이족이라고 하는데 우리 동이족이 세운 첫 나라가 단국입니다. 같은 말이면서 미묘한 차이가 있습니다.

-이해가 될 듯하면서 이해가 되지 않네요.

-기회가 되면 조금씩 알아 가시면 됩니다. 다시 원점으로 돌아가서 대웅전에 대해 말씀드리겠습니다.

계연수가 숨을 고른 후에 이야기를 계속 했다.

-환국의 왕을 환인이라고 하고, 단국의 왕을 환웅이라고 했습니다. 그리고 고조선의 왕을 단군이라고 했습니다.

-단군이 한 분이 아니라는 말씀이시네요.

-그렇지요. 동이족이 세운 국가의 최초 왕인 환웅을 모신 곳이 대웅전

입니다. 부처에게 대웅大雄이라는 말은 큰 남자 또는 큰 사내라는 의미인데 안 어울리지요. 불교를 믿는 나라 중에서도 대웅전은 우리에게만 있고요. 중국에 일부 있지만 우리의 영향을 받은 것이라고 보면 됩니다.

-기록이나 근거가 있나요?

-부분적으로 있지요.

계연수는 《삼국유사》에 나오는 기록까지 대며 자세하게 설명했다. 환웅상이 모셔진 대웅전과 부처상이 모셔진 대웅전에 대한 기록이었다. 《삼국유사》 아도기라阿道基羅에 보면, 고구려의 아도화상의 어머니 고도령高道寧이 아들인 아도화상을 신라에 보내면서 말한 내용이 있다. 내용을 보면, 〈신라의 경도京都 안에는 절터 일곱 처가 있다. 이는 모두 전불시前佛時의 절터다〉라고 적혀있다. 석가불 이전의 절터와 석가불 이후의 절터에 대한 설명이다. 환웅전이 대웅전으로 바뀌는 과정에 대한 설명이다. 계연수는 역사적인 근거까지 대면서 자세하게 설명했다. 좀 더 설명하면 같은 대웅전이지만 환웅을 모셨던 대웅전과 부처를 모시는 대웅전이 바뀌었음을 말한다.

홍범도는 놀라워하며 더 알고 싶어 했다.

-우리의 큰 산에도 그 이름의 흔적이 남아 있습니다.

-어떻게요?

-큰 산마다 천황봉이 있는 것을 보셨을 것입니다.

-예. 그렇지요.

-환웅천황에서 유래한 이름입니다. 속리산, 지리산, 월출산, 두류산 등 큰 산의 주봉들의 이름이 천황봉입니다. 주봉에 환웅천황의 이름을 붙인 것입니다. 그리고 천황봉과 천왕봉은 같은 의미입니다.

-놀랍습니다. 흔적이 여러 군데 그대로 살아있군요?

-그렇습니다.

-또 다른 것들도 있습니까?

-있지요.

-그래요?

-예. 산신각山神閣도 그렇고, 삼성각三聖閣도 마찬 가지입니다. 산신이나 삼성이 불교와는 관계가 없는 것들입니다. 불교 이전의 고대로부터 내려오던 것을 그대로 사용하고 있는 것이지요. 우리의 토착신앙과 불교의 만남이 되었지요.

-빼앗긴 것은 아니고요?

-빼앗긴 것도 맞고요.

-아하. 그래서 스님께서 빚을 졌다고 하신 것이군요.

스님이 빙긋이 웃었다. 계연수도 함께 웃었다.

-그러면 저기 보이는 원이 세 개 있는 것도 우리의 토착신앙과 관계가 있나요?

-그렇지요. 원이삼점圓伊三點을 말씀하시는 거지요?

-이름은 모르지만 지붕 옆에 원 세 개가 그려져 있는 것이요?

문을 열어놓으면 시원한 봄이었다. 홍범도가 대웅전 지붕의 합각 부분에 그려져 있는 원 세 개에 대해 물어보았다.

-우리 민족에게 3은 아주 중요한 의미를 가지고 있습니다. 삼신할머니부터 설명이 시작되어야지요. 불교에서는 다르게 의미를 부여하고 있는 것으로 알고 있습니다.

계연수가 천부 스님을 바라보며 설명을 부탁했다.

-원이삼점은 사찰의 지붕 합각에 그리는데, 큰 원에 점 세 개를 그립니

다. 불가에서는 불.법.승 삼보三寶, 계.정.혜 삼학三學을 의미한다고 가르칩니다. 또 법신.보신.화신의 삼신불三身佛의 삼위일체를 상징하기도 합니다.

-두 분은 만나면 이런 대화로 보내십니까?

홍범도의 물음에 계연수와 천부 스님은 마주 보고 웃었다.

-이런 이야기를 즐기시는 듯합니다.

천부 스님이 홍범도를 바라보며 말했다.

-저는 사냥을 하며 살지만 우리 역사에 관심이 많습니다. 오늘은 처음 듣는 이야기여서 충격적입니다. 놀라운 것은 우리나라 최초의 나라 이름도 몰랐다는 것이 안타깝습니다. 더구나 단군이 한 분인 줄 알았는데 왕이라는 의미를 가지고 있고, 단군이 여러 분 있다는 것도 놀랍습니다.

이야기하느라 시간 가는 줄 모르고 있었는데 젊은 스님이 밥상을 차려 내왔다. 단출한 산채비빔밥이었다.

-혼자신 줄 알았는데 다른 스님이 계셨네요?

-일마 전부터 함께 살고 있습니다.

-오늘은 공부하고 밥까지 신세를 집니다.

-그런 말씀 마세요. 소승은 더 많이 신세를 지고 살지요. 이것들은 다 얻은 것들입니다.

천부 스님이 밥상 위에 있는 밥과 반찬을 가리키며 말했다.

-부처님에게 바친 것을 제가 옆에서 자리를 마련하고, 신세지고 있는 것이지요. 그리고 여기 나물은 운초 선생이 지난번에 놓고 간 것이고요.

너무나 겸손한 말이었다. 홍범도는 큰 사람의 말은 의미도 크다는 생각을 했다.

-공양 하는 참에 나물의 의미도 들어보시지요.

절간에서는 식사를 하는 것을 공양한다고 했다. 공양 중에 나물의 의미를 들어보라며 계연수에게 홍범도를 위해 이야기를 해 주라는 눈빛이었다.

-나물에도 깊은 의미가 있나요?

홍범도가 스님과 계연수를 번갈아 바라보며 물었다.

-나물은 우리나라 사람만 먹거든요.

-나물을 우리나라 사람만 먹는다고요?

-그렇지요. 야생식물을 채취해서 상식常食하는 경우는 없어요. 야생식물을 약초로는 사용하지만 야생식물을 늘 먹는 밥상에 올리는 경우는 없지요. 나물은 채소하고는 다릅니다. 중국도 없고, 일본도 그리지 못해요.

-그리지 못한다는 말은 무슨 의미지요?

-나물문화를 가질 수 있다는 건 대단한 능력이지요.

-나물을 뜯어서 먹는 것이 특별한 일이라고요?

나물을 해 먹는다는 것이 대단한 능력이라는 것을 이해할 수 없다는 표정이었다. 나물문화라고 나물에 문화라는 말을 붙인 것에 공감할 수 없었다.

-그렇지요.

계연수는 편안하게 답했다.

홍범도는 고개를 갸웃했다. 이해할 수 없다는 의미였다.

-나물을 채취해서 먹으려면 상당한 수준의 지식과 경험을 가져야 가능합니다. 우선 풀과 나무가 가진 특성과 약리 성분 그리고 맛과 자라

는 과정을 이해해야 가능하지요. 거기에 풀과 나무의 특성을 알아서 조리할 수 있는 과정을 찾아내야 하는 대단히 복잡하고 어려운 과정 전체를 이해해야 가능합니다.

-아하. 그렇군요.

홍범도가 계연수의 말을 인정했다.

-중요한 것은 여기에 있습니다.

홍범도가 다시 계연수를 응시했다.

-나물을 해 먹는 것을 나물문화라고 한 것은 개인의 능력이 아니라 한 나라의 백성들이 모두 다 알고 행하고 있는 문화현상으로 만들어 냈다는 점입니다. 어느 나라에서도 상상할 수 없는 문화혁명이지요.

-듣고 보니 대단한 일입니다. 한데 다른 나라는 정말 나물을 먹지 않나요?

-중국 사람들이 굶어죽으면서도 나물을 해 먹을 엄두를 내지 못합니다. 일본에도 없고요.

-왜지요?

-무서워서지요.

-나물을 해 먹는 것이 무섭다고요?

-그렇습니다. 풀의 성분이나 맛을 모르면서 먹을 수 있겠어요. 두렵지요.

-아하. 그렇군요.

-나물을 못 먹는 이유는 간단합니다. 잘못 먹으면 죽습니다. 풀과 나무의 성분 파악을 할 수 없기 때문이지요. 나물을 해서 먹는다는 것은 주변에 있는 풀과 나무의 자라는 과정, 약리성분, 조리과정 그리고 각기 다른 식물의 특성 모두를 알아야 먹을 수 있다고 했습니다. 나물문화는 특별한 우리만의 문화입니다.

-역사는 잘 모르지만 백이와 숙제가 수양산에 들어 고사리만 캐먹다가 죽었다는 이야기는 중국의 이야기가 아닌가요?

-잘 말씀하셨습니다. 백이와 숙제가 살던 나라는 고죽국입니다. 고죽국은 은나라와 같이 고조선의 제후국이었지요. 고죽국은 또한 은나라의 제후국으로 작은 나라였고요. 은나라와 고죽국 모두 동이족이 세운 나라입니다.

-그렇다면 나물문화는 동이족의 문화군요?

-그렇지요. 동이족의 문화였는데 지금 중국에서는 거의 사라지고 조선과 일부 동이 부족만 나물문화를 가지고 있습니다.

-그래도 약초는 중국에서 상당히 발달했지 않나요?

-그렇습니다. 약초는 있지요. 하지만 약초를 넘어서 나물문화를 만든 민족은 없습니다. 우리와 중국의 문화는 다릅니다. 저기 보이지요.

계연수가 가리키는 곳을 바라보았다. 풀숲이었다. 홍범도는 계연수가 가리키는 곳을 바라볼 뿐 특이점을 발견할 수 없었다.

-계연수가 일어나 잎을 하나 따왔다.

-이것이 하수오입니다.

-딱 보면 아시는군요.

-직업인 걸요. 하수오는 하수오何首烏라는 이름의 의미 그대로 '어찌 머리가 까마귀처럼 까만 색인가'입니다.

-하수오라는 이름이 참 재미있습니다.

-하수오를 먹으면 검은 머리가 나온다는 말에서 유래한 약초 이름이지요.

-그렇군요. 혹시 산삼은 언제부터 먹었는지 알 수 있습니까?

이번에는 홍범도가 산삼에 대해 물었다.

-원래 산삼이란 말은 없었습니다. 인삼입니다. 한데 인삼을 밭에 재배하기 시작하면서 밭에 심은 것은 인삼이고, 산에서 캐는 것은 산삼이라고 한 것이지요.

-아하. 그렇군요.

-예. 산삼은 고조선 때부터 영험함을 알고 먹었습니다. 기록이 있지요.

-인삼에 대한 최초의 기록이군요.

-예. 그렇습니다. 4세 단군인 오사구단군이 즉위한 해에 태백산에서 천제를 지내고 약초를 얻었다고 했습니다. 인삼이며 선약仙藥이라고 했습니다. 기록에도 신이한 영험이 있어 자못 특이한 효과가 있다고 했습니다.

-우리 민족의 모든 것을 알고 계신 듯합니다.

-그렇지는 않지만 우리 역사에 관심이 있습니다.

-우리 역사에 대해 새로운 내용을 듣게 되어 반갑고 고마운 일이지만 알고 있는 내용과는 너무 달라서 당황스럽습니다. 한 가지만 더 물어보겠습니다. 우리의 최초 국가였다는 환국과 동이족의 첫 나라는 동이족이 세운 단국이라고 했습니다. 건국의 역사적 의미는 어떻게 보십니까?

홍범도는 역사에 관심이 많았다. 더구나 민란이나 반란이라고 하는 홍경래의 난을 주도한 선조를 가진 사람으로서 역사를 알고 싶어 했다. 나라를 구하고자 일어났던 거사인 만큼 지금 나라가 기울어져 가고 있는 현실을 안타까워했다.

-이야기가 점점 깊어집니다. 이제 공양을 한 후에 다시 시작하시지요.

가만히 정좌하고 앉아 두 사람의 대화를 듣기만 하던 천부 스님이 한마디 했다.

# 역사동맹을 맺은 사람들

# 6. 이기, 아버지로부터 역사를 전수 받다

거친 파도가 조선을 덮치고 있었다. 은둔의 호랑이 조선은 깨어나 눈을 비빌 사이도 없이 혼돈 속으로 빠져들고 있었다. 조선의 한 복판에서 나라를 구해보겠다고 동분서주하는 혈기 왕성한 중년의 사내가 한양의 종로거리를 빠르게 걸어가고 있었다. 이미 중년의 사내는 노련할 대로 노련했고, 세상을 이해할 만큼 이해하고 있었지만 개인의 힘으로 세상을 바로 잡을 수 없다는 것을 알고 있었다. 이기였다. 조선은 상상하기 어려운 상황에 휩싸여 있었다. 청국과 일본이 조선을 삼키려하고 있었고, 민심은 척박해서 혁명의 격랑 직전에 있었다.

세상을 바로 잡겠다는 또 다른 사내, 대원군은 척화를 높이 들었다. 이른바 외세를 물리치고 문을 걸어 잠그겠다는 생각이었다. 이미 빗장을 열기도 전에 문이 부서져버렸다. 해일처럼 밀려오는 파도의 힘을 감당할 수 없어 허둥대고 있었다. 힘이 빠진 노인이 된 대원군으로서 감당할 수 있는 일이 아니었다. 이미 세상은 혼돈 속으로 접어들었다.

이기는 황현과 이건창과 헤어지고 나와 다음 약속 장소를 향해 가면서 혼돈의 바람이 조선으로 거칠게 불어오고 있는 것을 느낄 수 있었다. 조선은 어디로 갈 지 방향을 잃고 있었다. 조선은 쇄국으로 자신의 위치를 더욱 잃어버렸다. 주변 상황과 세상 돌아가는 일을 알 수가 없었다. 예측할 수 없는 바람이 불어왔고, 다시 예측할 수 없는 곳으로 바람이 불어가듯 모든 것이 어수선했다. 이기는 자신이 짊어진 짐의 무게가 감당하기 어려운 것을 알 수 있었다. 짐을 지워준 아버지의 말씀이 떠올랐다.

-우리 집안은 역사를 후손에게 전해주어야 할 숙명을 가진 집안이다. 불행인지 행운인지 알 수 없지만 운명인 것은 확실하다. 이암 선생 말고 또 한 분, 우리 고성 이씨 문중에 이맥이라는 분이 계셨다. 이맥 선생은 조선시대 연산군과 중종 때 분으로 연산군에게 미움을 받아 괴산에 유배되었다. 유배지에서 무료해 집에 고이 간직했던 고서古書와 이웃 노인들에게서 들은 구전口傳 그리고 자신이 관직에 있을 때 발견한 내각內閣의 비밀문서들을 참고하여 『태백일사』를 저술하셨다. 그리고 이맥 선생이 후손들에게 이 책을 비장秘藏하라 일렀다. 그 책을 나의 아들, 이기 너에게 전수해줄 때가 왔다.

아버지가 이처럼 준엄하고 단호하게 말씀하시는 것을 본 적이 없었다. 이기는 아버지가 말씀하시는 분위기에도 눌렸지만 운명은 결국 자신을 선택할 것임을 직감했다. 벗어날 수 없는 일임을 알았다.

-내가 네게 물려 줄 비서는《태백일사》다. 비서로서 전해 줄 많은 책이 있지만《태백일사》는 그중 핵심적인 책이다.

-《태백일사》요?

-그렇다. 《태백일사》!

-무슨 뜻입니까?

-태백일사太白逸史는, 태백太白의 잃어버린 역사라는 의미다. '큰 백白의 잃어버린 역사'라는 의미로 볼 수 있다. 그렇다면 크다는 의미인 태太를 없애고 나면 결국 남은 것은 '백白'의 의미다. 백白을 알면 모든 것이 풀린다.

아버지는 잠시 숨을 고르고 있다가 말을 이었다.

-우리나라의 이름에는 무엇이 들어있다고 했느냐?

-해, 즉 태양입니다. 태양을 숭배하는 민족이라고 했습니다.

-그렇다. 태백太白이라고 하면 큰 태양이라고 할 수 있다.

-그러면 백白이 태양이라는 말씀이십니까?

이기는 아버지가 태백太白이 큰 태양이라는 연결점을 이해할 수가 없었다. 클 태太에 흰 백白이니 '큰 흰빛'이라는 의미로 밖에 생각할 수밖에 없었다.

-이건 아주 중요한 의미를 가지고 있다. 백白자를 풀면 '해가 들어온다'는 의미를 가지고 있다.

-!

이기는 아버지가 해석하는 의미가 놀라웠다. 그렇게 생각한 적이 없었다.

-백白자를 가만히 보면 '들입入에 날일日'이다.

-아하. 그렇군요.

이기는 놀라움에 자신도 모르게 소리쳤다.

아버지는 아들이 놀라워하는 모습을 흐뭇한 표정으로 바라보았다.

-이제 이해가 가느냐?

-예. 이해가 갑니다. 해를 받아들이는 것이 백白이고, 앞서 말씀하셨던 환桓의 의미가 하늘과 땅 사이에 있는 태양의 밝은 기운을 받아들이는

것이라고 하셨습니다. 그리고 환桓은 환하다는 말을 한문으로 풀어서 쓴 것이라고 하셨습니다. 큰 해를 몸과 마음으로 받아들이는 것이 태백이 되겠군요. 그렇다면 백白은 환桓과 같은 의미를 가지게 됩니다.

아들 이기를 바라보는 아버지의 눈이 부드러워졌다. 따뜻하고 넉넉한 마음으로 대견스럽게 아들을 바라보고 있었다.

-우리의 성산인 백두산白頭山이라고 한 것과 같은 원리다. 백두산과 같은 의미의 이름으로 태백산太白山이 있다.

-그러면 우리가 흰 옷을 입고 사는 것과도 연관성이 있겠군요.

-그렇다. 백의민족이라는 말이 그냥 나온 말이 아니다. 백白은 태양족의 상징적인 글자이고, 우리를 일러 하늘의 자손이라고 해서 천손민족이라고 한다. 해를 받아들였으니 가장 밝은 모습을 가지게 된 것이 태백太白이다. 곧 우리 선조들은 우리의 상징적인 것이 태백이다. 세상에서 가장 밝은 색은 흰색이다. 태백을 상징하는 대표색이 붉은 색이 아니라 흰색이다. 곧 우리는 태양족을 상징하는 흰옷을 입는 것이다.

-소복마저도 흰 것이 여기에 기인한다고 보면 됩니까?

-그렇다. 소복素服은 흰옷이라는 의미 아니더냐?

-예 그렇습니다.

-죽어서 다시 돌아가는 곳이 어디라고 했느냐?

-북두칠성이라고 하셨습니다.

-북두칠성에서 올 때 태양을 받아들여서 흰빛으로 태어났으니 다시 돌아갈 때 흰빛으로 입고 돌아가는 것이다.

-하나하나가 신기합니다. 그런 깊은 의미가 있는 우리민족인 줄 오늘에야 알게 되어 송구스럽습니다.

-네 잘못이 아니다. 지금 조선은 유학에 빠져 공자와 맹자만이 살아남

았다. 우리 것은 버리고 남의 것으로 살고 있는 형국이다.

아버지의 말이 끝나자 밖에서 시끄러운 소리가 들려왔다.

문을 열자 병졸들이 들이닥쳤다. 순식간에 일어난 일이었다. 평소에 문제가 될 일을 만든 적도 없었고, 어려운 일도 없었다. 병졸들이 찾아올 이유가 없었다. 병졸들은 사랑채와 안채로 들어가 뒤지기 시작했다.

-어인 일이요?

아버지의 말에 장졸들이 행동을 멈추었다. 장졸 중 한 명이 아버지에게 다가갔다.

-불온서적의 온상을 찾기 위한 불시 조사입니다.

-선비의 집을 이리 함부로 뒤져도 된단 말이요?

-지시에 따를 뿐입니다.

다시 장졸들이 수색에 들어갔다. 집안 구석구석을 다 뒤졌다. 다락을 확인하고, 천장까지 뒤졌다. 마룻장까지 뜯어내어 확인했다. 특별한 서적을 발견하지 못하고 돌아갔다. 집안 살림을 다 뒤졌다. 집안을 공포분위기로 몰아넣었다. 한바탕 집안을 흔들어놓고는 사라졌다. 아버지는 미동도 없이 서 있었다. 깊은 생각에 잠긴 듯이 먼 곳을 바라보고 있었다.

-저희 후대가 전해야 할 비서가 있다고 하셨는데 두렵지 않으셨습니까?

-어찌 두렵지 않기야 하겠느냐. 하지만 내가 감당할 수 없는 일이 일어나는 것을 걱정하는 것은 괜한 걱정이다. 발각되면 어찌하겠느냐. 받아들여야지.

-그러면 비서들이 집안에 있단 말씀입니까?

-그렇다. 곳간 장작을 쌓아놓은 바닥에 있다. 바닥 밑에 광이 만들어져

있다.

-한 번도 본 적이 없습니다.

-그럴 게다. 나와 네 어머니만 알고 있다.

-어떤 책입니까?

-《태백일사》와 《단군세기》가 그 중 으뜸이고, 관련고서들이 십여 권 있다. 찾아내 수거하려는 왕도 가련하고, 그런 처지에서 살아가는 조선 사람들의 처지도 가련하다.

-어떤 연유에서 그렇습니까?

-나라 관계는 하나의 원리에 의해 작용한다. 힘이다. 조선은 약자다. 그러니 강자들의 비위를 맞춰야 한다. 수서령收書領은 여러 번 있었다.

나라에서 민간의 책들을 거두어들이는 수서령은 조선 5백 년 동안 수시로 있었다. 《주남일사기周南逸士記》·《지공기志公記》·《표훈천사表訓天詞》·《삼성밀기三聖密記》·《도증기道證記》, 《지리성모하사량훈智異聖母河沙良訓》, 문태文泰·옥거인玉居仁·설업薛業 세 사람의 기록 1백여 권과 《고조선비사古朝鮮秘詞》, 《대변설大辯說》, 《조대기朝代記》, 안함로원동중安含老元董仲《삼성기三聖記》 등이 있었다. 사처에 간직해서는 안 되는 불온서적이었다. 자신의 역사를 기록한 것을 불온서적으로 거둬들이는 참담한 나라가 조선이었다. 만약 간직한 사람이 있으면 관청에 바치도록 하고 바친 자는 2품계를 높여 주거나 면포 50필을 상으로 주도록 했다. 그리고 숨기고 바치지 않는 자는 참형에 처했다.

놀라운 일이다. 책을 숨겨놓았다고 해서 참형을 시켜야 하는 무서운 이유가 있을 것이다. 책을 숨겨놓았다고 사형에 처해지는 무서운 일이 벌어지고 있었다. 강국에 의해 약소국은 엎드려야 했다. 조선 초에는 우리는 천자의 나라가 아니라고 스스로 머리를 숙여야 했다. 이후에도 여러 번 나라에서는 수서령을 내려 책을 거두어들였다. 그리고 분서焚書를 했다. 정묘호란 때에도 인조가 남한산성에서 버티다 삼전도에서 항복하고서는 천자의 나라인 것을 적은 책들을 수거해 불살라 버렸다. 명나라와 청나라가 천자의 나라이고, 진정 천자의 명맥을 이어 온 조선은 천자임을 포기해야 했다.

-그러면 아버지는 어떻게 이를 지켜오셨습니까?

-내가 이야기하지 않았느냐. 다시 말하지만 우리 고성 이씨 집안에서도 우리 집안은 역사의 큰 짐을 끌어안을 수밖에 없는 사연이 있다.

고성 이씨 집안은 역사의 증인이었다. 역사의 증언을 할 수 있는 집안이었다. 고대의 역사를 직접 저술한 집안이었다. 《단군세기》와 《태백일사》를 저술한 집안이었다. 지켜온 것뿐이 아니라 직접 저술한 집안이었다. 조선에서 더 이상의 고대 조선의 역사를 알고 있는 집안은 거의 없었다. 당연히 역사의 짐을 질 수밖에 없었다.

《단군세기》를 저술한 행촌 이암李嵓은 고려사 〈열전〉에 올랐을 정도로 유명한 인물이었다. 이암은 고려 25대 충렬왕 때 고성 이씨 이우의 장남으로 태어났다. 행촌이란 호는 이암이 유배되었던 강화도의 마을 이름에서 따왔다. 이암은 고성 이씨 집안의 9세손이었다. 증조부 이진은 고종 때 문과에 합격하여 승문원 학사를 역임했고, 조부 이존비 역시 과거에 급제하여 문한文翰학사 및 진현관 대제학 등을 역임했다. 부친 이우는 과거에 응시하지 않았으나 문음제를 통해 경상도 김해와 강원도 회양의 부사를 지냈다. 선비 집안의 학통을 가지고 있었다.

이암의 조부 이존비는 환국과 배달의 역사에 대해 근본을 통하고 환단 사상에 대해 깊은 안목을 가진 대학자였다. 할아버지 이존비의 정신을 그대로 전수받은 후손이 바로 행촌 이암이다. 이암은 10세 때 강화도 마리산의 보제사에 들어가 3년 동안 유가의 경전과 우리 고대사에 대한 기록을 탐독했다. 부모님이 그리울 때면 마리산 꼭대기의 참성단에 올라, 수천 년 전 그곳에서 삼신상제님께 천제를 올린 단군왕검의 역사의식을 가슴에 새겼다.

17세에 문과에 급제한 이암은, 고려가 원나라의 내정 간섭을 받던 시기의 여덟 국왕 가운데 여섯 분을 모시면서 격동의 삶을 살았다. 충선왕 때 나라의 관인을 관장하는 직책으로 시작하여 두 차례 유배를 당하고, 왕의 책봉을 위해 원나라에 사신으로 다녀오기도 했다. 이후 수년 동안 관직에서 물러났다가 62세 때 공민왕의 부름으로 환도해 오늘날의 국무총리 격인 문하시중의 자리에 올랐다.

행촌 이암에게는 고려와 조선의 여느 정치가, 학자와는 남다른 면모가 있었다. 이암은 어려서부터 유학 서적만이 아니라 동서문화의 원류인 신교 사서를 탐독하여 신교의 삼신문화에 정통했다. 이암의 저술은 유배지에서 열매를 맺었다. 첫 유배지였던 강화도에서 3년을 보낼 때도 우주의 이치와 천문, 풍수, 지리 등을 연구하는 독서를 많이 했다. 그리고 유배에서 풀려나 천보산 태소암에서 1년간 머물 때, 소전素佺거사로부터 인류 문명의 황금시절이었던 환국-배달-조선으로 이어지는 고서적들을 전수받았다. 신교문화에 통한 이암을 소전거사가 알아보고서 석굴 속에 감춰져 전해오던 사서를 전해주었다.

-아버지. 우리 집안이 역사의 산실이네요.

-그렇다. 우리 집안이 우리 역사의 중심이다. 그러기에 두렵고 벅차다.

아버지는 아들 이기에게 역사와 관계된 집안 내력을 설명해 주었다.

이암은 나중에 그것을 근거로 《단군세기》를 썼다. 당시 소전과 나눈 이야기를 바탕으로 환단시대의 도학을 논한 《태백진훈太白眞訓》을 지었다. 이암은 67세에 사직에서 물러난 후 강화도로 건너가 선행리 홍행촌에 해운당海雲堂을 지어 머무르면서 《단군세기》를 마무리 지었다.

《태백일사》를 지은 이맥은 조선시대 문신이었다. 호는 일십당一十堂이며 행촌 이암의 고손자다. 진사시에 합격했으나, 과거에 뜻이 없어 학문에만 힘썼다. 44세 때 비로소 급제하였다. 성균관 전적 등 여러 관직을 거쳐 사헌부 장령에 이르렀다. 장령으로 재직 시에 연산군의 총애를 받던 장녹수에 대해 여러 차례 탄핵 상소를 올려 미움을 사서 괴산에 유배되었다. 귀양살이 중에 집안 대대로 내려오던 책들과 노인들에게서 채록한 이야기를 토대로 환민족의 역사를 기록했다. 이맥의 역사의식은 인생 후반에 타올랐다. 66세 때인 1520년, 실록을 기록하는 사관인 찬수관撰修官이 되었다.

세조, 예종, 성종 때 전국에서 대대적으로 수거하여 궁궐 깊이 감춰 둔 상고 역사서를 접할 수 있게 되었다. 금서들의 사실史實과 예전 귀양 시절에 정리해 둔 글들을 합쳐 한 권의 책으로 묶었다. 목숨을 건 일이었다. 거두어 들인 책들을 보는 것만으로도 문제의 소지가 있는데 핵심적인 내용들을 다시 정리해 개인적으로 가지고 있다는 것은 위험한 일이었다. 이맥은 두려움을 끌어안고 기어이 《태백일사》를 완성했다. 태백일사太白逸史라는 책이름은 '정사正史에서 빠진 태백의 역사' 라는 뜻도 있다. 다시 말해 잃어버린 태백의 역사였다. 이맥은 몰래 저술한 책을 세상에 내놓지 못하고, 74세를 일기로 세상을 떠날 때까지 집안에 비장했다.

조선의 상고사와 고성 이씨 집안의 내력은 깊었다. 이기는 상고사와 접하게 되고 역사의 짐을 짊어질 수밖에 없는 사유를 전해 들었다. 개인의 일이 아니라 조선인 모두에게 밝혀야 할 역사였다. 세상에 밝혀도 좋을 광명의 시기가 올 때까지 계속 비장해야 할 책들에 대한 사연과 아버지의 당부였다.

짊어진 짐을 넘겨주어야 하는 아버지의 마음이나 넘겨받아 짊어져야 하는 짐을 받은 아들이나 마음이 무겁기는 마찬가지였다.

-목숨을 건 짐이네요.

-그렇다. 그러나 어찌하겠느냐?

부자는 한동안 말이 없이 서 있었다. 숨겨놓은 비서를 찾기 위해 집을 뒤지고 간 것은 잊고 생각에 잠겨있었다.

《태백일사》는 조선에서 단 한 권이었다. 집안 어른인 이맥이 저술했기 때문이었다. 집안의 비서로 대를 이어서 전수해 온 책이었다. 다른 책은 누군가 가지고 있을 수 있었지만 《태백일사》는 유일본으로 하나뿐이었다. 이기는 호기심이 발동했다. 내용이 알고 싶었다. 도대체 어떤 책이기에 집안에서 대를 이어오면서 지켜야 하고, 목숨을 잃을지도 모르는 위험을 감수해야 하는가 알고 싶었다.

-오늘은 이만 쉬자. 차차 알아가도록 하자.

아들에게 위험을 안겨주는 아버지로서의 마음이 무거웠다. 한 번에 전해줄 수 있는 내용도 아니었다.

# 7. 계연수와 홍범도, 역사의식 공유하다

**계**연수와 홍범도 그리고 천부 스님은 벚꽃이 피는 계절의 한 복판에 놓인 들마루에 앉아 이야기를 이어갔다.

-세상은 어지러워도 꽃이 어지러운 이곳은 천국이지요.

천부 스님이 시 한 수를 읊듯이 말하자 두 사람은 감동했다. '세상은 어지러워도 꽃이 어지러운 이곳은 천국'이라는 말이 그랬다.

-역시 산 속에 있으니 신선이십니다.

-저도 덩달아 신선이 된 듯합니다.

홍범도의 말에 이어 계연수가 신선이라도 된 듯이 말을 받았다.

-저야 산신각에서 기도를 드린 것이 전부지요. 산신각을 마련해준 마음이 고맙지요.

-산신각은 우리의 전통종교의 흔적이라고 하지 않으셨나요?

천부 스님의 말에 홍범도가 물었다.

-그렇지요. 제가 그런 것이 아니라 계연수 선생이 한 말이지요.

-맞는 말입니까?

천부 스님이 산신각에 대해 전해들은 이야기의 당사자가 계연수였다는 말에 홍범도가 계연수를 바라보며 물었다.

-우리 조선인의 종교가 유불선儒佛仙, 유불도儒佛道라고 하지요. 같은 말입니다. 우리의 전통종교가 도선道仙이고 선도仙道입니다. 동양종교는 모두 사람에게 관심이 많습니다. 요즘 물의를 빚고 있는 천주교는 인간보다 신에 관심이 많습니다. 동양종교의 뿌리는 후일 이야기할 기회가 있으면 하고, 유불선을 살펴보겠습니다.

가볍게 시작한 신선 이야기가 전문적인 내용으로 깊어가고 있었다. 모두 싫어하는 눈치가 아니었다. 오히려 반기는 기색이었다. 천부 스님이 은근히 부추겼고, 홍범도는 오늘 새로운 세계에 놀라워하며 즐기고 있었다.

-유교는 사람이 인을 실천하면 군자가 됩니다. 군자가 한 단계 더 오르면 성인이 되지요. 불교는 사람이 깨달으면 각자覺者가 됩니다. 부처가 되는 것입니다. 우리의 전통종교인 선교는 사람이 도통하면 신선이 됩니다. 모두가 사람이 노력해서 도달할 수 있는 사람 중심의 종교를 가지고 있습니다. 반면 천주교는 신 중심의 종교입니다.

계연수는 차분하게 이야기를 했다. 누구보다도 분위기를 즐기고 있는 것은 홍범도였다.

-도교라는 것이 중국의 것이 아니라 우리의 것이라는 말씀이시지요.

-그렇습니다. 우리가 중국인이 만든 것으로 알고 있는 것들은 대부분 우리의 것입니다.

-바뀐 이유가 무엇입니까?

-힘의 논리지요. 간단하게 말하면 상고 역사 쟁탈전에서 빼앗긴 것이라고 할 수 있습니다.

-역사 쟁탈전이라고 하셨습니까?

-그렇지요.

계연수와 홍범도의 대화를 천부 스님은 옆에서 즐기고 있었다. 누구보다도 상고사에 대해 관심을 가지고 있었고 오래 전부터 혼자서 공부를 하고 있었다. 법명이 천부인 것도 이유가 있었다.

-역사를 빼앗긴 것이 우리 조선이고, 역사를 빼앗아간 것이 중국이라는 말씀이시지요.

-그렇습니다.

-근거를 댈 수 있습니까?

홍범도는 확실한 사람이었다. 설명이 안 되면 믿지 못했다. 눈으로 본 것을 믿고, 실제 경험한 것을 믿는 성격이었다. 그리고 이해되지 않으면 믿지 않았다.

-근거 없이 설명하는 것이 아니고, 공부하고 확인한 내용들입니다.

-빼앗긴 이유를 힘이라고 했습니다. 결국 힘이 없어서라는 말씀이십니다.

-그렇습니다. 힘이 없으면 모든 것을 잃습니다. 반상班常, 즉 양반님과 상놈도 힘이 작용한 것입니다. 평민이 강자가 되는 날이 세상 평등이 오는 날이지요. 나라가 기울어져 약소국으로 전락하고 나서 모든 것들은 강자에게로 귀속되었지요. 한문도 그 중 하나고요.

-한자漢子가, 그렇다면 한자가 우리 것이라는 주장을 하려는 것입니까?

-없는 이야기를 하는 것이 아닙니다. 다 역사에 기록되어 있습니다.

-갈수록 태산이라더니 태산으로 드는 느낌입니다.

이번에는 천부 스님의 눈빛이 반짝였다. 천부 스님도 한자에 대한 이야기는 처음 듣는 이야기였다.

-설명하려면 은근 긴데 괜찮습니까?

계연수가 한자에 대해 설명하기 전에 운을 뗐다. 흥미로워하지 않으면 자세히 설명하기가 쉽지 않아서였다.

-길어도 좋습니다.

홍범도가 시원스럽게 대답했다. 진정으로 듣고 싶어 하는 눈빛이었다. 천부 스님도 웃음으로 응락했다.

-한자를 사용하는 나라는 우리 조선과 청나라 그리고 왜국입니다.

-그렇지요.

-세 나라 모두 한자를 사용하는 것을 어려워합니다.

-한자를 사용하는 것을 어려워한다고요?

-그렇지요.

-무엇이 어렵다는 것이지요?

-한자는 뜻을 가진 글자라 본질을 이해하는데 도움을 주지만 전체를 이해하는 데는 상당히 불편한 문자입니다.

아리송한 말이었다. 본질을 이해하는 것에 도움을 주지만 전체를 이해하는 데는 불편하다는 표현이 그랬다.

계연수는 당연한 반응이라는 듯 자연스럽게 풀어갔다.

-한자는 한 글자 한 글자로서는 최고의 문자지요. 예를 들면 집이라고 하면 집을 표현하는 글자가 다양합니다. 우선 떠올려 봐도 사숨도 집이고, 재齋도 집이고, 당堂도 집입니다. '사재당루각청전舍齋堂樓閣廳殿' 모두 집의 종류지요. 글자 하나만 보면 이해가 쉬워요. 하지만 문장으로 보면 불편합니다. 우리는 우리가 쓰는 말을 그대로 옮겨 적을 수가 없지요.

-그런가요?

-'천리길도 한 걸음부터'를 한자로 적어보세요. 더구나 어려운 것은 우리말이나 다른 나라 말이든 그대로 적기가 어렵다는 점이지요. '복남아 네 어머니 어디 갔니?'를 한자로 적어보세요. 함경도 사투리로 적으면 더 어렵지요. '복남아, 네 오마니 어드메 갔네?'를 한자로 적어보세요.

홍범도와 천부 스님이 웃었다. 생각 못 했던 내용이었다.

-중국은 오래 전에 백화문을 사용해서 소리 나는 대로 적을 수 있는 글자를 만들었으나 부족했지요. 그래서 백화문을 다시 만들어 사용하고 있으나 역시 부족한 점이 많습니다. 왜국은 가나라는 글자를 만들어 한자의 부족한 점을 보완했지요.

-그러면 우리는요?

성격이 활달한 홍범도는 질문에 주저하는 것이 없었다. 궁금하면 바로 물어보아야 직성이 풀리는 성격이었다.

-우리는 오래 전에 이두를 사용했고, 이미 오래 전에 우리만의 소리글자인 가림토 또는 가림다라는 글자를 만들어 사용했으나 역시 모음이 부족해 일부만 사용하다 거의 사라졌습니다. 다시 가림토 글자를 응용해서 만든 것이 훈민정음, 즉 언문입니다.

-한자가 우리가 만든 글자라는 것을 먼저 이야기 해주시지요.

홍범도는 마음이 급했다. 직접적인 관련이 있는 것을 말하지 않고 주변부터 이해시키려는 계연수와 홍범도의 충돌이었다. 먼저 그걸 알아들을 수 있게 해달라는 주문이었다. 천부 스님은 여전히 두 사람을 바라보고 이야기를 경청할 뿐 말이 없었다. 전혀 다른 성격의 세 사람이었다.

계연수는 급하게 직설적인 홍범도의 주문에 소리 내어 웃었다. 그리고 다시 이야기를 시작했다.

-우리는 동이족이라고 말씀드렸습니다. 한자를 자세히 살펴보면 우리의 말의 원리와 한자의 원리가 일치합니다. 중국인들과는 다릅니다.

홍범도와 천부 스님은 정말 그럴까하고, 반신반의하는 표정이었다.

-중국인들의 한자 발음은 우리 발음원칙에 맞춰져 있습니다. 중국인들이 사용하는 발음원칙에 적용되지 않지요. 더 정확하게 말하면 청에서 만든 한자 사전인 강희자전에 보면 한자 하나하나의 발음을 적어놓았는데 우리 조선인의 발음에 정확하게 맞게 발음하도록 되어 있습니다.

-아니, 그렇다면 중화인들은 자신들의 한자사전에 적힌 대로 발음을 못한다는 말인가요?

-그렇지요.

홍범도와 천부 스님은 놀라워했다.

-예를 들면 이렇습니다. 발음원칙을 반절음半切音이라고 합니다. '백白'을 소리 내어 발음할 때 '박맥절薄陌切'로 발음하라고 되어 있지요. 조금 복잡한데 설명하겠습니다. 첫 글자에서 초성을, 두 번째 글자에서는 중성과 종성을 발음하는 원리지요. 첫 번째 글자인 '박薄'에서는 초성인 'ㅂ'을, 두 번째 글자인 '맥陌'에서는 중성과 종성이니 '액'이지요. 둘을 합치면 '백'이 됩니다. 중국인들은 '바이또우'로 발음하지요. 이해가 쉽지 않지요?

두 사람은 고개를 갸웃했다.

-하나 더 해볼까요. 산山의 반절음은 '사한절師閒切'로서 첫 번째 사師의 초성은 'ㅅ'이고, 두 번째 글자 '한'에서 중성과 종성은 '안'이지요. 〈ㅅ+안〉은 '산'입니다. 중국인들은 샨이라고 발음합니다.

-이유가 뭐지요. 자신들의 사전에 있는 발음을 다르게 발음하는 이유가 있지 않을까요?

이번에는 침묵하고 웃기만 하던 천부 스님이 물었다.

-우리는 한자를 뜻글자로 사용했고, 중국인들은 한자를 뜻글자와 소리글자를 합해서 사용했지요. 한자를 처음 만든 사람들이 우리이기 때문에 우리 발음원칙에 맞는 것이지요. 그것 뿐이 아니라 글자의 원리에도 우리는 정확하게 일치하고. 중국인들은 맞지 않습니다.

-아하. 어떤 원리를 말하나요?

-한자는 뜻글자로 글자 하나를 만들 때 의미를 담으려고 노력했습니다. 거기에 한자가 가진 원리를 그대로 보여주고 있습니다. 한데 우리는 일치하지만 중국인들에게는 일치하지 않습니다.

-?

두 사람은 내용을 알 수 없어 계연수만 바라보았다.

-어렵지 않아요. 실제로 해보면 이해가 됩니다.

두 사람은 여전히 계연수만 바라보았다.

-호흡呼吸이란 말이 있습니다. 호呼는 숨을 내쉰다는 뜻이고, 흡吸은 들이 쉰다는 뜻입니다.

-맞아요.

계연수의 말에 홍범도가 답했다.

-우리는 호呼, 하면 바람이 나가지요. 흡吸, 하면 바람이 들어오면서 입이 닫히고요. 중국인들은 한자가 가진 뜻과 일치하지 않습니다. 두 분도 호呼, 해보세요. 바람이 나가지요?

두 사람은 따라서 호, 했다.

-어때요?

-예. 나갑니다.

-이번에는 흡吸, 해보세요.

-예. 흡吸하니 바람이 들어오면서 입이 닫힙니다.

두 사람의 표정이 밝아졌다. 이해가 간다는 웃음이었다.

-불호呼니 입에서 불게 되고, 들일 흡吸이니 숨을 들이쉬게 되지요. 우리는 정확하게 일치하지만 중국인들은 '후시'라고 발음하지요. 둘 다 내쉬는 발음입니다. 일치하지 않습니다.

-신기하네요.

홍범도가 말했다.

-출입도 같은 원리입니다. 출出하면 입에서 바람이 나가고, 입入하면 밖의 공기가 입안으로 들어옵니다. 재미로 하나 더 해볼까요.

-좋습니다.

이번에도 홍범도가 재미있어 하며 말했다.

-이합집산離合集散이란 말이 있지요. 한 번 따라해 보세요. 이離!

-이離!

계연수가 '이'라고 하자 두 사람은 따라서 '이離'라고 했다.

-이離는 헤어진다는 뜻이니 이와 이가 헤어지지요. 입술과 입술이 헤어지고요. 이번에는 합合!

- 합合!

-합合은 합해진다는 의미이니 이와 이가 합해지고 입술과 입술이 합해지지요. 이번에는 집集!

-집集!

-모을 집集이니 이와 이가, 입술과 입술이 모아지지요. 이번에는 산散!

-산散!

-산散은 흩어진다는 의미입니다. 이와 입술과 서로 흩어지지요. 다시 말하면 멀어지지요.

-정말 신기하게 일치합니다.

이번에는 천부 스님이 신기해하며 말했다.

-그러면 이번에는 '합合'을 입을 열고 해보세요. 되나?

-하!, 안 됩니다.

두 사람은 계연수의 주문에 따라 합이라고 발음하다 입이 닫히자 '하'에서 멈췄다. 입을 벌리고는 합合이라는 발음이 되지 않았다. 두 사람은 계연수가 시키는 대로 하면서 신기한 세상을 만난 기분이었다.

-중국인들은 틀리고, 우리는 정확하게 일치하는 이유가 뭘까요?

-그것은 우리가 살았던 대륙의 동북방향에 사는 사람들은 정확하게 발음원칙에 맞게 발음하고, 중국 남부로 갈수록 발음원칙에서 멀어집니다. 글자를 만든 사람은 동이족이고, 중국인들은 글자를 가져다 사용한 것입니다. 우리는 한자를 일러 진서眞書라고 했습니다. 참글이란 의미입니다. 우리의 단국에서 만든 글자입니다. 배달의 글자입니다. 그뿐이 아닙니다.

-또 있어요?

-예는 넘칩니다. 우리는 오래 전부터 논농사가 중요한 원천입니다. 우리는 벼농사가 중요한 농사지요. 우리에게는 당연히 가장 중요한 농사인 벼를 재배하는 논이라는 한자가 없을 리가 없지요. 우리는 논을 뜻하는 논 답畓이란 글자가 있습니다. 중국인들에게는 벼를 기르는 논이라는 글자인 답畓이란 글자가 없습니다. 논畓을 수전水田이라고 표기합니다.

-오늘에야 비로소 우리의 위대함을 알게 되었습니다. 저는 우리 조선을

욕했거든요, 선조들을 욕했고. 그리고 다른 나라가 부러웠습니다. 이런 지질한 나라에 태어난 것을 후회했습니다. 이제 보니 대단합니다.

홍범도가 감동한 얼굴로 말했다.

-진정 대단한 것은 건국이념이라고 생각합니다.

-아하. 홍익인간을 말씀하시는 거지요?

-예. 그렇습니다. 저는 우리 민족의 역사에 미쳐 살다보니 이런 저런 것들을 공부했지만 두 분의 관심이 대단하십니다.

-재미있습니다. 뿌듯하고요.

홍범도가 굵은 목소리로 말했다.

-홍익인간은 어느 나라도 감히 흉내 낼 수 없는 건국이념입니다. 위대한 철학이기도 합니다.

-어떤 면에서지요?

질문의 주인공은 홍범도였다.

너무 자주 들어서 익숙하긴 하지만 위대하다는 생각을 한 적이 없었다. 인간을 널리 이롭게 하라는 의미를 특별하게 생각한 적이 없었다. '홍익인간은 감히 흉내 낼 수 없는 위대한 철학'이라는 말에 귀가 번쩍했다.

-홍익인간은 '널리 이롭게 하라'는 의미도 있지만 '홍익하는 인간이 되라'는 의미로 해석할 수 있습니다. '널리 세상을 이롭게 하라'는 의미는 경계를 허무는 선언입니다. 안과 밖을 나누는 것이 아니라 안과 밖을 함께 끌어안는 포용의 선언입니다. 어느 나라나 내 나라, 내 백성만을 위해서 싸우자, 나가자, 이기자라는 구호가 대부분입니다. 세계 만방 어느 나라에 너와 내가 함께 잘 살자는 건국이념을 가질 수 있겠습니까. '홍익인간이 되라'는 의미는 더욱 한 단계 올라가는 선언입니

다. 크게 이롭게 하는 사람이 되자는 건국선언입니다. 어떤 해석을 하든 위대하고, 인간의 참다운 선언입니다. 저는 우리 조선의 건국이념이 자랑스럽습니다. 또 다른 해석도 있습니다. 이것이 더 근원적인 해석이라고 해도 지나치지 않습니다.

계연수는 지금까지와는 다르게 목소리에 힘이 들어가 있었다.

-홍도익중弘道益衆입니다.

-홍도익중이요?

-예 그렇습니다. 홍도弘道는 도를 널리 알리라는 의미이고, 익중益衆 백성을 이롭게 하라는 의미입니다. 다시 말하면 도를 널리 알려 널리 이롭게 하라는 말입니다. 도는 이미 환국시대의 이상적인 상태를 말합니다. 몸의 원리와 정신을 깨닫는 세계입니다.

-홍익인간은 어느 나라의 건국이념입니까? 지금 조선의 건국이념은 아니지 싶습니다.

-그렇습니다. 홍익인간은 우리의 최초 나라인 환국의 건국이념이었습니다. 환국의 건국이념이 단국을 거쳐, 고조선으로 계승되었습니다. 지금은 잊혀진 나라고, 잊혀진 건국이념입니다. 다만 이름만 살아남은 셈입니다.

역사에 대한 이야기가 시간 가는 줄 모르고 이어지고 있었다.

-시간 가는 줄 모르고 있었습니다. 이곳은 도끼 자루가 썩는 줄 모르는 선경仙境입니다. 그래도 떠나야겠습니다.

-이 자리에서 이별하기 전에 무슨 인연인지 모르겠으나 마음을 정했습니다. 제가 형님으로 모시겠습니다. 역사도 공부하고 인생도 공부하는 인생의 형님으로 모시겠습니다. 나이도 저보다 위시니 마음을 받아주시면 고맙겠습니다.

홍범도가 계연수에게 제의했다. 홍범도는 세상을 떠돌며 외로웠다. 떠돌이 생활로 살다보니 의지할 곳도 없었다. 사내다운 기개와 배짱이 있었고, 사람을 이끄는 힘도 있었지만 듬직한 의지처가 필요했다. 더구나 역사에 대한 많은 고민과 생각이 있었으나 공부할 기회를 마련하지 못하고 있었는데 뜻밖의 사람을 만난 느낌이었다. 역적이라는 굴레에서 벗어나기 위한 방책으로 역사를 알고 싶었다. 자신의 선조인 홍경래의 난이 일어날 수밖에 없었다는 당위성을 갖고 싶었다.

-그렇게 하시지요. 내가 더 고맙네.

-아주 보기 좋은 풍경입니다. 두 분이 호형호제를 하면 누구보다도 제가 좋습니다. 축하드립니다.

계연수의 응락을 천부 스님이 더 반겼다.

-이제부터 편하게 말을 놓아주시고, 역사공부를 하도록 하겠습니다.

-그리시게.

# 8. 태천의 백관묵에게 《단군세기》를 넘겨받다

언덕을 넘어서 멀리서 말을 타고 달려오는 사내가 있었다. 멀리서 오는 것이 분명함에도 지친 기색이 없어보였다. 조선의 변방인 삭주는 평양을 거쳐야 들어올 수 있었다. 평양에서 묵은 후에 다시 거친 산을 넘고, 강을 건너야 삭주에 도착할 수 있었다. 삭주의 산은 여전히 침묵하고 있었다. 산은 산대로, 강은 강대로 자리를 지키고 있었다. 산은 변하지 않고 있었으나 새로운 생명을 기르고 있었다. 숲을 만들어 나무를 기르고, 풀을 기르고 있었다. 해마다 열매를 생산해 산식구들을 기르고 있었다. 강은 강대로 그대로의 모습이었지만 어제의 물이 아니고 새로운 물이었다. 삭주를 지키는 생명들도 그대로의 모습처럼 살아가고 있었지만 생명의 의미를 가지기 위해서는 자신만이 가진 정체성을 버리지 않아야 가능했다. 자신의 뿌리를 지켜내기 위해 평안도에서도 삭주는 아파야 하는 사람들이 있었다. 어쩌면 견뎌야 하는 사람들이었다.

그 중에 한 사람인 이관집은 사람을 기다리고 있었다. 사람을 기다리다 못해 밖에 나와 서성이고 있었다. 친구인 계연수를 기다리고 있었다. 약초를 캐서 살아가는 친구였지만 조선의 역사를 전하기 위해서 인생을 바친 사람인 계연수를 기다리고 있었다. 환민족의 역사에 대해 미쳐 살고 있기는 이관집도 계연수와 쌍벽을 이루고 있었다. 이관집은 계연수와 오랜 친구였다.

친구 계연수는 소식이 없고, 기다리고 있는 길에서 말을 타고 달려오는 사내가 있었다. 이관집은 말이 없었다. 이곳을 말을 타고 오는 사람이라면 힘깨나 쓰는 평양의 관리나 부호가 아니면 어려웠다. 먹고 사는 것만으로도 벅찬 척박한 곳이었다. 좀 떨어진 곳에 압록강이 있고, 바다도 그리 멀지 않지만 삭주는 물산物産이 그리 풍부한 곳은 아니었다.

말을 탄 사내가 다가오자 알아 볼 수 있었다. 이상룡이었다.

-어인 일이십니까? 반갑습니다.

-잘 지냈는가?

이관집이 이상룡을 반기자 이상룡도 이관집을 반겼다.

뜻밖이었고 오랜 만의 만남이었다. 삭주와 안동은 멀고도 멀었다. 경상도 안동도 깊은 산골이었지만 평안도 삭주가 더 깊은 산골이었다.

-누구를 기다리는 듯한데 내가 불쑥 나타났구만.

-예. 그렇습니다. 친구를 기다리고 있었습니다.

-친구?

-예. 보시면 누구보다도 좋아하실 겁니다.

이상룡의 본관은 고성 이씨였다. 이관집도 같은 고성 이씨였다. 이상룡은 이관집보다 6살이나 많았다. 워낙 멀리 떨어져 있어 만나기가 쉽지 않았지만 안동을 다녀 온 적이 있었다. 이상룡은 요즘 들어 두 번이나 찾아왔다. 상해와 만주 쪽에 일이 있어서였다. 이상룡은 유림의 명문가였고, 안동의 부자 집안에서 태어났다. 생가인 임청각은 안동에서 내로라하는 집이었다. 부호집의 3남3녀 중 장남이었다. 반가로서 가장 큰 집인 99칸 기와집으로 유명한 집의 자식이었다. 조선의 부자 중에 한 사람인 이상룡이 벽지인 삭주를 찾아온 것은 같은 고성 이씨로 집안사람으로서의 관계도 있었지만 역사의식에 있어 같은 생각을 가지고 있어서였다.

이관집도 삭주의 부자였지만 이상룡과는 비교가 되지 않았다. 고성 이씨 집안은 역사를 운명처럼 끌어안고 살아가는 사람들이 많았다. 이관집도 이상룡도 역사에서 헤어 나올 수 없는 사람이었다. 이관집이 역사의 정통이었다면 이상룡은 관심이 있는 정도였다. 대신 이상룡은 국가관이 뚜렷한 사람이었다.

-역사에 미친 사람인가?

-한 번에 맞추시는 군요.

두 사람이 만나면 역사이야기에 시간 가는 줄 모르고 밤을 새곤 했다. 새로운 정보를 확인하고 나면 서신으로라도 전해야 직성이 풀렸다.

-드시지요.

-그러세. 삭주의 청계령은 여전하구만.

-그렇지요. 산은 여전합니다. 저도 여전하고요.

이관집의 말에 이상룡이 크게 웃었다.

-그럼 너도 여전하지. 구경포도 여전하겠지.

-그럼요.

이관집은 평안북도 삭주군 구곡면 안풍동 구경포 청계령 아래에서 일가를 이루어 가세를 이어가고 있었다.

-어서 오세요.

안으로 들자 이관집의 부인인 태천댁이 반갑게 맞았다.

세상은 어지러워도 세상 상관없이 자연과 함께 살아가는 사람들이 사는 곳이었다. 서북쪽으로는 압록강이 흐르고, 서쪽으로는 발해만이 자리 잡고 있었다. 삭주에는 청계산이 듬직하게 자리를 잡고 평화를 유지하고 있었다. 삭주는 조선의 역사를 품어 안고 살아가는 사람들이 많은 곳이었다. 두 사람은 사랑채로 들었다.

계연수는 바삐 걷고 있었다. 이번 산행에는 약초로 인한 소득은 없었고, 뜻하지 않게 홍범도를 만나 동생 하나를 얻은 것이 소득이라면 소득이었다. 홍범도는 무슨 일을 크게 저지를 사람으로 보였다. 괄괄하고 직설적인 성격이었지만 자제력과 역사에 대한 관심이 보통을 넘는 것으로 봐서 나라를 위해 한 역할을 할 것으로 보였다.

평안도에서는 인재가 거의 나지 않았다. 인재 등용을 남쪽보다는 적게 하는 차별적인 정책도 한몫했다. 한양에서 멀리 떨어져 있었고, 오지인 태천에서는 과거를 본다는 것만으로도 마을이 다 아는 경사였다. 원래 계획은 이관집의 집으로 갈 예정이었으나 먼저 가봐야 할 곳이 생겼다. 계연수는 학문으로 높은 백관묵을 만나러 가고 있었다. 천부 스님으로부터 전해들은 이야기가 있었기 때문이었다.

-진사 어른을 뵈러 왔습니다.

-어인 일인가?

백관묵은 노회한 학자였다. 양반으로 무시를 당하지 않을 만큼의 벼슬이 진사였다. 세상으로 나가지 않고 살면서 자신의 권위를 잃지 않기 위한 최소한의 벼슬이 바로 진사였다. 자족과 안분을 알고, 지키는 선비로서 적당한 것이 진사였다. 백관묵은 가슴에 뜨거운 것을 품고 있었지만 밖으로는 한 번도 드러내지 못한 것이 있었다. 백관묵은 살아온 세월만큼 세상을 읽고 있었다. 칠순을 넘긴 노회한 선비였다. 이미 계연수가 들어오는 것을 보고는 계연수의 마음을 꿰차고 있었다. 환민족의 미래에 대해, 그리고 환민족의 역사를 이어가야 하는 숙명에 대하여 속내를 드러내고자 한 적이 있었다.

-들게.

-오늘은 건강이 좋아 보이십니다.

백관묵이 안으로 들어오라는 말에 안내하는 사람이 계연수에게 말했다.

-오늘은 얼굴을 보니 할 말이 단단히 있어 온 사람이구만.

-그렇습니다.

스승과 제자 사이처럼 보일만큼 대화가 편하게 진행되었다. 그만큼 관계가 깊었다.

-단해와 나는 향사鄕史일세.

향사는 지방에서 역사를 공부하는 사학자를 말했다. 단해는 이관집의 호였다. 단해檀海는 배달이라고 하는 단국에서의 단檀과 바다 해海를 넣어서 호를 정한 이관집을 두고 하는 말이었다. 호만 들어도 어떤 마음으로 호를 정했는지를 알 수가 있었다.

백관묵은 늙어 자신의 몸도 제대로 가누지 못하고 있었다. 백관묵은 옆에 있던 과자 그릇을 끌어다 계연수 옆으로 옮겨 놓았다.

-먼 길을 달려온 듯하니 출출하겠구만. 들게.

-예.

대답을 한 후 계연수는 조심스럽게 다음 말을 꺼냈다.

-천부 스님에게서 들었습니다.

-그렇구만. 천부 스님이 자네가 적격이라 여겼나보네.

-?

백관묵의 말에 계연수가 멀뚱히 바라보았다. 이미 찾아온 이유를 알고 있었다. 천부 스님과 백관묵은 서로 잘 알고 있는 사이였다. 천부 스님에게 백관묵이 부탁한 적이 있었다. 백관묵이 가지고 있는 집안의 비서들을 넘겨줄 사람이 필요하다는 이야기를 한 적이 있었다. 이미 늙어 언제 세상을 떠날지 알 수 없는 상황이었다.

-책의 주인 말일세.

-아하. 예.

-모든 물건은 주인이 정해져 있다는 말을 나는 믿네.

살면서 세상을 바라보는 시야가 넓어지고 깊어지는 것을 느낄 수 있었다. 어떤 사람은 고집이 커지고, 어떤 사람은 혜안이 열린다. 백관묵은 깡마른 체구에 선비다운 기개가 있었다.

-우선 문을 닫게. 문고리도 잠그고.

-예.

백관묵의 말에 계연수는 아무 말도 못하고 시키는 대로 했다.

-저 장롱을 당겨 보게.

장롱을 당기자 빈 벽이 나왔다.

-벽지를 걷어내 보게.

벽지를 걷어내자 나무로 만든 문이 있었다.

-거기에 있는 것을 꺼내보게.

상자가 보였다. 상자 안에 보자기로 싼 책이 있었다. 보자기에 싸인 책을 꺼내서 백관묵에게 건네주었다. 백관묵은 한 참을 바라보다 열었다. 백관묵이 몇 권의 책을 보여주었다. 《단군세기》와 휴애거사 범장이 찬한 《천리경》 등 몇 권의 귀한 책을 내놨다. 계연수는 귀한 책임을 단번에 알아 챌 수 있었다. 보기 드문 희귀본이었다. 목숨을 걸지 않고서는 지켜낼 수 없는 책들이었다. 책을 보관하고 후대에 전하는 것만으로도 죽음을 감수해야 하는 엄청난 일이었다. 개인이 감당하기에는 너무 무겁고 큰일이었다. 책을 숨긴 것이 밝혀지면 참형에 처해질 수 있는 위험한 일을 감내하고 있었다. 계연수는 일어났다. 책을 가지런히 놓은 후에 책을 향해 큰 절을 했다. 그리고 백관묵에게도 큰 절을 했다. 계연수와 백관묵이 책을 앞에 놓고 다시 함께 큰절을 했다. 이미 늙어 자신이 주체하기에는 이미 늦은 것을 감지한 백관묵은 눈에 총기가 살아있는 계연수에게 서책들을 넘겼다. 역사의 세대교체가 이루어지는 순간이었다.

-우리 집에 이 책들을 소장하게 되면서 내 인생은 달라졌네.

-짐작할 수 있을 듯합니다.

-자네도 겪고 있는 일일 테니, 알 걸세.

-분명한 것은 우리의 역사를 제대로 세상에 알릴 때가 오면 공개하라는 말씀을 받고 지금까지 보관해온 걸세.

-큰일을 하셨습니다.

-지금 나는 이미 늙었네. 포부를 펼칠 때가 아닐세. 자네에게 전하는 것도 나의 임무고, 이것을 받게 되는 것도 자네의 임무일세. 자네는 짐 하나를 더 진 셈이고, 나는 짐 하나를 던 셈일세. 나는 이 책을 넘겨받으면서 벼슬도 포기해야 했네. 목숨을 보전해야 우리 조선민족의 역사와 문화를 세상에 알릴 수 있는데 벼슬길에 들어서는 순간 어떤 풍파를 겪게 될지 모르니 그랬지. 그만큼 큰 짐이었어.

백관묵의 마음속에는 만감이 교차하는 듯했다. 자식이 있음에도 자식에게 주지 못하고 계연수에게 넘기게 되는 마음도 복잡했다.

-광명된 세상에 알리게 될 때까지 잘 보관하고 공부하도록 하겠습니다.

-그래주게. 《단군세기》는 고려 말 대학자인 행촌 이암 선생께서 편찬했네. 서기 1363년에 편찬한 사서로써 2,096년간 단군조선 47분의 업적을 담았네. 아사달에 수도를 두었던 고조선 43분의 단군과 장당경으로 수도를 옮긴 후 대부여 4분의 단군께서 나라를 다스렸던 치세를 기록한 책일세. 햇수 순서대로 적은 편년체의 역사서일세. 같은 고성이씨 집안이라서 받아 보관하게 되었고, 책을 후대에게 넘겨 보관하는 것이 당연히 가업으로 되었지.

백관묵의 목소리는 작았지만 아직도 강기가 남아 있었다. 계연수는 듣고 있었다.

-책에 대한 이야기를 해주는 것이 도리라 생각되네.

-당연하십니다. 머리에 각인토록 하겠습니다.

-행촌 이암 선생께서 일찍이 천보산에 유람할 때 태소암에 묵은 적이 있었네. 한 거사가 있어 "저희 절의 서고에 기이한 옛 서적이 많습니다."라고 말해 이명, 범장과 함께 신서를 얻게 되었네. 모두 환단시대로부터 전해져 내려 온 진결이었지. 행촌 선생은 시중 벼슬을 하시다가 강화도 홍행촌으로 퇴거하신 후 스스로 홍행촌의 늙은이라 부르시며 마침내 행촌삼서를 써서 가문에 간직하셨네.

백관묵의 이야기는 계속 되었다. 계연수는 한 마디도 놓치지 않으려고 집중하고 있었다. 백관묵의 목소리는 또박또박 정확했다. 행촌삼서三書는 고대 역사에 관한 《단군세기》와 민족정신과 문화를 집약한 《태백진훈》과 농업정책에 관한 《농상집요》였다. 행촌은 대학자였다. 행촌 이암은 천보산에서 얻은 고서적들을 바탕으로 《단군세기》를 저술했다.

당시의 역사적 배경까지 자세하면서도 핵심을 짚어 이야기 했다. 고려가 원나라의 위세에 휘둘릴 당시 오잠, 유청신이라는 사대주의자들이 고려의 국호를 폐하고 원으로 합치자고 주장했다. 행촌 이암은 상소문을 올렸다. "우리나라가 작다고 하지만 어찌 국호를 폐하려 한단 말입니까. 세력이 약하다 한들 위호를 어찌 깎고 낮추려 한단 말입니까. 이러한 행동은 모두 간사한 소인배들이 죄 짓고 도망하는 행동이요, 백성이 아닌 자의 헛소리일 뿐, 마땅히 죄를 엄히 다스려야 합니다."라고 진언했다. 강직한 성격과 불같은 직언으로 고려의 국호를 유지하는데 중요한 역할을 했다. 행촌 이암은 만 50년 동안 관직에 봉직했으며 벼슬을 그만 두고 1363년 2월에 강화도로 은퇴해 10월에 《단군세기》를 지었다. 다음 해인 향년 68세로 세상을 떠났다.

백관묵은 긴 이야기를 마쳤다.

-이제는 제 역할이 큽니다. 힘쓰겠습니다.

-그래주게.

백관묵의 마음 안에서는 차가운 바람이 지나가고 있었다. 자신의 역할을 다하고 나서야 대견함과 더불어 쓸쓸함이 훑고 지나갔다. 나이가 들어 물러나야 하는 자신이 허탈하면서도 물려줄 수 있는 사람이 있다는 안도가 함께 했다.

백관묵이 목소리를 낮춰 말했다.

-문명 하나가 탄생하고 소멸하는 것은 하늘의 뜻이라고 생각하네. 하늘의 뜻을 수행하는 것이 사람이고. 문제는 하늘도, 사람도 완전하지 못하다는 것일세.

-그래도 지금껏 조선의 역사는 살아있지 않습니까?

-그렇지. 조선의 역사는 분명 위대한 문명을 만들었고, 문명을 세계에

전파했네. 대륙을 지배한 민족일세. 그것은 분명한데 주인이 바뀌어 있는 것은 무슨 연고인지 칠십이 넘게 살며 생각해도 알 수 없네.

-조선의 역사에서 어떤 면이 가장 큰 것입니까.

계연수가 진심을 담아 물었다. 역사를 간직하려면 무엇인가 간직하는 의미가 있어야 하는 것인데 인생을 바쳐서 보관하고 공부해온 조선의 역사에는 무엇이 있는가를 묻고 싶었다. 계연수 자신이 안고 가야할 의미이기도 했다.

-두 가지가 있네.

말하는 사람도, 듣고 있는 사람도 마음을 다시 가다듬었다. 과거와 미래를 연결해주는 중요한 시점은 현재였다.

-하나는 인류 최초 나라가 있었다는 것을 증명하는 역사고, 또 하나는 인류 최초의 문명국가의 탄생이라는 점일세. 무엇보다…

백관묵은 잠시 말을 멈추었다 다시 말을 이었다.

-중국문화의 원류가 조선의 역사, 즉 환국의 역사에 담겨 있다는 것일세. 그리고 환국의 역사에는 위대한 사상과 철학 그리고 우주원리가 들어있음을 보았네.

-저도 비로소 알게 되었습니다. 동양철학과 동양문화가 최초로 출발한 곳이 환국, 단국, 고조선이었음을 여러 문헌에서 확인하고 있습니다. 우리의 책보다는 중국인들의 저서에서 그대로 확인이 됩니다.

-무엇보다 중요한 것은 홍익인간이라고 보네. 나와 너가 분리되지 않은 인류 공동체로서의 선언이라고 보네. 국경 없는 인류애의 출발이고, 경계 없는 인간애의 선언이 바로 우리 고대 우리 선조들이 세운 나라가 가졌던 숭고한 건국이념일세.

-저도 그렇게 생각합니다. 지금은 어렵겠지만 미래에는 다시 실현되

어야 할 이념이라고 믿습니다.

위험을 물려주고 물려받는 자리였지만 두 사람은 단호하면서도 굳건하게 의견을 일치시켰다.

## 9. 사내는 나라에 인생을 묻는다

홍범도는 가야 할 곳이 있었다. 예전의 홍범도가 아니었다. 홍범도는 개인의 인생사에서 계연수를 만난 것이 충격이었다. 역사의식은 있었지만 거기까지였다. 어디에서도 우리 민족의 위대한 정신과 우리의 문화를 알 수 없었다. 패배의식이 조선인에게는 늘 있었다. 명나라에 기죽고, 청나라에 눌려서 살아와 자긍심이나 자존을 가지고 있지 못했다. 계연수에게서 들은 것은 달랐다. 우리의 문화가 중화를 키운 뿌리였음을 어렴풋이 알게 되었다. 가슴이 더워졌다.

더구나 홍범도에게는 민족애나 애국이라는 말은 낯설었다. 나라에 대한 자긍심이 없는 상태에서 애국이란 공허하기 짝이 없었다. 홀로 고아처럼 어렵게 살아온 자신의 인생사에서 나라를 생각한다는 것은 사치였다. 홍범도의 나이 15세 때 임오군란이 일어났다. 조정에서는 평양에 지역방위군인 진위대를 설치했다. 군졸을 모집할 때 17세 이상이라는 규정을 두었다. 홍범도는 자신의 나이를 올려 지원해 합격했다. 애국이나 애족 같은 생각은 아예 없었다. 살기 위한 방편으로 군인을 직업 선택했을 뿐이었다. 홍범도는 진위대 우영右營에 배치되었다. 홍범도에게 주어진 일은 취호수吹號手, 다시 말해 나팔수였다.

활달하고 사내다운 기질이 넘치는 홍범도에게 나팔수는 어울리지 않았다. 곁에서 보기에는 전장에서 적진을 향해 공격하고, 세상을 호령할 듯한 군사의 모습을 보여주는 곳이라 생각했지만 홍범도에게 주어진 일은 아침마다 나팔을 부는 일이었다. 그리고 전투현장이나 훈련장에서 나팔을 부는 것이 아니라 취침과 기상을 알리는 나팔을 부는 일이 주였다. 매일 하는 일이 같았다. 나라가 제대로 돌아가지 못하는 상황이라 더욱 그랬다. 무기력한 부대였다. 군인생활이 너무 단조로웠다. 권태로웠다. 나팔수가 아닌 다른 곳으로 배치를 지원했지만 받아들여지지 않았다. 홍범도는 3년 동안 복무하다가 탈출했다.

그럼에도 마음 안에서는 꿈틀거리는 용기와 배짱이 있었다. 군에서 배운 사격을 이용해 사냥을 시작했다. 사냥에는 남다른 능력이 있었다. 세상에 알려지기 시작했다. 호랑이를 잡는 포수로 알려졌다. 호랑이는 보통 배짱으로는 상대할 수 없는 영물이었다. 머리싸움에서도 이겨야 하지만 무엇보다 두둑한 담력이 필요했다. 홍범도에게는 적격이었다. 계연수를 만난 날은 편안하게 사냥을 나갔다가 약초를 캐는 역사쟁이와 만난 것이었다.

계연수와의 만남은 홍범도를 흔들어 놓았다. 사나이가 먹고만 살다가 갈 수는 없다는 생각을 강하게 가지게 했다. 약초를 캐면서 생계를 유지하는 사람이 세상을 다 가진 것 같은 역사를 품고 사는데, 사내로서의 기개를 주장하며 살았던 자신이 먹고 사는 일에만 급급했던 것이 가련해 보였다. 이렇게 살 수는 없다고 생각했다. 삶의 목표가 필요했다. 나라에 대한 생각도 하게 되는 계기가 되었다.

지난번에 만나 호랑이 사냥법을 배운 기사범을 만나러 가고 있었다. 기사범은 신계사에 있을 때 만났던 옥이와 생이별을 한 후 원한을 품고 다시 유랑생활을 하던 중에 만났던 인물이었다. 기사범과의 첫 만남을 떠올렸다. 기사범을 만난 곳은 강원도 회양군 덕패장터였다. 첫 인상부터 예사롭지 않았다.

주막에서 장사꾼들과 건달들이 시비가 붙었다. 순전히 건달들의 시비로 일이 불거졌다.

-왜 쳐다보는 거야?

건달들이 먼저 장사꾼에게 시비를 걸었다. 술을 마시는데 자신들을 쳐다봤다며 시비를 걸어왔다. 건달의 시비에 한 번 더 쳐다본 것이 화근이 되었다.

-어디서 사람을 훑어보나.

건달들이 들고 일어났다. 다른 장사꾼이 동료를 말렸고, 시비가 붙었던 장사꾼이 순순히 모른 체하고 자리를 잡았다. 다른 건달이 다가와서 시비를 걸었다.

-네가 그랬어!

장사꾼들은 시비를 피하려고 했지만 건달들의 시비에 걸려들고 말았다. 생트집이었다. 장사꾼이 시비를 피하려고 하자 대뜸 주먹이 날아갔다. 순간 아수라장이 되었다. 치고받는 상황으로 변했다. 하지만 건달들의 수와 능력차이가 현저했다. 도저히 비교가 되지 못했다. 장사꾼들이 건달들에게 진압 당했다. 혼란의 와중에서 미동도 않고 혼자 술을 마시던 중년의 사내가 있었다. 아무 말도 없이 싸움판에서 계속 술을 마시고 있었다. 건달 중 하나가 중년의 사내에게까지 시비를 걸었다. 싸움이 벌어지고 있는데 아랑곳 하지 않고 술을 마시는 꼴이 건달의 마음에 들지 않았다.

-너는 뭐야?

중년의 사내는 대꾸도 하지 않았다. 비위가 틀린 건달이 외쳤다.

-뭐, 이런 자식이 있어!

다시 큰 소리로 건달이 중년의 사내에게 소리쳤다. 그래도 중년의 사내는 참고 있었다. 그러자 바로 주먹이 중년의 사내에게로 날아갔다. 아주 잠깐이었다. 날아오는 주먹을 받아서 꺾었다. 바로 제압했다. 그리고 더 이상의 행동을 하지 않았다. 전혀 예상하지 못한 광경이었다. 싸움판을 벌렸던 건달들이 순간 중년의 사내에게로 달려들었다. 달려드는 주먹을 피하며 바로 옆에서 달려드는 건달까지 가볍게 손과 발로 제압했다. 잠깐 사이에 건달들이 나가 떨어졌다. 건달들은 눈치 챘다. 비교가 되지 않는 싸움이었다. 손과 발이 동시에 공격과 방어를 하는 솜씨가 예사로운 인물이 아님을 알 수 있었다. 깡패들은 낌새를 차리고 뒤로 물러서다가 자리를 떴다. 중년의 사내는 아무 말도 하지 않고 주모를 불러 탁주 한 사발을 더 시켰다.

다시 주막 안은 평화가 찾아왔다. 세상의 궂은 장소만 찾아다니며 살았지만 이렇게 명쾌하게 건달들 여럿을 한 순간에 제압하는 것은 처음 보았다. 홍범도는 주막집 주인에게 자신이 먹은 술값과 중년 사내의 술값을 함께 계산했다. 그리고 자신의 술병을 들고 가 중년의 사내에게 다가갔다.

-앉아도 되겠습니까?

중년의 사내는 고개를 끄덕였다.

홍범도는 들고 간 술병을 들고 말했다.

-한 잔 따라 드리고 싶습니다.

중년의 사내는 말없이 자신의 잔을 비우고 홍범도의 술을 받았다. 기사범에게 홍범도가 다가갔다. 의도적인 접근이었다. 기사범은 사냥꾼이었다. 주탁 옆에 총이 걸려있었다. 주막집에서 쉽게 중년 사내의 정체를 알 수 있었다. 이미 알려진 인물이었다. 건달들이 중년의 사내를 몰라보고 실수를 한 것이었다. 중년의 사내는 사냥꾼 중에서 최고의 사냥꾼인 호랑이 사냥꾼이었다. 기사범은 홍범도를 물리치지 않고 받아주었다. 열혈의 홍범도와 노련함의 기사범은 잘 어울렸다. 홍범도는 기사범을 따라갔다. 산 속에서 기인처럼 살고 있었다.

살기가 도는 홍범도의 눈빛을 보고 기사범이 말했다.

-나와 함께 살려면 칼은 거두게.

-예? 무슨 말씀이십니까?

기사범이 홍범도에게 던진 말에 홍범도는 화들짝 놀랐다. 무슨 말인지 의미를 파악하지 못하고 되물었다.

-자네에게 살기殺氣가 있네.

-살기요?

-그렇지. 증오와 함께 누군가를 죽이려는 얼어붙은 마음이 있어.

기사범은 단호하게 잘라 말했다.

홍범도는 뭐라고 말할 수가 없었다. 옥이와 생이별을 하게 한 그놈을 잡아서 죽여 버리겠다는 마음이 가득했다. 그것을 기사범이 눈치 챘다.

-자네가 칼을 거두지 못하면 자네와 나는 동거할 수가 없네.

-예?

홍범도는 기사범을 따라서 산 속까지 따라온 것이 할일이 딱히 없어서이기도 하지만 기사범의 범상치 않은 풍모와 눈빛 때문이었다. 묵중하면서도 유연함이 보였다. 예사로운 사람이 아님을 직감했다. 칼을 거두지 않으면 동거할 수 없다는 말에 가슴이 콱 막히는 기분이었다.

-원한은 양날의 칼일세. 하나는 남을 겨누지만 또 하나는 자신을 겨누지. 손잡이가 없이 날로만 만들어진 칼이라고 생각하면 되네. 조심해도 주위에 있는 사람까지 다치게 하지.

-거두도록 하겠습니다.

-그러게.

더는 이야기하지 않았다.

-여기가 정확히 어디입니까?

-강원도 태백산 줄기일세.

기사범은 중년을 넘고 있었고 홍범도는 혈기 넘치는 청춘이었다.

산과 물이 있었고, 개활지가 제법 넓게 펼쳐져 있었다. 분지형태로 외지에서는 특별히 찾아오기 전에는 오기 어려운 곳이었다. 주위는 깊은 숲으로 우거져있었다. 산은 높았고, 깊었다.

-호랑이를 사냥하신다고 말하는 것을 들었습니다.

-그렇지.

그뿐이었다. 달리 말이 없었다.

적막한 산 중에 둘이 있는데 한 사람이 말이 없으면 어색했다. 사실 한 사람은 침묵에 익숙했고, 한 사람은 침묵에 어색했다. 홍범도는 도회지에서 살아 적막을 만나는 일이 드물었다. 살기 위해서 언제나 저잣거리에 있었다. 하지만 기사범은 거의 혼자 생활하는 사람이었다. 사냥도 혼자 했고, 산 속에서 생활하는 것도 혼자였다. 늘 시끄러운 곳에서 살던 사람과 늘 혼자 살던 사람이 만났다. 안달이 난 사람은 저자거리에서 왁자하게 살던 사람이었다. 홍범도는 어려서 혼자가 되어 혼자가 두려웠다. 동물이 무섭고 두려운 것이 아니라 적막이 더 두려웠다. 홍범도는 외로웠다. 세상 천지에 자신을 도와줄 사람은 자신 혼자뿐이라는 생각으로 살아왔다. 혼자 있으면 두려움이 찾아오곤 했다. 하지만 지금 함께 공간을 사용하고 있는 사냥꾼은 혼자에 익숙한 사람이었다. 말이 적은 홍범도였지만 아예 입을 닫고 있는 기사범에게는 당황스러웠다.

말수가 적은 사람이 한 마디 던질 때 파괴력이 더 강하다. 홍범도는 사냥꾼에게 매료되어 있었다. 호랑이를 사냥한다는 것에서부터 한 수 위였다. 말이 없는데다 행동거지가 신중하면서도 몸놀림은 날랬다. 덩치 큰 야수의 몸놀림처럼 묵중하면서도 가벼웠다.

기사범은 잔소리를 하거나 일을 시키지도 않았다. 자신이 알아서 밥을 짓고, 설거지도 자신이 했다. 홍범도는 알아서 해야 했다. 혼자 사는 사람에게 가장 많은 시간이 드는 것은 절대적으로 먹는 일이었다. 산속에서 사니 계절 변화가 눈에 보였다. 하루가 다르게 변화하는 자연을 느낄 수 있었다.

기사범은 홍범도와 함께 사는 것에 대해 신경 쓰지 않는 듯했다. 자신의 일을 자신이 하고 홍범도와 엮이지 않게 했다. 무심한 듯 배려하고, 배려하는 하는 듯 무심했다. 그래도 식사는 늘 같이 했다.

-자네. 오늘 나하고 같이 사냥하러 가지 않겠나?

기사범이 밥을 준비하고 있는 홍범도를 향해 말했다. 서로 한 공간에 살면서도 남처럼 사는 사람에게서 제의를 받았다.

-예. 좋습니다.

-총은 쏴 봤나?

-예. 기본은 합니다.

-그러면 같이 가세.

홍범도는 군영에서 생활을 한 경험이 있었다. 기본기는 다져 있었다.

기사범이 홍범도에게 화승총과 단도를 건네주었다.

-사냥 중에 어떤 것이 어렵게 느껴지겠나?

-당연히 호랑이겠지요.

-이런 말이 있네.

사냥꾼들은 일저이웅삼노호—猪二熊三老虎라고 하네. 즉 첫째가 멧돼지, 둘째가 곰, 셋째가 늙은 범이라는 말일세.

-이해가 안 되는데요.

-그렇지. 멧돼지 사냥이 가장 어렵다고 한 것은 화가 나면 물불을 가리지 않고 달려들어 위험하다는 말일세. 다음으로 힘이 좋은 곰 사냥이고, 호랑이 사냥은 셋째 자리를 차지한다는 말일세.

-기 포수님도 그렇게 생각하세요.

-나는 다르게 보지. 역시 호랑이 사냥이 가장 어렵지. 애초에 비교가 되지 않는 싸움이지. 우선 호랑이는 찾을 수가 없어. 사냥꾼들이 호랑이가 세 번째 위험하다고 하면서 노호老虎, 즉 늙은 호랑이라고 한 이유가 있지.

-그렇군요. 비교할 때 늙은 호랑이라고 했지요?

-그렇네.

-그럼. 오늘 호랑이 사냥을 하러 가는 겁니까?

기사범은 홍범도의 말에 크게 웃었다

-아닐세. 그냥 사냥을 가는 것이지.

기사범의 말에 홍범도는 아쉬워했다.

-호랑이 사냥은 사냥이 몸에 익은 후에 가능하니 그때를 기다려 보세.

이렇게 해서 기사범과 인연이 있어 한 해를 넘기며 함께 생활했다. 기사범에게 사냥을 배웠다.

홍범도는 기사범에게로 가면서 그토록 그리워하고 찾아 헤맸던 첫사랑 여인 옥녀와 아들을 떠올렸다. 홍범도는 옥녀를 찾기 위해 백방으로 전국을 누비며 뒤졌지만 옥녀를 찾을 수가 없었다. 홍범도가 기사범을 다시 찾아가는 이유가 있었다. 산 중에서 계연수를 만나고 나서 세상을 바라보는 눈이 달라졌다.

나 혼자 잘 사는 것이 뭐 그리 중요하냐는 생각이었다. 나 혼자 잘사는 것은 짐승도 하는 일인데 일신을 위해서만 사는 것이 갑자기 시들해졌다. 큰 것을 바라보고 살아야 한다는 생각이 강하게 들었다. 계연수와의 인연은 잠깐이었다. 계연수에게서 못 찾은 것을 기사범을 만나면 길이 열릴 것 같은 생각이 들어서였다.

기사범에게로 가는 길은 험했다. 태백산은 깊었다. 숲을 헤치고 찾아 올라갔다. 길에는 잡초가 자라 다녀보지 않았다면 길을 찾기 어려웠다. 멀리서 집이 보였다. 마침 기사범이 있었다. 기사범이 홍범도를 반갑게 맞아주었다. 무뚝뚝한 모습만 보아왔던 홍범도로서는 의외의 반김에 고마웠다. 그리고 혹시나 안 반기면 어쩌나 하는 마음이 단번에 가셨다.

-잘 왔네.

-여전하십니다.

-나야. 늘 그대로지. 벌써 몇 년의 세월이 흘렀구만. 한데 무슨 바람이 불어 여기까지 발길이 닿았는가?

-기 포수님이 보고 싶었습니다.

-나는 비교적 무심한 사람인데 자네가 그리웠네. 무슨 마음인지 모르

지만 생각나곤 했지.

-제가 기 포수님을 그리워한 것은 제게서 비수를 뽑아주신 고마움이 늘 있었습니다.

-마음 속의 비수는 본인이 뽑는 것이지 남이 뽑아 줄 수 있는 것이 아니라네.

처음 태백산에 기사범을 따라 홍범도가 들어왔을 때 '나와 함께 살려면 칼은 거두게.'라고 말했던 것을 두고 하는 말이었다. 기사범에게서 마음을 다스리는 법을 배웠다. 사냥을 할 때도 살기를 가지고 하면 사냥도 제대로 되지 않는다면서 평상심을 가지지 않으면 결국 자신을 헤치게 된다고 했다. 또한 어떤 일도 제대로 할 수가 없다고 했다. 기사범과 생활을 같이 하면서 사냥을 배웠고, 혼자 사는 법을 배웠다. 특히 마음을 다스리는 법을 배웠다. 사냥을 하더라도 살기를 가지고 하지 말라는 말이 충격적이었다.

-묵어 갈 생각인가?

-아주 살려고 왔습니다.

홍범도의 말에 기사범은 웃었다.

-살아도 되네.

진심으로 홍범도에게 하는 말이었다.

-고맙습니다. 이번에는 무술을 배우고 싶습니다.

사냥을 같이 다니면서도 무술을 배우지는 못했다. 기사범은 특별한 능력을 가지고 있었다. 일반인들이 접하기 어려운 것을 했다. 창법과 검법 그리고 권법까지 했다.

-그러게.

기사범은 흔쾌히 승낙했다.

-받아주셔서 고맙습니다.

-그러면 무술을 배우는 기간 동안만 머물게.

고맙다는 인사말에 대한 답은 건너뛰고 무술을 배우는 동안 머무르라는 말로 대신했다.

-예. 그렇게 하겠습니다.

사실 그럴 작정이었다. 무술을 배우고 싶었고, 다시 한 번 기사범과 생활하고 싶었다. 인생 처음으로 사는 법을 가르쳐준 사람이었다. 가르쳐 준 것이 아니라 기사범의 삶을 보고 배운 것이 더 옳은 일이었다. 서두르지 않고 조급하지 않으면서 묵묵히 자신의 일을 하는 사람이었다. 말이 적으면서 한 마디 한 마디가 의미가 있었다. 극히 평범한 듯했지만 평범하지 않은 인물이었다.

기사범과 홍범도가 산으로 들고 있었다. 사냥을 하기 위해서였다.

-사냥을 할 때 주의해야 할 것은 무엇입니까?

-사는 것과 사냥은 다르지 않네. 인내와 끈기가 달세.

너무나 평범하고 일상적인 내용에 다소 실망을 했다. 의미 있는 말을 듣고 싶었다.

-사냥꾼은 잡아야 살고, 생명 있는 것은 달아나야 살아남을 수 있는 경쟁에서 참고 견디는 자가 결국은 승리하게 되어있지. 왕이나 귀족들이 하는 사냥과 포수가 하는 사냥은 다르지.

-어떻게요?

-포수가 하는 사냥은 조용하고 은밀하게 접근해서 한 방에 승부를 거는 것이고, 가진 자들의 사냥법은 시끄럽고 힘으로 잡는 것이 다르지.

-전혀 다르군요.

-그렇네. 많은 말과 사람들이 동원되고, 사냥개까지 동원되어서 어수

선하기 이를 데 없지. 하지만 포수의 사냥은 아무도 모르게 접근해서 한 방에 해결을 봐야 하는 것일세. 한 방으로 해결 못 하면 공격을 당하거나 이미 도망가고 없네. 두 번의 기회는 없지.

-따라가면 되지 않나요?

-당연히 다시 도망과 추격이 시작되는 거지. 그래서 인내와 끈기가 필요한 것일세. 집요하게 도망가고, 집요하게 따라붙게 되지. 지치는 자가 패하는 거지.

-서로 목숨을 건 추격전이라고 할 수 있네요.

-정확하게 보았네. 대상이 호랑이라고 생각해 보게.

-생사를 건 일이군요.

-그렇지. 추격과 도망이 상황에 따라 뒤바뀌게 되지.

-둘 중 한 쪽이 죽을 수 있다는 말씀이시군요.

-생사가 결정될 때까지 이뤄지네. 둘 중 하나가 죽을 때까지 긴장은 계속되지.

산 속으로 깊이 들어가며 나누는 대화였다. 홍범도가 기사범에게 사냥을 배우는 첫 날이었다.

-긴장이 흐르네요.

-사는 일은 항상 긴장되지. 그래서 살만한 것 아닌가?

기사범의 말은 너무나 평범한 말 같기도 하고, 기상천외한 긍정의 말 같기도 했다.

## 10. 역사동맹, 계연수 이관집 이태집 이상룡의 역사 동지 맹약

계연수는 더욱 걸음을 재촉하고 있었다. 오늘 이관집과 만나기로 한 약속을 지키기 위해서였다. 이관집과 계연수는 같은 삭주 출생이기도 하고, 역사와 관심이 깊은 사람들끼리 자연스럽게 가깝게 지내고 있었다. 서로가 가진 지식을 나누기도 하고, 정보를 교환하기도 했다. 태천에 있는 백관묵을 만나고 오느라 원래 계획했던 것보다 늦어졌다. 태천과 사천은 30여 리 떨어진 곳이어서 이관집의 집에 늦게 도착했다. 벌써 해가 기울어가고 있었다.

이관집과 이상룡은 벌써 전작前酌이 있었다. 계연수는 두 사람과의 대화에 자연스럽게 녹아들었다.

-우리 조선인에게 역사의 의미는 무엇이라고 생각합니까?

이상룡이 계연수에게 물었다. 조선인에게, 라는 단서를 붙였다.

-저는 역사 자체도 중요하지만 역사 속에 숨어있는 정신에 더 주목하고 있습니다. 우리의 역사에는 위대한 정신이 들어 있습니다.

-어떤 정신이지요?

-나라가 성립되려면 문화가 먼저 있어야 가능합니다. 인류 최초의 나

라가 세워지는데 당연하게 문화가 먼저 확립되고, 나라가 건국됩니다. 건국이 된 이후에 문화가 만들어지는 것이 아닙니다. 이유는 간단합니다. 국가조직이나 국가이념을 만들고 운영할 능력이 있어야 나라가 세워질 수 있는 것입니다.

-그렇군요.

이상룡이 계연수의 말을 받아주었다.

-결국 문화는 정신으로 만들어진 사고의 틀입니다. 집을 지으려면 집의 구조가 머릿속에 있어야 가능합니다. 정신이 집의 구조를 만들어내고, 집이 완성되도록 합니다. 나라도 마찬가지입니다. 인류 최초의 나라가 있었는데 그 나라가 환국입니다.

계연수는 이야기하면서 산에서 만난 홍범도에게 설명했던 홍익인간에 대해 다시 설명을 했다. 어떤 건국이념도 따라올 수 없는 큰 건국이념이었다. 인류 전체를 하나로 손잡게 할 수 있는 위대한 건국이념이었다. 계연수는 자신의 집에 비서로 간직하고 있는 《삼성기》 상편을 외우고 있었다. 길지도 않았다. 비서를 간직하는 사람들의 공통점은 비서의 내용을 외우고 다녔다. 만약의 사태에 대비하기 위해서였다. 화재나 책을 소지한 것이 발각될 경우에 대비해서 내용 전체를 암기하고 다녔다. 계연수도 마찬가지였다.

역사에 대해 생각할 때 《삼성기》 첫 머리가 떠올랐다. '오환건국최고 吾桓建國最古' 우리 환족이 세운 나라가 가장 오래 되었다는 선언이었다. 부연하면 이 말 속에는 모든 것이 다 들어 있었다. 나라가 세워지려면 정신이 필요하고, 정신으로 만들어진 문화가 필요하다. 곧 최초의 문화가 만들어진 사회였고, 최초의 국가조직을 완성시켰다는 의미를 가진다.

이야기를 하는 도중에 이관집의 동생인 이태집이 들어왔다. 이태집은 계연수도 잘 알고 있는 동생이었다. 역사에 관심이 많아 만날 때마다 역사에 대해 물어보곤 했다. 계연수가 왔다고 하면 만사를 제치고 찾아오는 동생이었다.

-환국을 세운 내력에 대한 기록이 있습니까?

-그것은 제가 설명할 수 있습니다.

-맞아요. 그건 태집이가 전문입니다.

이상룡이 계연수에게 물어 본 말을 이태집이 말을 이어 받았다. 그러자 이태집의 형인 이관집이 태집이의 역사실력을 인정했다. 계연수는 당연하다는 듯이 웃음으로 받아주었다.

-인류 최고의 문명을 만든 분은 바로 안파견이십니다. 동녀동남 800명을 흑수와 백수 땅에 내려 보냈지요. 이에 환인께서 만백성의 우두머리가 되어 돌을 부딪쳐서 불을 피워 음식을 익혀 먹는 법을 처음으로 가르치셨습니다. 이 나라가 바로 환국입니다. 환국을 다스리는 사람을 환인이라고 합니다. 다른 이름으로는 안파견이라고도 불렸지요. 지금으로 이야기하면 바로 왕이고 임금입니다. 일곱 분의 환인이 계셨지요.

이태집은 흥이 나서 설명을 했다.

-이제 단국시대로 넘어갑니다. 배달이라고 하는 나라입니다. 혹시 배달의 의미를 아세요?

이상룡은 어리둥절했다. 환국과 단국에 대해서 들어본 적이 없었다. 단국이 배달이라고 하는데 입으로 우리는 배달민족이라고 달고 살면서 배달의 의미를 모르고 살고 있었다. 배달의 후손이라고도 하고, 배달민족이라고도 하는데 정작 배달이라는 말의 의미를 알 수가 없었다.

나름 한 지식한다는 자신이 초라해지는 순간이었다. 이상룡은 고개를 저었다.

이태집은 아랑곳하지 않고 설명을 했다. 사실 여기서 처음 듣는 사람은 이상룡뿐이었다.

-환웅씨가 환국을 계승하여 일어나 백산과 흑수 사이 천평天平에 자정子井과 여정女井을 파고 청구靑邱에 농사짓는 땅을 구획하셨습니다. 중요한 것은 지금부터입니다.

이태집은 잠시 뜸을 들였다. 이상룡을 쳐다보았다. 이상룡의 머릿속은 복잡했다. 처음 듣는 내용이었다. 진정으로 사용하고 있는 배달이라는 말의 의미도 모른다는 것에 자괴감까지 들었다. 내 나라의 역사를 지식인이라고 자처했던 자신이 대부분을 모르고 있다는 것에 스스로 놀라고 있었다.

-환웅께서 천부인을 가지고 오사五事를 주관하여 건국이념을 확정하셨습니다. 단군에서 지금 우리가 이야기하고 있는 건국이념이 확정되었습니다. 단군의 건국이념이 바로 우리의 문화정신입니다.

-어떤 정신이지요?

이상룡이 다시 계연수에게 물었다. 이상룡의 눈이 반짝거렸다.

-입으로 우리가 늘 이야기하고 있는 홍익인간입니다. 좀 더 자세하게 설명하면 홍익인간弘益人間은 널리 인간 세상을 이롭게 한다는 것입니다. 그리고 재세이화在世理化로 세상의 이치대로 되어지는 나라를 만든다. 이도여치以道與治, 도의 원리로 정치를 한다. 광명이세光明理世, 밝은 빛으로 세상을 다스린다는 건국이념을 가지고 있습니다. 일목요연하게 정리되어 있습니다. 우리의 건국이념은 덕치와 선정을 이상으로 하는 민족정신입니다. 풀어 말하면 환국의 임금인 환인이 아들

환웅이 동방으로 새로운 세계를 열고자 일단의 무리를 이끌고 떠날 때 임금의 지위를 나타내는 표지로 주었다고 생각하시면 됩니다. 신시神市에 도읍을 정했다고 합니다. 그리고 나라이름을 배달倍達이라고 했습니다.

-오사는 또 무엇을 의미합니까?

이상룡은 계연수가 말을 마치자 먼저 것까지 거론하면서 다시 물었다. 대단한 관심이었다.

-오사五事는 지금으로 이야기하면 이호예병형공조를 말합니다. 현재 우리 조선의 행정 실무기관인 이조, 호조. 예조. 병조. 형조. 공조를 일컫는 말로 육조六曹로 보면 됩니다. 사事는 치사治事로 일을 처리한다는 의미로 담당 부서라고 할 수 있습니다.

이상룡은 고개를 끄덕였다.

-오사는 농사를 주관하는 우가牛加, 왕명의 출납을 주관하는 마가馬加, 형벌을 주관하는 구가狗加, 질병을 주관하는 저가猪加, 산악을 다스리는 양가羊加로 나누었습니다.

-고대에도 일목요연하게 정리가 되어 있었군요.

-그렇습니다.

-더 물어봐도 됩니까?

-그럼요.

-배달국을 만드신 분이 환웅이라고 하시고 이들이 단국을 만든 이유는 무엇입니까?

-거기에 대해서는 구체적으로 기록되어 있는 것이 없습니다. 문명개척단으로 정의하고 싶습니다.

-문명개척단이요?

-그렇습니다. 세계 최초의 나라가 세워진 곳이 중앙아시아로 봅니다. 기후변화로 추워졌습니다. 환국에 머물러 있는 중심 무리가 있었을 것이고, 인구가 늘어나고 왕가의 왕자들이 늘어나면서 새로운 땅이 필요했습니다. 봉토로는 부족했습니다. 해가 동쪽에서 뜨니 동쪽으로 가면 보다 따뜻한 나라가 있을 것으로 생각해 동쪽으로, 동쪽으로 이동을 하게 됩니다. 결국 수도를 정하고 배달국을 세우게 됩니다. 농사를 처음으로 짓게 되지요.

-농사만을 지었을까요?

-유목과 농사를 함께 병행했습니다. 우가牛加 마가馬加 구가狗加 저가猪加 양가羊加로 소말개돼지양입니다. 생명줄이 바로 농사와 가축에 달려있었습니다. 가축이 최고의 재산이자 식량원이었습니다. 유목이 주였고, 정착하게 되어 농사가 시작되었습니다.

-이해가 됩니다. 그렇다면 문명개척단이 도착했을 때 새로운 무리인 배달민족이 나라를 세우기 전에 이미 그곳에는 토착세력이 있었을 것이 아닙니까?

-당연합니다. 원주민이 살고 있었지요.

-그들이 가만히 있었을까요?

-당연히 저항했지요. 그래서 필요한 것이 신표信標였고, 그것이 천부인입니다. 나는 하늘이 내린 천손天孫이라는 표식입니다. 그리고 필요한 것이 바로 군사력이었습니다.

-아. 예.

-당연히 군사력이 필요합니다. 힘은 군사력에서 나온 것이고, 그래서 집단이동이 필요했던 것입니다. 그래서 기록에 구환족九桓族이라고 기록되어 있습니다. 아홉 개의 기존 토착세력이 살고 있었지요. 이들

이 공물과 세를 바쳤고, 뭇새와 뭇짐승까지 춤을 추고 반겼다고 했습니다. 문명개척단은 토착세력이 가진 문화를 능가하는 새로운 문화와 기술집단이 들어왔으니 반길만했지요.

이상룡의 역사에 대한 관심이 예사롭지 않은 것을 계연수는 물론 이관집과 이태집도 놀라긴 마찬가지였다.

-단군에 대한 이야기는 많이 들었습니다. 단군에 대한 이야기에도 모르는 이야기들이 준비되어 있겠군요.

-기록에는 이렇게 전합니다. 구환九桓의 백성이 기뻐했다고 합니다. 그리고 임금으로 추대했다고 합니다. 그러면서 신시배달의 옛 법도를 되살리고, 아사달에 도읍을 정하고, 국호를  조선으로 했다고 했습니다. 조선에서 우리가 지금 접하고 있는 문명들이 개창을 합니다. 그리고 우리가 쓰고 있는 단어나 문명의 창시자들의 이름이 거론됩니다.

-궁금합니다.

이상룡의 눈이 빛났다.

-문명 창조에 관여했던 인물들에 대하여 말씀 드리기 전에 재미난 이야기로 시작하겠습니다. 고시레 아시지요?

-예. 알지요. 우리 마을에서는 고수례라고 합니다. 음식을 먹기 전에 주위에 음식을 나누어 던지는 풍습 말씀하시는 거지요?

계연수의 물음에 이상룡이 답했다.

-예. 그렇습니다. 고시레의 유래에 대해 이야기하겠습니다. 조선은 신시의 옛 법규를 이어받아서 다스렸습니다. 고시씨는 농사를 주관하던 사람이었습니다. 음식을 먹기 전에 지금도 '고시레'하면서 음식의 일부를 주위에 던지는 관습이 있지요?

-예. 있지요. 저도 들이나 산에서 음식을 먹을 때 습관처럼 하지요.

-고시레가 바로 농사를 주관하던 최초의 사람인 고시高矢씨를 지칭하는 말입니다. 농사를 알려준 고시씨에 대한 감사의 표시로 고시례高矢禮라고 고씨에 대한 감사 인사를 하는 게지요. 고시례가 고수레가 되었지요.

-그렇군요.

-고수레 말고도 집을 짓는 데 있어 대들보를 올릴 때, 즉 상량식을 할 때 성조 혹은 성주님이라 하며 제를 올리는 풍습이 있습니다. 이것에 대한 기록도 마찬 가지로 기록에 있습니다.

-놀랍습니다.

일상적으로 사용하는 말들에 대한 어원까지 꿰뚫고 있는 계연수가 예사롭지 않아 보였다.

-기록에 성조成造에게는 궁실을 짓게 하였다고 했습니다. 성조가 민간에서 성조신, 성주신으로 변한 것이지요. 또한 팽우彭虞에게 명하여 땅을 개척하도록 하고, 신지臣智에게는 글자를 담당하게 하였다고 했습니다. 기성奇省에게는 의약을, 나을那乙에게는 호적을 관장하게 하고, 희羲에게 괘서를 주관하게 하고, 우尤에게 병마를 담담하게 했다고 했습니다. 중요한 것은 모두 기록에 있고, 지금도 풍습이나 이름이 민간에 남아 있습니다.

-신세계를 만난 기분입니다. 우리는 이미 오래 전에 대단한 문명을 이루고 살았는데 우리의 역사가 사라진 이유를 어떻게 보십니까?

이상룡은 진정으로 묻고 싶었던 말이었다. 역사이야기를 하다보면 질문 받게 되는 내용들이었다. 이관집과 이태집도 관심 있게 귀를 기울였다. 계연수가 바라 본 관점에 관심이 있었다.

-이유는 간단합니다. 역사는 강자를 위한 기록입니다. 약자는 역사를

가질 자격이 없습니다.

충격적인 말이었다. 약자는 역사를 기록할 자격이 없다는 말이 그랬다. 세 사람 모두가 동시에 느꼈다. 아하, 그래서 우리의 역사를 탄압하는구나, 였다. 조선 초부터 우리 역사를 적은 책을 나라에서 수집하고, 수집에 응하지 않으면 참형에 처하고 때론 예고 없이 책이 많은 집을 뒤지기도 하는 일이 벌어지고 있는 현장에 있었던 사람들이었다. 조선의 역사를 가질 수 없게 하는 강자가 있었던 것이다. 바로 명나라였고, 지금은 청나라였다는 결론을 거의 동시에 가졌다. 그리고 사대를 스스로 시작한 지금의 조선이었다.

-그렇군요.

이상룡이 먼저 무릎을 치며 응답했다.

계연수가 이야기를 계속했다.

-강자는 역사를 독차지 할 수 있습니다. 약자가 가졌던 역사까지도 강탈해가요. 자신들이 원조라고 윽박지르는 겁니다. 강자만이 정통성을 물려받을 자격을 갖게 되는 것입니다. 동아시아의 역사를 가질 수 있는 나라는 한 나라뿐입니다. 하늘에 태양은 하나입니다. 태양을 가질 수 있는 나라는 가장 강한 나라지요. 바로 청나라입니다. 정통성의 핵심은 황제로의 등극입니다. 황제는 태양입니다. 임금은 제후일 뿐입니다. 현재로서는 우리에게 황제는 요원한 자리입니다.

-그럼에도 역사공부를 계속해야 하는 이유는 왜지요?

누구보다도 역사에 관심이 많은 이태집이 물었다. 약소국인 조선의 백성으로서 역사를 알아야 할 필요가 있냐는 반문이었다.

-그래서 역사는 필요합니다.

계연수는 단호하면서도 준엄하게 말했다. 그리고 잠시 허공을 보다가 말을 이었다.

-가난하게 산다고, 권력이 없이 산다고 살지 않는 것이 아닙니다. 살아 있는 존재에게 필요한 건 자존입니다. 자존을 세우기 위해서는 자신의 정체성을 가져야 자존이 정당해집니다. 정체성에는 역사가 필요합니다. 한 개인으로서의 역사나, 한 나라로서의 역사가 있어야 정체성이 확립되기 때문입니다. 특히 우리처럼 정신의 역사를 생산한 나라일 경우에는 역사가 필요합니다.

-정신의 역사라고 했습니까?

이상룡이 순간 눈이 반짝였다.

-그렇습니다. 우리는 정신의 역사를 생산해 낸 위대한 역사의 생산자들입니다.

-정신의 나라…

이상룡은 다시 자신도 모르게 혼자 중얼거렸다.

-우리 조선의 역사, 다시 말해 환민족의 역사는 인류 최초의 문화를 만들어낸 역사입니다.

-아하.

이상룡은 신음하듯이 혼자 소리를 냈다.

그리고는 토해내듯 물었다.

-그것을 알고 싶습니다.

-인류를 너와 나로 나누지 않고 함께 잘 살자는 홍익인간의 건국이념은 위대한 선언입니다. 결국 홍익인간의 천명天命이 인류를 구원하는 선언입니다. 덕치와 선정을 이상으로 한 민족정신을 엿볼 수 있습니다. 또한 이를 실천하는 원리가 있습니다. 그것이 《천부경天符經》《삼일신고三一神誥》《참전계경參佺戒經》입니다.

계연수는 이야기하면서 산에서 만난 홍범도에게 짧게 설명했던 홍익인간과 재세이화에 대해 다시 설명을 했다. 어떤 건국이념도 따라올 수 없는 큰 건국이념이었다. 인류 전체를 하나로 손잡게 할 수 있는 위대한 건국이념이었다.

이상룡은 《천부경天符經》《삼일신고三一神誥》《참전계경參佺戒經》 같은 말들에 갈증을 느꼈지만 어디서부터 물어야 조선의 역사를 알 수 있을지 몰랐다.

-인류가 만든 어느 나라에 우주의 원리를 담고, 인류의 단합을 선언하는 건국이념을 가진 나라가 있습니까. 없습니다. 이를 뒷받침하는 원리들을 만들어 보완시킨 나라가 있습니다. 《천부경天符經》에 인간에게 우주의 이치와 법칙을 드러내고 하늘의 뜻과 이상, 그리고 인간의 생명과 깨달음 등에 대한 가르침을 전했습니다. 《삼일신고三一神誥》에서는 하늘과 땅 사이에 존재하는 인간에 대한 관계를 설정했습니다. 또한 《참전계경參佺戒經》은 정신문화의 실천 교범입니다. 체계적이고, 이상적인 나라를 세운 최초의 문명국가였습니다. 이러한 정신은 우리의 피 속에 이미 흐르고 있습니다.

계연수는 강하면서도 가라앉은 목소리로 말했다.

-정말로 아득하고 깊습니다. 하지만 이를 깨우칠 시간과 공력이 부족하다고 느낍니다.

-아니 지금부터 하면 되지 않습니까?

이상룡의 탄식 같은 말에 이태집이 반문했다.

-태집아. 나는 우선 급한 일이 있다. 나는 지금 만주로 가는 중에 들렀다.

이상룡이 이야기를 시작했다.

-이 나라가 무너질 것만 같다. 이 나라를 구할 수 없다면 다시 찾을 방도를 찾을 수밖에 없다. 다시 찾을 수 있는 방안의 하나로 만주를 생각하고 있다.

이상룡이 이태집을 보고 말했다.

지금 조선은 풍전등화 같은 상태였다. 거친 변화의 바람 앞에 작은 촛불 같았다. 조선은 병이 들었고, 병들어 자신을 스스로 지탱하는 것도 힘든 상태였다. 이런 조선을 노리는 강한 나라들이 있다. 결국은 누군가에게 먹히고 말 것을 두려워하고 있었다.

-만주는 어떤 일로 가시려 합니까?

이관집이 나서 물었다.

-이 나라가 어느 나라에게 먹힌다면 이 나라를 구할 방법은 어려워진다. 조선을 벗어나서 도모할 수밖에 없어. 안은 이미 점령되었으니 운신의 폭이 좁아질 것이야. 그럴 경우 망명정부를 세우고, 군사를 모을 수 있는 곳을 찾고 있다. 그래서 지금 만주로 들어가 보려는 참일세.

이상룡의 말에 모두가 숙연해졌다. 나라의 안위가 위태로운 것은 모두가 알고 있었다. 하지만 개인으로서 할 일이 없었다. 산촌에 살아서 세상의 흐름도 잘 알 수 없었지만 안다 해도 달리 방도가 없었다. 이상룡은 달랐다. 벌써 세상의 흐름을 읽고 방안을 찾고 있었다.

-방도가 있습니까?

-뚜렷한 방도가 없으니 최후의 방법을 마련하려고 하는 것이네.

이상룡이 이관집을 바라보며 말했다.

-그럼 이렇게 해보세.

이상룡의 말에 다른 세 사람의 귀가 쫑긋했다.

-역사동맹을 우리라도 맺어보세.

-역사동맹이요?

-그렇지. 역사동맹!

이상룡의 발언에 이관집이 되묻자 다시 이상룡이 제안을 했다.

-내 오늘 길을 찾았네. 나는 최후의 방안으로 임시정부를 차릴 것을 생각하고 있지만 무엇을 하든 역사가 중심에 있지 않으면 애국도 애족도 필요 없는 허황된 것이라 느꼈네. 이유는 애국과 애족이란 마음이 생기려면 같은 역사를 공유한 사람이라는 의식이 없으면 아무런 의미도 없다는 것을 깨달았네. 가족이란 혈연공동체가 서로를 끌어안듯이 같은 민족이라는 생각이 생겨나려면 역사가 공유된 역사공동체가 필요하다는 생각을 했네. 내 생각이 어떠신가요?

계연수를 향한 이상룡의 목소리에는 결기가 느껴졌다.

-더없이 필요합니다.

-그렇지요!

계연수와 이관집 형제가 답하자 이상룡의 목소리에 생기가 돌았다.

-그렇다면 우리 네 사람이라도 역사동맹을 맺읍시다.

모두가 흔쾌히 응락했다. 방안으로 나라가 무너지더라도 역사를 위한 공부와 역사의 계승을 위해 힘쓸 것을 결의했다. 현재는 물론 나라를 잃게 되더라도 역사교육을 계속할 것을 결의했다.

결의가 끝나고 이상룡이 한 마디 더했다.

-오늘은 참 신기한 날입니다. 공자와 맹자를 찾고, 명의 역사는 꿰차고 있으면서 정작 우리의 역사를 모르고 있으니 부끄러웠습니다. 지금 우리가 사용하고 있는 단어들의 의미가 비로소 세상에 얼굴을 드러내는군요. 처음으로 세상에 눈을 뜨는 기분입니다.

이상룡의 솔직한 마음이었다. 모두의 얼굴이 환해지는 느낌이었다.

# 역사의 조각을 맞추는
# 사람들

# 11. 인류 최초의 나라, 인류 최초의 문명이 있었다

檀桓古記

침몰하는 조선을 바로 잡을 수 있는 것은 강국건설이었는데 조선은 쇄국으로 우물 안 개구리가 되어 약소국으로 전락하고 있었다. 이미 약소국으로 추락해서 세상과 한 판 맞장 뜰 처지가 아니었다. 청과의 관계는 오래 전에 상하관계였고, 왜국은 메이지유신으로 옷을 갈아입고 새로운 문물을 받아들여 청국보다도 강국이 되어 개화된 일본으로 우뚝 서 있었다. 조선은 청국과 일본뿐 아니라 러시아와 서구의 강호들이 점령할 기회를 노리고 있었다. 조선은 안으로는 썩어가고 있었고, 밖으로는 쇄국으로 눈 먼 장님이 되어가고 있었다. 이미 목표를 잃은 배 같았다. 파도는 거칠어지고 날은 저물고 있는 형국이었다.

개인의 힘으로는 해결할 수 없는 단계로 접어들었다고 판단했다. 이건창이 지난번에 "무서운 것은 나라가 왜국의 계략에 의해 국권을 잃어가고 있습니다."라고 말했던 것이 점점 현실이 되어가고 있었다. 여러 가지 정황으로 보아 기울어가고 있음을 확인할 수 있었다. 왕이 일본의 대신에게 뺨을 맞는 것을 보고도 힘에 눌려 말 한 마디 하는 사람이 없었다는 말도 돌고 있었다. 고종이 일본의 관리에게 뺨을 맞고도 어찌하지 못했다는 말이었다. 누구도 기에 눌려 대드는 사람도 없었다고 했다. 약자에게는 어떤 정의도 예의도 적용되지 않는 것이 현실이었다.

나라의 관계를 신의로 알고 명나라와 청나라에 기대어 살았던 조선의 왕과 대신들은 일본의 힘을 실감하고 있었다. 조선이 생각했던 일본이 아니었다. 이미 신문명으로 무장한 일본은 조선에서는 도깨비불이라고 놀라워하는 전기를 실생활에 사용하고 있었고, 조선의 배와는 비교가 되지 않는 철선을 만들어 대해를 항해하고 있었다. 청의 문물을 받아들였던 조선의 입장에서 일본은 청을 훨씬 넘어선 다른 문명의 사람들이었다.

생전 듣고 보지도 못한 배들이 강화도로 침입해 온 것을 격퇴시켰다는 이야기가 떠돌았다. 사람이 하얗게 생기고, 코가 큰 사람들이 쳐들어왔는데 기이하게 생겼다는 말들도 떠돌았다. 조선은 정말 동굴 속에서 살던 사람이라는 것을 느끼게 하는 사건들이 연속으로 이어졌다. 전등이라는 것이 있는데 밤에도 대낮처럼 밝게 했다는 소문이 돌았다. 마치 밝기가 해 같았다는 이야기도 돌았다.

미국 상선이 서해 몽금포로 들어왔다가 공격을 당해 불에 타는 사건이 있었고, 러시아 영국 독일 등이 군함 또는 상선을 보내 통상을 하자고 요구했다. 프랑스 군함이 들어와서는 왕의 선조 무덤을 파는 야만 행위를 하기도 했다. 문제는 조선은 힘이 없다는 진실이었다. 가장 가련한 존재가 힘이 없는 존재였다. 바른 말도, 정의도, 선의도 무시되는 것이 힘이 없는 자가 당해야 하는 수모였다. 드디어 올 것이 오고 있었다. 불길한 예상은 적중률이 높았다. 조선은 저항 한 번 제대로 못하고 일본의 손아귀로 들어가고 있었다.

기회를 엿보던 일본에게 멱살을 잡히는 모양새가 한일 간의 최초의 조약인 강화도조약에서 드러났다. 원산과 인천이 각각 개항되고 이어서 부산이 개항 되었다. 강제로 이루어진 일이었다. 강제로 이루어진 만큼 일방적으로 편파적으로 조선에게 불리한 조약이었다. 개항지에서의 일본인의 토지 임차, 가옥 건축허가를 인정했다. 또한 양국의 무역을 조선의 관리가 관리하지 못한다는 이상한 내용도 있었고, 일본 거류민의 범죄에 대해서 조선정부가 관여할 수 없다는 치외법권까지 넘겨주었다. 거기에 개항장에서는 일본화폐를 사용할 수 있게 하고, 일본 선박은 항세 없이 항구를 자유롭게 출입하며 조선 내 어디든 운송업을 할 수 있다는 일방적인 조약을 맺었다. 일본의 조선수탈과 침략의 계기가 마련된 조약이었다.

이기는 마음이 급했다. 조선의 지식인으로서 그냥 지켜보고 있을 수는 없었다. 그렇다고 해결방안이 있는 것도 아니었다. 기울어가는 나라를 위해서 자신이 할일이 무엇인가를 생각했다. 이기는 이건창의 이야기를 떠올렸다. 이건창이 유배 갔을 때 만났다는 젊은 사람에 대한 이야기였다. 평안도 삭주에 사는 젊은이, 계연수에게 서한을 써서 보냈다. 앞뒤의 인사를 빼고 핵심내용은 이랬다.

"우리는 다시 일어서야 합니다. 그러기 위해서 내 안에 중심을 들여놓아야 합니다. 나라도 마찬 가지입니다. 나라도 중심을 가지고 있어야 합니다. 나라의 중심은 살아있는 역사를 바르게 세우는 일에서 출발합니다. 혁명보다도 무서운 것이 역사입니다. 역사가 살아있으면 고난과 질곡도 헤쳐 나갈 수 있습니다. 국권을 다시 찾을 수 있습니다. 민족 안에, 백성 안에 긍지가 살아있기 때문입니다.

역사는 나라의 뼈대고 나라의 정신입니다. 특히 우리 민족의 역사에는 인류공동체의 미래가 있고, 이미 과거에는 우리의 정신과 문화를 세계로 전파한 경험이 있습니다. 인류문화의 원형이 우리 역사에 있고, 인류의 출발 정신이 우리에게 있음을 보았습니다. 함께 역사에 동참했으면 합니다. 그리고 우리 한민족을 깨워야 합니다."

그리고 시간을 내서 한양으로 올라와 달라는 내용을 넣었다. 이기는 자신보다 혈기왕성한 젊은 사람들이 필요하다고 생각했다. 더구나 젊은 사람이 공맹이나 주자학이 아니라 우리의 역사에 대해서 많이 알고 있는 젊은 청년이 있다는 것은 이기로서는 처음 접한 이야기였다.

이기는 나철을 만나기로 하고, 단성사 쪽으로 발을 옮기고 있었다. 민중이 움직이고 있었다. 피폐할 대로 피폐해진 나라의 사정과 굶주려야 하는 상황에서 먹을 것마저 빼앗아가는 탐관오리들로 민원은 한계를 넘어서고 있었다. 원망은 높아갔고, 생활고는 극에 달했다. 조선의 지식인들의 감정은 극도로 날카로워 있었다. 일본과 청국의 간섭이 예사롭게 넘어갈 수 없는 수준이었고, 특히 일본은 조선의 조정을 인격적으로 대우하지 않았다. 무소불위의 힘으로 조선을 침탈하고 있었다. 상당 부분 벌써 국정의 운영권을 움켜쥐고 있었다. 조선의 지식인들에 대한 감시의 눈초리가 예사롭지 않았다.

-잘 지냈나?

-몸은 잘 지탱하고 있습니다.

이기의 인사말에 나철이 대답했다. 옆에 있던 이건창도 한 마디 했다.

-몸이라도 잘 보존하고 있으니 다행일세.

이기가 말을 받으며 세 사람이 자리에 앉았다. 서로의 안부와 일상적인 이야기로 이야기를 시작했다. 언제부터였는지 모르지만 사람의 날카로운 시선을 느낄 수 있었다. 지난번에 이기와 이건창 황현이 만났을 때도 그러한 시선을 느꼈는데 이번에도 마찬가지였다. 요주의 인물들에 의한 감시의 눈초리였다. 특히 이건창은 현직에 있으면서도 문제를 일으킬 인물로 낙인이 찍혀 있었다. 나철은 요주의 인물은 아니었으나 함께 한 것만으로 감시의 대상이 되었다. 이기는 그래도 지방에 있었고, 역사에 대한 관심으로 덜 알려진 인물이었다.

나철은 호가 홍암弘巖이었고, 전남 보성 출신으로 강단이 넘치는 젊은 이였다. 역사의식이 강하고, 조선의 역사와 정신에 관심이 많았다. 혼자 공부하다가 이기를 만나서 날개를 단 듯 역사에 몰입하고 있었다. 나라를 구하기 위한 방법의 하나로 우리만의 전통을 간직한 종교를 만들어야겠다는 생각이 강했다.

이기는 나철과 이건창보다는 한참 연배였다.

-너무 어수선해서 어디서부터 손을 댈지 모르겠습니다.

-저도 마찬가지입니다. 분명한 것은 조선이 어느 순간 낙후되어 있다는 것을 인정할 수밖에 없는 상황이라는 엄중한 현실입니다.

이건창과 나철의 말에 이기는 말없이 듣다가 한 마디 했다.

-어둠 속에서 지켜야 할 것은 정신뿐일세.

조선은 전혀 다른 세계를 만나고 있었다. 과학이란 이름을 가진 새로운 문물들을 그저 경탄하며 바라만 보고 있었다. 서양문물의 힘은 무서웠다. 농경과 가내수공업 수준을 넘지 못하는 생산체계를 가지고 있던 상황에서 대량생산과 듣도 보도 못한 것들이 물밀듯 들어오고, 의복이나 처음 보는 생김새의 사람들을 만나면서 상황대처를 하지 못하고 자신의 위치를 잃어가고 있었다. 그동안 지켜왔던 정신세계가 무너지고 있었다. 등잔불을 켜고 살다가 전등을 보게 되고, 마차를 타고 다니다 자동차를 만나는 형국이 이어지고 있었다.

다시 정신을 차리고 우리의 정신세계를 일으켜 세우기 위한 작업을 생각하는 사람들이 있었다. 일단의 무리가 바로 이기를 비롯한 이건창, 황현, 나철 등이었다. 오늘은 황현이 다른 일로 바빠 빠지고 세 사람이 만나고 있었다. 이들은 정신세계 재건뿐만이 아니라 정신적 지주 역할을 할 단체를 구상하고 있었다. 또한 백성의 소리를 들어서 체제반영에 활용할 방안을 탐구하고 있었다.

조선은 끓고 있는 불만의 용광로 같았다. 무엇보다 먹을 것이 부족하다는 참혹함이었다. 민란의 징조가 보이고 있었다. 조선의 왕은 갈피를 잡지 못하고 있었다. 조정 대신들도 마찬가지였다. 와중에 관리들의 수탈의 정도는 높아가고 있어 부글부글 끓기 전의 상황이었다.

-이미 정도를 넘고 있습니다.

-맞습니다. 원성이 하늘을 찌를 듯합니다.

이건창과 나철이 말했다.

-이럴 때일수록 우리는 백성들이 마음을 쉴 수 있는 안식처를 만들어야 하네.

이기가 차분하게 말을 받았다.

-어떻게 해야 합니까?

나철이 방도를 물었다.

-내가 할 일은 무엇보다 우리의 역사를 보전하고, 후대에까지 이어가게 하는 일일세. 나라도 빼앗길 상황인데 역사마저 빼앗기면 조선은 영영 끝날 수 있네.

-옳습니다. 선생님의 하실 일은 역사보존과 역사교육이고, 제가 할 일은 현장에서 백성들이 수탈당하지 않도록 조정에서 힘을 쓰는 일입니다.

-저는 선생님의 뜻을 같이 하겠습니다. 우리의 동학을 일으켜 세우는 일에 일신을 바치겠습니다.

-그렇게 하세. 자네들은 현장에서 뛰어야 하네. 우리 모두 각자의 일에 몰두하기로 하세. 난세의 남아는 나라에 몸을 바쳐야 하는 것일세.

-예. 알았습니다.

이기의 말에 이건창과 나철이 함께 답했다.

-어렵게 시간을 내셨으니 역사공부를 좀 하고 가야겠습니다.

-그래 주시지요.

나철의 말에 이건창이 의견을 같이 했다. 이기에게 우리의 역사에 대하여 알려달라는 주문이었다.

-무엇이 가장 알고 싶은가?

-우리의 첫 나라가 있었다면 현재의 조선까지 이어진 정통맥이 있을 것 아닙니까. 그 흐름을 알고 싶습니다.

-역사는 왜곡되는 것이 정상이라고 하지 않았는가?

-예. 일전에 말씀하신 적이 있습니다.

이건창의 답을 듣고는 이기는 잠시 생각하는 듯하더니 말문을 열었다.

-우리의 국통맥은 환단한으로 시작하네. 환국, 단국, 한국일세. 한국이 고조선일세.

-예. 단국이 배달이라고 하신 말씀도 기억하고 있습니다.

이번에는 나철이 대답했다.

-우리 배달계레의 건국이념이나 정신 그리고 문명을 만든 나라가 바로 환단한이라고 할 수 있네. 고조선이 기울고 나라가 쪼개져서 나뉘는데 전통맥을 이은 나라가 북부여일세. 바로 이어서 사국시대가 도래하지. 고구려 백제 신라 가야로 이어지고 치열한 전쟁 끝에 신라만 남

고 고구려 땅에 대진국大震國이 건국되면서 남북조 시대로 연결되네. 이후로 고려와 현재의 조선일세. 다시 정리하면 환국-단국-고조선-북부여-사국시대-남북조시대-고려-조선일세.

-그렇다면 우리의 역사를 우리의 역사라고 하지 못하는 이유는 어디에 있습니까?

역사의 은자들이 가장 많이 듣는 질문이었다. 이번에도 빠짐없이 물었다.

-이유는 간단하지. 역사의 정통성을 서로 가지고 가려고 하는 것이 자연스러운 일일 걸세. 자신이 세운 나라의 정통성을 세우는데 반드시 필요한 것이 역사라네. 문화를 창조한 나라의 역사를 자신의 나라로 가져가려는 욕망은 어느 나라나 마찬가지지. 또한 대륙을 지배한 나라의 역사를 자국의 역사로 가져가는 것은 꼭 필요한 일이 아니겠나. 서로 가지려고 한다면 누가 가질 수 있겠나?

-강국의 차지입니다.

-그렇네. 그것이 정답일세.

-그렇다면 우리는 언제부터 우리의 역사를 잃어버렸습니까?

-환국과 단국 그리고 고조선으로 이어오다가 고조선이 망하고 나서 북부여로 이어질 때까지만 해도 명맥을 유지하고 있었지. 그리고 고구려와 백제가 건재했을 때까지였네.

-그러면 고구려와 백제가 망하면서 역사를 잃어버렸다는 말씀이십니까?

-그렇지. 이미 가야는 사라진 후였고, 고구려와 백제가 무너진 순간 삼국을 통일한 것이 아닌 신라는 자신의 땅을 유지하는 것도 벅차했거든. 힘은 당연하게 당나라로 넘어갔지. 발해의 본 이름인 대진국과 신라가 대치상태에 있다가 대진은 무너지고, 신라만이 남게 되지. 신라

는 약소국으로 전락하고 말아.

이기는 한참을 말없이 허공을 바라보았다.

-신라는 자신의 국부國父를 국부라고 할 수가 없었지. 환인, 환웅, 단군의 역사를 끌어안을 수 있는 힘이 없었던 게지. 조상이 나라를 이루고 살았던 땅을 내 땅이라고 할 수 없으니 환민족 역사의 변방으로 떨어질 수밖에 없었지.

-신라가 통일했다는 것은 허망한 이야기군요.

-통일이 아니라 정통 우리의 역사를 잃어버리는 계기가 되었지. 이후 고려로 넘어오면서도 계속 강자의 위치를 차지하지 못하니 중앙아시아와 동아시아의 역사는 우리의 몫이 아니었지. 그럼에도 백성들의 마음속에, 그리고 우리민족의 의식 속에는 그대로 살아남아 있네. 단군조선이라고 하고, 배달민족이라고 하고, 흰 옷을 입은 것이나 우리가 사용하는 언어와 문화 속에 그대로 녹아있네. 그래서 정통성을 그대로 가지고 이어온 나라가 우리일세.

-역사로는 주장하지 못했지만 우리의 피와 뼈에는 그대로 환단한의 정신과 문화가 그대로 살아있다는 말씀이시지요?

-그렇지.

나철이 적극적으로 질문하면서 이야기를 주도하고 있었다. 어린 나이였지만 역사의식에 있어서 남다른 의욕과 관심을 가지고 있었다.

세 사람을 유심히 관찰하던 사람은 여전히 혼자 등을 돌리고 앉아 있었다. 등을 돌리고 있었지만 귀는 세 사람의 이야기에 쏠려 있었다. 어지러운 세상에 백성을 선동하는 요주의 인물을 요시찰 중인 듯했다.

이기는 눈치 채고 있었지만 개의치 않았다. 사회 지식인들의 동태를 파악하는 무리는 둘 중의 하나였다. 하나는 조선 조정에서 백성들의 불만과 세상을 뒤집어엎을 듯한 민심을 알고 있었다. 그래서 사회지식 인들의 선동에 대해 동태를 파악하고 있는 것과 다른 하나는 일본이 벌써 조선의 조정을 장악하고 있어 일본의 조선침략을 반대하는 인사 들에 대한 동태파악이었다. 아직 일본의 역사에 대한 탄압은 없었다. 하지만 낌새가 예사롭지 않게 흘러가고 있었다. 조선을 점령하는 작업 을 시작한 상황에서 조선을 열등한 나라로 일본을 정통성을 가진 황국 의 나라로 역사를 날조하려는 의도가 보이기 시작했다. 조선 조정에서 는 고대 조선의 역사를 다룬 책에 대해서는 강력하게 단속하면서도 이 야기를 하는 것에 대해서는 별로 문제 삼지 않았다.

-그렇다면 우리의 환국의 임금은 환인이라고 하셨고, 단국의 임금을 환웅, 고조선의 임금을 단군이라고 하셨는데 환국과 단국 그리고 고조 선으로 나라 이름이 바뀐 이유가 있습니까?

-환국이 최초의 나라이고, 최초의 문명을 만들었네. 환국에서 일단 의 무리가 동쪽으로 이동을 시작하네. 동쪽으로 온 무리가 세운 나라 가 바로 우리 민족만의 나라라고 하는 단국일세. 배달이라고 하는 나 라지. 그리고 다시 배달국을 이어 고조선이 탄생하게 되네. 환단한, 이 세 왕조가 세계문명을 만든 최초의 나라라고 보네. 이들이 인류의 문 명을 만드는데 주도적인 역할을 담당했지.

-얼마나 오래 지속되었나요?

-고조선은 무려 2096년이라는 오랜 기간 동안 문명국으로 동북아시 아의 패권국가로 세상을 이끌게 되는 것일세.

-지금의 청나라는 우리와 어떤 관계로 보십니까?

-명나라는 우리와 다른 문명권을 가진 나라였는데 우리 문명을 배워 간 사람들이고, 청나라는 우리와 형제국이라고 할 수 있지. 원나라가

우리의 형제국이듯이.

-칭기즈칸의 원나라와 지금의 청나라가 우리와 형제국이라고 하셨습니까?

-그렇다네. 칭기즈칸이 고려를 점령하면서 점령국에서 사위를 받아들이는 이유가 어디에 있겠는가. 한두 번으로 그친 것이 아니고 아주 대놓고 사위를 받아들이지. 자신의 딸을 점령국으로 시집을 보내는 것이 쉬운 일이 아니지. 그리고 고려의 여성들을 공녀로 데려가 하찮게 취급한 것으로 알지만 내막을 들여다보면 최고의 대우를 했지. 원나라 사람들은 고려의 여인들과 사는 것을 자랑스러워했지. 고려에서 간 여인 중 황후가 나오고, 고려인으로 원나라의 실질적인 권력자인 충선왕이 있을 수 있었던 이유지. 원나라에서는 고려를 문명국으로 대우했네.

유교사회에 함몰되어 고대 조선의 역사를 처음 듣는 두 사람에게는 생소하기만 했다. 분명한 것은 고려에서 끌려갔다고 생각한 여인이 원나라의 황후가 되었다. 그리고 고려에서 간 왕족이 원나라의 두 번째 실력자가 되었다. 충선왕이었다. 지금까지 알고 있었던 것과는 다른 파격적인 내용이었다.

-세계를 정복한 원나라가 고려에게는 특별대우를 한 것입니까?

-그렇지. 고려를 일러 솔롱고스의 나라라고 했지.

-솔롱고스요?

-무지개의 나라라는 의미인데 이것은 바로 고려를 몽골과 같은 뿌리를 가진 나라로 본 것이라네.

-무지개의 나라라는 의미는 무엇입니까?

역시 나철이 나서서 물었다.

-우리는 죽으면 북극성으로 돌아간다고 생각하는 민족일세. 북두칠성에서 왔다고 믿고 있지. 북두칠성을 고향으로 알고 있네. 고향으로 돌아갈 때 무지개를 타고 간다고 생각했지. 무지개가 우리가 입는 색동저고리로 그대로 남아있지.

-아하. 색동저고리에 그런 의미가 숨어있었군요.

이번에는 이건창이 큰 소리로 말했다.

-그렇다면 이름도 고대 조선과 같은 조선이라는 이름을 그대로 가진 조선에서 우리의 전통적인 나라를 알지 못하게 하는 이유가 어디에 있을까요?

나철이 눈을 반짝이며 물었다. 이건창 보다 나철은 더 관심이 컸다.

-어느 나라보다도 집요하게 우리의 고대국가를 인정하지 않고 파멸시킨 나라가 바로 지금의 조선일세. 첫째 이유는 고려를 지나면서 상당 부분 고대 조선의 역사가 사라졌고, 둘째는 자신이 살아남기 위해 중국에 사대하면서 스스로의 역사를 버려야 했던 것일세. 그리고 치명적인 문제는 이성계는 고려 사람이 아니어서 고대 조선의 역사에 대해 누구보다도 몰랐다는 점이지.

-태조 이성계가 고려 사람이 아니었다고요?

-그렇지. 거의 원나라 사람이었다고 할 수 있지.

이야기가 길어지자 이건창이 이기의 말이 끝나자 바로 제안을 했다.

-오늘은 저희 집으로 가서 한 잔 더하시지요.

아무래도 자신의 동태를 살피고 있는 눈초리를 의식하고 있는 듯했다. 이건창은 현직에 있어서 더욱 조심스러웠다.

## 12. 홍범도, 기사범에게 호랑이를 잡는 법보다 사람의 마음을 잡는 법을 배우다

홍범도는 산으로 들면서 기사범의 대범함을 확인할 수 있었다. 지난번 강원도 회양군 덕패장터에서 건달패들을 때려눕히고 허세를 부리지 않았다. 아무 일 없었다는 듯이 다시 앉아 남은 술을 마시고 계산하던 당당함이 그대로 보였다. 기사범에게는 권위와 위계가 적었다. 앞과 뒤가 같고, 겉과 속이 같았다. 편안하고 무심한 듯하지만 따뜻함이 있었다.

홍범도는 기사범을 따라가고 있었다. 기사범의 손에도 화승총이 하나 들려 있었고, 홍범도의 손에도 화승총이 하나 들려있었다. 그리고 허리춤에는 단도를 찼다. 깊은 산으로 들었다. 넓은 개활지가 나오자 총을 내려놓고 앉았다. 시야가 한 번에 열리는 경관이 좋은 곳이었다.

-사냥을 할 때 중요한 것은 무엇입니까?

-계속 하는 것일세.

답이 너무 싱거웠다. 사냥꾼이 가진 보다 구체적이거나 특별함이 있어야 할 것 같았던 홍범도를 실망시켰다.

-무엇을 계속 합니까?

홍범도가 다소 힘 빠진 목소리로 물었다.

-사냥을!

더욱 맥 빠지는 대답이었다.

기사범은 홍범도의 마음을 알면서도 더 이상 설명하지 않았다. 두 사내가 새소리 외에는 없는 적막한 곳에서 먼 곳을 바라보고 앉아 말 한 마디 없었다. 두 마리의 산 짐승이 쉬고 있는 듯했다.

-동물들이 무서워하는 것이 무엇인지 아나?

침묵을 깨고 기사범이 홍범도에게 물었다.

-총입니다.

-총보다 총을 든 사람을 두려워하지.

-사람이요?

-그렇지. 사람!

-왠지 아나?

-총을 들었기 때문이겠지요.

-그보다 무서운 것이 집요함일세. 지칠 줄 모르고 따라오는 사람이 두려운 것이지. 호랑이도 사람의 집요함에 질리게 되지.

-호랑이를 만나면 두렵지 않으신가요?

-두렵지.

기사범의 말에 힘이 들어가 있었다.

다시 침묵이 흘렀다. 두 사람 모두 말이 많은 사람이 아니었다.

침묵이 흐른 후에 홍범도가 다시 호랑이에 대한 질문을 던졌다.

-두려우면서도 호랑이 사냥을 계속하는 이유는 무엇입니까?

-사는 것이 두려우면서도 살지 않나?

-예. 두렵고 힘들지만 살지요.

기사범의 대답은 호랑이 사냥을 하는 이유에 대한 즉답이 아니었다. 홍범도도 기사범의 이야기를 따라가며 질문을 던졌다.

-호랑이는 신성시되기도 하지만 호랑이에 의한 피해도 많지. 호랑이에 의해 변을 당하는 것을 호환이라고 하지 않나. 나보다 강한 존재와의 한판 승부가 사람을 흥분시키지. 사내와 사내의 대결이 강한 유인을 하듯 호랑이와 사냥꾼의 대결이 강한 긴장을 만들어내지. 남자는 타고날 때부터 승부의 세계에 던져지는 운명을 가진 존재야.

기사범은 모처럼 길게 설명을 했다.

-승리해야 하는 것이군요.

-승리는 따라오는 것이지. 승부를 즐기는 것이야. 가장 큰 승부가 어떤 승부인지 아나?

-당연히 호랑이와의 한판 승부겠지요.

-그보다 무서운 승부는 자신과의 한판 승부지. 호랑이와의 승부는 실제상황이고, 실제 도전하기까지 싸워야 할 것은 자신과의 한판 승부가 먼저지. 용기 있는 자만이 자신에게 도전을 허락하거든.

기사범에게 뒤통수를 한대 얻어맞은 기분이었다. '용기 있는 자만이 자신에게 도전을 허락한다'는 말이 홍범도를 흔들었다.

-자네는 왜 다시 나를 찾았나?

홍범도가 기사범을 찾아 산으로 들어온 지 제법 시간이 흘렀다. 한참 날이 지난 후에야 묻는 질문이었다.

-한 번도 제대로 삶에 대한 의미를 가져본 적이 없었습니다. 그냥 살기 바빴습니다. 한데 큰 충격을 받았습니다. 뜻밖의 한 사람을 만났습니다. 계연수라는 사람이었습니다.

-!

기사범은 미동도 없이 홍범도의 이야기를 듣고 있었다.

홍범도는 자신이 살아온 길을 떠올렸다. 풍찬노숙風餐露宿 같은 인생이었다. 바람과 이슬을 맞으며 한데서 먹고 잠자는 것이 오히려 자연스러운 인생이었다. 어린 나이에 부모를 잃고 고아로 살아왔으니 따뜻한 마음을 만난 적이 드물었고, 인생의 의미에 대하여 생각한 적이 없었다. 모진 고생을 했다. 고향에 대한 향수도 알지 못했다. 정말로 살기에 바빴다. 그 날 그 날을 살아내는 것만으로도 벅찼다.

-저는 놀라운 세상을 만났습니다. 사람이 태어난 이유가 있음을 깨달았습니다. 그리고 사람이 할 일이 있음을 처음으로 보았습니다. 민족이란 거대한 집단을 위하여 짐을 스스로 짊어진 사람을 보았습니다. 우리 민족의 역사를 짊어진 사람이었습니다. 그래서 저는 생각했습니다.

-!

홍범도는 거침없이 말했다. 말이 적은 사람이 말을 봇물 터진 듯 쏟아냈다. 홍범도는 계연수를 산에서 만난 뒤 생각을 바꾸었다. 내 몸을 겨우겨우 간수하는 것 외에 분명 의미 있는 일을 해야 한다는 생각이었다. 사실 홍범도는 신계사에서 머리를 깎고 계를 받은 스님이었다. 스님이 되어 인생에서 처음으로 글을 깨우쳤고, 공부라는 것을 했다. 금강산 신계사에 2년 간 상좌로 있었다. 지담 스님으로부터 글을 배웠다. 그리고 승군僧軍의 활동 등에 대해 들으며 민족의식에 약간 눈을 떴다. 하지만 어느 길로 가야할 지를 찾지 못하고 신계사를 나와야 했다.

-무엇인가를 위해 살아야 한다는 생각을 강하게 받았습니다. 제가 태어난 이유가 있을 것이란 생각을 처음으로 했습니다.

-그래서 무엇을 하겠다는 생각은 정했나?

-아직 못 정했습니다. 그것을 정하는데 도움이 될 것으로 알고 이곳으로 다시 들어왔습니다.

-실수했구만.

-실수라니요?

-나는 자네에게 무엇도 줄 수 있는 사람이 아닐세.

-그렇지 않습니다.

기사범의 말에 홍범도가 강하게 부정했다.

먼 하늘에 기러기가 떼를 지어 날아가고 있었다. 계절 따라 어김없이 새들이 찾아왔다 가곤 했다. 길 없는 길을 가는 새도 정확하게 계절을 어기지 않았다.

-그만 일어나세. 여기서 날을 다 보낼 수는 없지 않은가?

제법 많은 시간을 보냈다. 기사범이 먼저 성큼성큼 숲 속으로 다시 들어갔다.

홍범도가 기사범을 따라 붙으며 말했다.

-저는 무술을 배우고 싶습니다.

-그러게.

너무 간단하게 기사범이 답했다. 다시 침묵이 흘렀다. 말이 많지 않은 두 사람은 대화가 종종 끊어졌다. 침묵이 두 사람 사이를 흘러가곤 했다.


계연수는 이상룡과 이관집과 이태집 두 형제와 함께 밤이 깊어지는 줄도 모르고 역사이야기에 빠져있었다. 밤을 새워 이야기하고는 아침밥을 서둘러 먹고 이상룡은 일어섰다. 이상룡에게는 하룻밤의 일이 인생을 바꾸는 계기가 되고 있었다. 이상룡에게는 충격적인 이야기였다. 중국의 역사를 달달 외우고, 공맹의 사상으로 무장한 사람이 조선의 선비들이었다. 주자학이 조선을 휘감고 있었다. 명나라의 역사와 중국의 역사를 꿰뚫고 있으면서 지식인을 자부하고 있는 것이 조선의 양반들이었고, 조정의 분위기였다. 어디에도 조선의 긍지는 없었다. 명나라와 청나라에 사대하는 것을 자랑처럼 이야기했다. 특히 이미 망한 명나라에 대한 사대가 아직도 조선의 선비들에게는 당연시 되고 있었다. 이상룡은 계연수와의 만남으로 조선에 대해 다시 생각했다. 조선은 다시 일어나야 하는 사명이 있음을 깨우쳤다.

밤을 새운 네 사람은 이상룡을 배웅했다.

-단군 할아버지로 단군을 한 분으로 생각하고 있었습니다. 47분의 단군이 있고, 단군이 개인이 아니라 왕이나 임금이라는 의미를 가지고 있다는 것도 오늘에야 알았습니다.

-누구를 원망할 수 있는 것이 아닙니다.

이상룡의 자책의 말에 계연수가 위로의 말로 답했다.

-늦지 않았습니다. 이제 시작하면 됩니다.

이관집이 이상룡에게 말했다.

-부끄럽고 부끄럽지만 망해가는 우리의 조선을 다시 일으키기 위해 노력할 것입니다. 내 전 재산과 인생을 걸 것입니다. 하지만 결국 무너진다면 나는 만주로 가 조선을 되찾는 일에 매진할 것입니다.

이상룡의 목소리에는 결심이 들어 있었다.

분명한 것은 조선의 왕과 조정의 대신은 물론 조선의 선비들의 대다수가 자신의 나라인 조선의 역사를 몰랐고 무시했다. 자신의 나라를 무시하면서 애국이란 말이 가능할까. 사대가 아닌 조선의 실질적인 독립과 역사를 바로 세우는 일에는 관심이 없었다. 자신의 나라를 부끄러워하는 사람들에게 어찌 나라를 위한 마음이 생길 수 있을까 싶었다.

이상룡은 조선의 의식 있는 사람 중 한 사람으로서 계연수와 이관집, 이태집 형제와 만나 이야기하면서 충격으로 느꼈다. 진정으로 부끄러웠다.

-먼 길을 가는 분에게 짐을 하나 얹어 준 격이 되었습니다.

막내인 이태집이 이상룡에게 말했다.

-나는 이제 만주 일대를 둘러보고 내일에 대비하고, 다시 돌아가면 임청각에서 역사교육에 힘을 기울일 걸세. 역사 없이 조선의 실질적인 독립은 어렵다는 것을 알았네. 두려움 없이 갈 걸세.

이상룡은 단호하게 말했다.

여명이 터오던 하늘에서 해가 산을 뚫고 올라오고 있었다. 말에 올라탄 이상룡은 북쪽을 향해 달려갔다. 개척되지 않은 미지 속으로 달려가는 전사 같았다.

-나는 어제 특별한 날이었네.

-우리 네 사람이 역사동맹 결의를 했다는 것을 두고 하는 말인가.

어제 특별한 날이었다는 계연수의 말에 이관집이 물었다.

-우리 네 사람이 역사동맹을 위한 결의를 했다는 것도 의미 있지만 어제 백관묵 진사 집에 들러서 왔네.

-백관묵 진사라면 태천에 사는 은자를 말하는 것인가?

백관묵은 은자로 통했다. 조선의 역사에 관심이 있는 사람들은 백관묵 진사를 알고 있었다. 하지만 겉으로 드러내지 않고 조용히 숨어사는 듯이 살아 은자라고 알려져 있었다. 역사의 짐을 진 사람들에게는 철칙이 있었다. 자신을 드러내놓고 고대사를 연구하거나 서적을 가지고 있다는 것을 밝히지 않아야 했다. 드러나는 순간 자신은 물론 집안이 화를 당할 수밖에 없었다. 은자들은 은자들 간에 벙어리들이 수화를 하듯 그들만의 소통방법을 가지고 있었다.

-그렇네. 천부 스님을 만났더니 백 진사 님을 만나고 가라고 하더군. 벌써 두 분 사이에 오간 이야기가 있었고, 그래서 내가 찾아뵀지.

-한데 무엇이 특별했다는 말인가.

-내가 여태껏 만나보지 않은 역사서를 볼 수 있었네. 그리고 내게 전해 주었네.

-무슨 내용이던가?

-《삼성기》였네.

-그것은 자네 집에서 보관해오던 비서 아니던가?

-한데 내용이 달랐고, 저자가 달랐네.

-오호. 큰 짐을 하나 더 짊어지게 되었군.

'짐'이란 말은 역사의 은자들이 사용하는 말이었다. 대를 이어 역사서를 가문의 비서로 후대에게 넘겨주면서 짐을 지워준다는 은어를 사용했다. 역사서를 집안의 비서로 간직하면서 다음 대에게 물려주는 일은 위험을 물려주는 일이어서 후대에게 미안함과 당부가 들어있었다. 선대는 후대에게 비서를 물려주면서 미안하고, 후대는 선대에게 비서를 물려받으면서 짐을 짊어진다는 생각이 강했다. 집안이 비서를 간직했다가는 멸문지화를 입을 수 있는 위험천만한 일이었다. 그럼에도 역사서를 가문 대대로 이어온다는 것은 사명감과 역사의식이 없으면 감당할 수 없는 일이었다.

백관묵이 선대로부터 내려온 비서를 자신의 후손에게 물려주지 않고 계연수에게 넘겨준 것은 말할 수 없는 사연이 있었다. 자신의 자손을 믿을 수 없다는 것도 있고, 자식에게 물려 주기에 마음이 허락하지 않았을 수도 있었다.

-무엇이 달랐는가?

이관집이 물었다.

이관집은 계연수와 마찬가지로 비서를 간직한 은자의 집안 사람이었다. 고성 이씨의 뿌리를 그대로 전수받은 사람 중에 한 사람이었다.

-내가 가진 《삼성기》는 안함로 선생의 저술이었고, 백 진사가 내게 전해준 《삼성기》는 원동중 선생의 저술이었네.

안함로의 저술은 계연수가 가지고 있던 《삼성기》의 저자였다. 안함로의 《삼성기》에는 선교의 선맥을 계승하여 유불선의 정수를 신교 우주론으로 정리한 내용이 있었다. 한민족 신교문화의 상수철학과 삼신 칠성문화의 원형을 밝혔다. 안함로는 신라 진평왕 때의 도통한 승려였다. 성은 김씨이고, 안홍법사, 안함태화상 등으로 불렸다. 불교가 흥했던 신라의 대표적 고승의 열 분을 기리는 신라 십성 가운데 한 분이다. 23세 때 수나라로 가서 열반에 이르는 십승의 비법과 심오한 불교의 경전과 진문을 공부하고 5년 후 서역의 승려들과 함께 귀국했다. 안함로는 유불선과 상고시대 신교 문화를 관통한 당대의 고승이었다. 선덕여왕 만선도량에서 62세로 입적한 인물이었다.

-내용은 어땠나?

이관집의 관심은 컸다.

-놀라운 것은 내가 가지고 있는 《삼성기》와 백 진사가 가지고 있던 《삼성기》는 서로 보완관계에 있었네.

백 진사가 가지고 있던 《삼성기》도 계연수가 가지고 있던 《삼성기》처럼 양이 적어 한 순간에 다 읽을 수 있는 양이었다. 역사서를 공부한 사람이라면 한 눈에 알 수 있는 내용들이었다.

-더구나 환국과 단국에 대한 내용을 구체적으로 명시하고 있어 감동

했네.

계연수는 백 진사로부터 책을 넘겨받을 때의 흥분을 아직도 가지고 있었고, 진정 알고 싶었던 내용이 적혀 있어 놀라웠다.

-그래 그것이 어떤 내용인가?

다시 이관집이 다그치듯 물었다.

-환국의 왕인 환인 7분의 역년을 적고 있다는 점과 단국의 왕인 18분 환웅의 역년이 적혀있다는 것일세.

-놀랍군. 고맙고 반가운 일일세.

-그뿐 아니라 환국이 12나라로 이루어졌고, 그 12나라의 이름을 명확하게 적고 있다는 놀라움일세.

-경이로운 일일세. 우리가 몰라 안타까워했던 것들이 적혀있는 비서를 만났구만.

-그렇지.

-더욱 놀라운 것은 치우천황에 대해 자세하게 적고 있다는 점일세. 구전으로만 전해오던 치우천황을 만나게 되어 감동이었네.

-큰 소득일세. 다시 만나 심도 있게 논의해보세.

-그래서 내가 가지고 있던 《삼성기》를 《삼성기》상上으로, 백 진사에게서 받은 《삼성기》를 《삼성기》하下로 하려 하네.

-좋은 생각일세. 그리고 그 책을 바로 필사하세.

-그리하면 좋겠네.

이관집의 제안에 계연수는 흔쾌히 동의했다. 이야기를 듣고 있던 이태집이 붓과 벼루를 꺼내 왔다.

# 13. 자유인이 되려면 용서해야 한다

다시 홍범도와 기사범은 길을 걸어 내려오고 있었다. 홍범도의 어깨에는 사슴 한 마리가 올려져 있었다. 작지만 탄탄한 홍범도의 체구를 넘는 큰 사슴이었다.

-자네 얼굴엔 슬픔이 있네. 그리고 증오가 남아 있어.

홍범도는 기사범의 말에 멈칫 했다. 처음 만났을 때 비수를 거둬들이라는 말을 들었다. 이번에 기사범이 다시 지적했다. 홍범도는 자신에게 슬픔과 증오가 있다는 말에 몰래 숨기고 있던 것을 다시 들킨 기분이었다. 옥녀에 대한 사랑이 그대로 슬픔이었고, 옥녀를 잃어버리게 한 세상에 대해 증오가 있었다. 번갯불로 구들을 데우려다 만 사람처럼 말도 안 되는 상황을 만나 옥녀와 헤어졌다. 홍범도는 인생에서 따뜻한 정을 느껴본 적이 없었다. 우여곡절 끝에 금강산 신계사에 들어가게 되었다. 인생에서 처음으로 여자를 만났는데 옥녀였다. 옥녀는 여승이었다. 홍범도 또한 수도생활을 하러 절로 들어온 사람이었다. 인생은 예정한 대로 흘러가지 않았다. 깨달음보다 먼저 홍범도를 뒤흔든 것은 사랑이었다. 멈출 수 있으면 운명이라 하겠는가. 수도 생활 중에 여승인 옥녀와 정이 들어 뱃속에 아이까지 가지게 되었다. 절을 떠날 수밖에 없었다. 옥녀의 고향인 북청으로 가고자 봇짐을 지고 금강산을 떠났다. 하지만, 원산 교외에서 불한당에게 변을 당했다. 속임을 당해 홍범도는 옥녀와 생이별을 하고 방랑객이 되었다.

백방으로 찾았지만 찾을 수 없었다. 가슴에서는 용광로처럼 부글부글 끓고 있었다. 누군가를 만나면 죽일지도 모른다는 생각을 하고 있었다. 하지만 스스로를 달래며 다음을 도모하자고 다짐하며 자신의 속마음을 숨기고 있었다. 그리고 길지 않은 신계사에서의 수행생활을 한 경험으로 충분히 마음을 숨길 수 있다고 생각했다. 한데 그것이 들킨 것이었다.

-그렇게 보였습니까?

애써 들킨 마음을 드러내지 않으려고 차분하게 기사범에게 되물었다.

-가진 것을 숨길 수는 없네. 무슨 사연이 있는지 모르지만 슬픔도 증오도 버려야 하네.

-예.

기사범의 말에 홍범도는 대답했다.

-미움의 새는 날려 보내야 하는 걸세. 미움은 상대를 공격하기 전에 자신을 먼저 공격하지. 병으로 오고, 폭력으로 오고, 세상에 대한 증오로 오네. 그러면 자신이 먼저 미움에 의해 주저앉게 되지. 상대를 위해 용서하라는 것이 아닐세. 자신이 먼저 자유로워지기 위해서 미움을 거두라는 것이지.

-그것이 잘 되지 않습니다.

-잘 되면 아무나 했겠지. 근원을 들여다보게.

-근원이요?

-먼저 왜 미워해야 하나를 생각하게. 상대에게 미움이 전해지기를 바라겠지, 하지만 안 전해지네. 그러면 누가 힘들겠나. 자네가 힘든가, 자네가 미워하는 그 사람이 힘든가.

-제가 먼저 힘들지요. 제가 미워하는 사람은 변함없고.

-그러면 누가 다칠까?

-제 마음이 다칩니다.

-자네가 원하는 대로 되는 것이 아닐세. 자네가 미워하는 사람이 힘든 게 아니라 자네가 힘들겠지. 예를 들어보세. 누군가 밉다고 그 사람에게 욕을 해보게.

-!

홍범도는 기사범의 주문에 머쓱했다.

-자네가 미워하는 사람에게 욕을 하는 순간 누가 화를 내고 있나?

-접니다.

-당연히 자네겠지. 그리고 그 욕을 듣는 사람은 누군가?

-… 그것도 접니다.

자네뿐만이 아니라 자네와 함께 있는 내가 그 욕을 듣겠지. 내가 무슨 죄가 있나, 자네의 욕을 생으로 듣게.

-!

기사범의 말에 홍범도는 아차 싶었다.

-다시 이야기하겠네. 누군가를 미워하는 순간 미워하는 사람에게 구속되네. 당연히 미워하는 사람에게서 벗어나지 못하고 구속되지. 그리고 벗어나지 못하니 갇힌 사람이 되고, 자신을 갉아먹게 되네. 미움의 새를 날려 보내는 순간 자네는 자유로워질 걸세.

홍범도는 다시 한 번 뒤통수를 한 대 얻어맞은 기분이었다. 하지만 마음이 한결 가벼워졌다.

-무술은 왜 배우려 하나?

기사범이 홍범도의 마음을 읽고는 화제를 다른 것으로 바꾸었다.

-저는 계연수라는 사람을 만나면서 나라와 민족이라는 개념을 어렴풋이 느꼈습니다. 저는 신계사에서 처음 공부라는 것을 접했고, 계연수라는 인물을 통해서 사는 것이 그냥 사는 것이 아니라 목적이 있어야 하는 것이구나를 알았습니다. 너무나 당연한 것을 이제야 알았습니다.

-한데 무술은 왜 배우려고 하나?

다시 기사범이 했던 질문을 다시 했다.

-제게는 힘이 필요합니다.

-총이 있지 않은가?

-총은 직접적인 살상이지만 무술은 상대를 죽이지 않고도 제압할 수 있는 담력을 길러주고, 저 자신을 당당하게 만들 것이란 생각을 했습니다.

-그럼. 배우게.

-기 포수님은 왜 산중에 계십니까?

사실 홍범도가 오래 전부터 묻고 싶었던 내용이었다. 하지만 예의가 아닌 듯했고, 조심스러웠다. 이제는 많이 가까워졌고, 서로에 대해 알게 되면서 편안한 마음이 들었다. 홍범도의 질문에 기사범은 말이 없이 생각에 잠겼다. 그리고 침착한 목소리로 말했다.

-부적응자이기 때문이지.

-부적응자요?

-그렇네.

기사범의 답은 짧았다.

-대단한 무술에, 조선의 명포수가 아닙니까?

-그런 것은 중요하지 않네.

-그럼. 무엇이 중요합니까?

-내 마음의 향방이지.

-마음의 향방이요?

-그렇지. 내 마음 안이 평화지대냐, 전쟁터냐. 천국이냐 지옥이냐, 그것이 중요하네. 내가 무엇을 가졌든, 내가 무엇이 되었든 마음 속이 늘 싸우는 전쟁터면 평생을 지옥에서 사는 것이고, 내 마음 안이 평화로우면 평생을 천국에서 사는 것 아니겠나?

-예. 그렇습니다.

-그런 면에서 나는 부적응자였네. 사람들과 어울려 잘 살아야 하는데 어색하고, 낯설게 느껴져서 혼자 살게 되었지. 그러니 부적응자지.

-하지만 너무 당당하고, 자유롭게 살고 계시잖아요?

-사람은 함께 살아야 하는 것일세.

-저는 기 포수님이 부럽습니다. 누구도 미워하지 않고, 세상도 미워하지 않고.

-아까 이야기 하지 않았는가. 미워하지 않는 이유를. 나 잘 살기 위해서지.

기포수는 '나 잘 살기 위해서 미워하지 않는다'는 말을 해놓고, 호탕하게 웃었다.

-마음에 새기겠습니다. 나 잘살기 위해, 남을 미워하면 안 된다는 말씀!

-그러게. 내가 가르쳐줘서 아는 것이 아니라 대부분은 준비되어 있는 사람에게서만 남의 말이 들리네. 그동안 미워하는 사람으로 인해 고통

을 받았기에 내 말이 강하게 들린 거야.

-답을 콕콕 찍어내듯 말씀하십니다.

-겪어 봤으니 하는 말일세. 나도 미워해보고 미워하는 만큼 내가 다친다는 것을 알고서야 미움을 버렸지. 중요한 것은 단순하고 사소하거든.

-중요한 것이 단순하고 사소하다고요?

알듯 모를 듯한 말이었다.

-중요한 것은 사소한 것의 반복일세.

-?

홍범도는 기사범의 말의 의미를 정확하게 잡지 못했다.

-나무는 과일을 맺는 재미로 과일을 맺어 지상의 동물들을 먹여 살리지. 좋은 버릇 하나로 세상을 꾸려가고 있지.

-그렇군요!

-무술을 익히는 것도 같은 행위의 반복이야. 단순한 행위의 반복이 고도의 숙련을 만들어내거든.

-예. 명심하겠습니다.

-아니 그런 의미가 아닐세. 세상 원리가 그렇다는 것일 뿐. 무술을 익히는 것은 순전히 본인의 노력에 달렸네. 내가 할 수 있는 것은 길만 알려줄 뿐일세.

-예.

-진리가 단순한 이유는 자연은 꾸미지 않기 때문이지.

# 14. 역사의 은자들을 만나다

이상룡은 압록강을 건너고 있었다. 조선이 무너지면 마지막 대책으로 만주를 떠올리며 압록강가에 서 있었다. 친족인 이관집과 이태집 그리고 처음 만난 계연수에게서 역사적 충격을 받은 이상룡은 생각에 잠겼다. 무너지고 있는 조선의 앞날도 걱정이 되었지만 조선의 역사와 조선의 정신에 대해 백지에 가깝게 몰랐다는 것에 마음이 무거웠다.

내가 나를 모르고, 조선의 사람으로 조선을 모르고 살았다는 것이 부끄러웠다. 그리고 자신이 얼마나 작은 세계 안에 갇혀 살았는가를 알게 되었다. 세상을 바라보는 시각도 잘못되었음을 깨달았다. 안동의 임청각을 떠나오면서 그렸던 생각의 일단을 수정하기로 마음먹었다. 조선의 정신을 먼저 깨닫고, 조선의 역사를 제대로 알고 가르쳐야겠다는 생각을 굳혔다.

더욱 충격적이었던 것은 명나라가 최고의 선진문명국이었고, 문화대국이라고 생각했던 것이 무너지는 순간이었다. 계연수와의 지난밤 담화에서였다.

-중화는 스스로 영토를 넓힌 적이 없습니다.

'중화는 스스로 영토를 넓힌 적이 없습니다'라는 계연수의 말에 얼토 당토않은 말이라 생각했다. 중화 땅에서 발원한 나라들이 중원땅을 넓힌 적이 없다는 말에 답할 수가 없었다. 그런 생각을 해 본적이 없었다.

계연수의 말이 이어졌다.

-중화는 북방민족에 의해 점령되면서 국토가 넓어졌습니다. 그리고 동북에서 발원한 나라들에 의해 점령되면서 넓어졌습니다. 다시 말하면 중화는 점령당하면서 국토가 넓어졌고, 점령당하면서 나라의 기틀을 제대로 잡아갔습니다. 문명을 만들어 간 것이 아니라 강제로 문명을 받아들인 것입니다.

이상룡으로서는 처음 듣는 내용이었다. 반론을 펴야 하는데 마땅한 답이 없었다. 조선은 명나라에 대한 사대가 자연스럽고 당연하다는 생각을 가질 정도로 명나라에 대한 숭상하는 마음을 가진 나라였다. 왕과 조정의 대신들과 선비사회에 만연했다.

-칭기즈칸에 의해 송나라가 멸망하고, 금나라와 거란에 의해 점령당하면서 중화는 통일국가로 진입하게 됩니다. 결국 중화는 북방민족과 동방민족에 의해 점령당하는 역사입니다. 점령당하면서 문화를 받아들이고 발전했습니다. 그리고 지금 다시 청나라에 의해서 중국은 더 넓어지고 통일 국가로 자리 잡았습니다. 청나라가 중화의 나라입니까, 동북아에 자리 잡은 우리와 같은 전통을 가진 나라입니까?

-!

이상룡은 답하지 못했다.

처음 듣는 이론과 분석에 조선의 대표적인 선비라고 자부한 자신이 할 말이 없었다. 문화충격이었다. 자신이 알고 있었던 세계를 일시에 무너뜨리고 있었다.

-점령당하면서 국토가 넓어졌고, 점령당하면서 중화는 발전했습니다. 중화에 중화는 없고, 우리 북방민족과 동북에 자리 잡은 민족의 역사가 있는 것입니다. 수나라와 당나라가 있을 때 우리는 고구려와 백제 신라가 있었습니다. 그리고 지금 명나라 시절 중화인들이 자신의 나라라고 우겼던 나라들을 살펴보면 답이 나옵니다. 요나라가 중화인입니까, 금나라가 중화인입니까, 원나라가 중화인입니까? 중화에 중화는 없습니다.

계연수의 말에 이상룡은 답을 못했다.

-문화는 중화의 문화가 아닙니까?

-중화의 문화는 모두 동북아의 문화입니다.

-예?

이상룡은 반문했으나 자신이 없었다.

-이미 고대에 문화원조인 나라가 있었습니다. 중화가 시작되기 전에 이미 문화를 가진 나라가 건재했었습니다.

이상룡은 생소한 이야기에 긍정도 부정도 할 수 없었다. 이에 대한 지식이 없었기 때문이었다. 더욱 충격적인 것은 다음 말에서였다.

-우리가 그리 무시했던 청나라 황제의 성을 아십니까?

-!

이상룡은 듣고만 있었다.

-청나라 황제의 성은 '애신각라愛新覺羅'입니다.

-성이 특별합니다.

-'애신각라'는 '신라를 사랑하고 잊지 않겠다'는 의미가 담겨 있는 성

입니다.

-!

-애신각라를 몽골어로 읽으면 '아이신 지료'입니다. '아이신'은 '금金'을, '지료'는 '겨레族'를 뜻합니다. 부연하면 신라 왕실의 성인 김씨의 겨레' 라는 말입니다.

-그런데 왜 청나라 왕조의 성에 '신라'와, 신라 왕족의 성 인 '금金'이 포함되어 있는 것일까요?

-청나라는 처음에 우리나라를 어버이의 나라로 섬겼습니다. 예를 들어 임진왜란 때 청태조 누르하치가 선조에게 '부모님의 나라'를 침략한 쥐 같은 왜구들을 해치우겠다는 요지의 편지를 썼었지요.

사실이었다. 금나라의 역사서인 '금사金史'에 다음과 같이 적혀있다.

〈금지시조위함보, 초종고려래 년이육십여이, 형아고호내불 유고려불긍종

金之始祖諱函普, 初從高麗來 年已六十餘矣, 兄阿古好乃佛 留高麗不肯從

금나라 시조는 이름이 함보다. 처음 고려에서 나올 때 60세가 넘었다.

형아고호내불은 따라가지 않고 고려에 남았다.〉

금나라의 시조인 함보가 60세가 넘은 나이에 고려에서 왔는데, 그의 형제는 고려에 남고 혼자만 금나라로 왔다는 이야기다. 청나라 황실의 역사서 '만주원류고滿洲原流考'에도 금나라의 태조에 대해 '신라왕의 성을 따라 국호를 금이라 한다'는 기록이 있다. 송나라 때의 역사서 '송막기문松漠紀聞'은 '금나라가 건국되기 이전 여진족이 부족의 형태일 때, 그 추장은 신라인이었다'고 적었다.

신라 마지막 왕자인 마의태자의 후손임을 주장하는 부안 김씨들은 그들의 '족보'를 내세워 《금사》《만주원류고》《송막기문》 등의 내용을 이렇게 뒷받침한다. 또한 함보는 법명이고 그의 본명은 김행으로

마의태자 김일의 아들이자 경순왕 김부의 손자이다. 김행은 여진으로 갔지만 다른 두 형제는 고려에 남아 부안 김씨의 시조가 되었다. 금나라의 역사서 《금사》와 대부분 일치한다.

-청나라는 우리와 형제국입니다. 중화만이 문화를 만든 문명국이라는 의식은 중화인의 시각에서 역사를 기술했고, 중화를 자처한 명나라의 역사관에서 출발했다고 할 수 있습니다.

이상룡은 압록강가에서 지난 밤에 있었던 이야기를 떠올렸다. 계연수를 비롯한 이관집, 이태집과 이야기했던 내용을 되새겨보고 있었다. 너무나 강력한 각인이었다. 전혀 듣도 보도 못한 시각에서 바라본 역사였다. 그럼에도 반기를 들 수 없었다. 중화의 역사는 점령당하면서 영토가 넓어졌고, 중화는 점령당하면서 문화가 발전했다는 말은 충격이었다. 그리고 무엇보다 중화의 역사는 동북아에서 발원한 나라들의 문화로 출발했다는 이야기를 들으면서 많은 생각을 했다. 왜 나는 우리의 역사에 대해서 생각해보지 못했고, 나는 왜 중화에 기울어진 사관을 가지게 되었는가라는 반문이었다. 이상룡은 이런 저런 생각을 하다 다시 말을 달려 압록강을 건너기 위해 나루로 달려갔다.

이기는 이건창을 보기 위해서 달려가고 있었다. 이건창은 호송관과 함께 한양을 벗어나고 있었다. 시대의 불의와 한판 승부를 벌이겠다는 선비가 바로 이건창이었다. 남의 재산을 빼앗는 탐관貪官과 온갖 악행을 자행하는 오리汚吏에게 일침을 가하곤 했던 맑은 청관清官인 이건창이 도리어 모함으로 귀양을 가고 있었다. 귀양을 간다는 소식에 이기는 이건창을 보기 위해 달려가고 있었다.

이기는 이건창의 손을 잡고는 여비를 건네주었다. 귀양길에 탁주라도 한 잔 하라는 의미였다. 늦게 달려온 황현이 합세했다.

-허허. 어쩌겠습니까. 온전히 몸을 지키시기를 바랍니다.

세 살이 많은 이건창에게 황현이 말했다.

-걱정해 주어서 고맙습니다.

이건창은 나이가 어리지만 깍듯하게 예우를 하며 말했다.

-멀고 먼 길을 가는데 부디 몸 조심하시게.

이기가 이건창에게 당부하며 이별을 아쉬워했다.

-풍토도 낯설고, 물도 다르지만 이 나라 이 땅인데 별일이야 있겠습니까.

이건창의 귀양지는 보성이었다. 보성은 멀었다. 최남단인 보성까지는 보름 내지 한 달은 족히 걸어가야 하는 거리였다. 정의보다 불의가 세상을 판치고 있었다.

이건창과 이별하고 이기와 황현은 나철을 만났다. 나철은 젊은 혈기가 끓는 사람으로 우리 민족의 역사와 정신에 대해 유달리 관심이 많은 청년이었다. 나철은 이기의 사상과 철학에 빠져들고 있었다. 환민족의 정기를 세우기 위해서는 국통맥國統脈을 바로 세우고 역사를 가르쳐 나라에 대한 자긍심과 애국을 할 수 있는 기틀로 만들어야겠다는 의식이 투철한 젊은이였다.

나철은 관직에 대한 열정보다도 역사에 관심이 더 많았다. 관직은 여벌이었다. 자신이 할 수 있는 일에 한계가 있다고 생각하고 있었다. 관직의 정점인 삼정승도 이제는 어찌 할 수 없는 지경에 와 있었다. 조선은 기울어가는 바람 앞에 겨우 버티고 있는 촛불 같았다. 조선은 스스로 일어설 힘이 없었고, 조선을 도울 나라도 없었다. 서로 조선을 삼키려 으르렁거리고 있었다. 일본과 청국 그리고 러시아 바로 옆에서 이미 병들어 있는 조선을 집어삼키려 기회를 노리고 있었고 멀리서는 미국과 영국 프랑스 등이 상황을 주시하고 있었다. 듣도 보도 못한 나라들이 조선을 먹잇감으로 생각하고 탐욕의 눈으로 지켜보고 있었다.

이기와 나철은 의기투합했다. 역사를 재건시키는 작업에 들어가고 있었다.

-영재께서 당하셨다고 하던데 어디로 가셨습니까?

나철이 이기에게 귀양길을 떠난 영재 이건창에 대해 물었다.

-유배지는 보성이라고 하네.

-보성이요. 보성은 저의 고향입니다.

-아하. 그런가.

나철이 자신의 고향으로 귀양 간 것을 두고 반색했다.

-한양에서 멀고 멀지만 살기 좋은 곳입니다. 보성에는 제암산이 있고, 바다로는 율포가 있습니다. 보성은 차가 좋기로 유명한 곳이기도 합니다.

나철이 귀양 간 사람은 잠시 잊고 고향생각에 젖었다. 자신이 태어나고 자란 고향이 어떤 사람에게는 유배지가 된다는 생각이 들자 마음이 싸했다.

-매천은 요즘 근황이 어떤가?

이기가 황현을 바라보고 말했다.

-불철주야 쓰러져 가는 조선을 일으켜 세울 방도를 생각하고 있으나 제 아둔한 머리에서는 방책이 나오지 않습니다.

-매천뿐이겠는가. 나도 잠이 오지 않네. 그래도 개인의 몸으로는 어찌할 방도가 없네.

이기도 마찬가지로 방향을 잃고 있었다. 조선의 선비들이 한결같이 길을 잃고 있었다. 왕과 조정이라고 방도가 있는 것이 아니었다. 이미 조선은 실권을 잃고 있었다. 조선은 이미 스스로 설 수 없는 상태로까지 기울었다. 병중에 있는 조선은 신新과 구舊가 대립하고 있었다. 며느리와 시아버지가 싸웠다. 개화와 수구가 부딪쳤다. 거기에 청국과 일본이 조선을 두고 싸웠다.

나라 안의 군사도 신구新舊가 있었다. 한 나라 안에 두 개의 다른 부대가 있었다. 신식군대와 구식군대가 있었고, 급여나 대우도 달랐다. 있을 수 없는 일이었다. 그러나 조선에서는 모든 것이 분리되어 있었다. 하나로 통합될 기미는 보이지 않고 대립하고 쪼개지고 있었다. 중심을 잡아줄 힘도 조직도 무너지고 있었다. 새로운 문물을 받아들여야 하느냐, 새로운 문물을 배척해야 하느냐를 가지고 싸웠다. 싸우는 동안 청국과 일본은 조선의 약점을 쥐고 군대를 주둔시켰다. 조선에 조선의 군대는 지리멸렬한데 대국이라며 청국이 군대를 파견하고, 신문명으로 무장한 일본이 들어왔다. 먹잇감은 조선이었다.

자중지란에 빠질 수밖에 없었다. 자신을 둘러싼 상황을 전혀 모르고 살아온 조선의 비극이었다. 우물 안에서 치열하게 당쟁과 갑론을박으로 보냈던 조선인들에게 새로운 세계가 펼쳐지고 있었다. 새로운 세계가 아니라 정확하게 말하면 두려운 세상이 몰려들고 있었다. 하늘을 놀라게 하고 땅을 흔든다는 경천동지驚天動地가 조선을 두고 하는 말이었다. 우물 밖에서 무슨 일이 일어나고 있는지를 알지 못했다. 청나라와 일본이 왜 싸우는지도 정확하게 파악하지 못하고 있었다.

그런 와중에도 나라를 바로 잡아야 한다며 탐관오리의 죄상을 올린 것이 화근이 되어 귀양을 갔다. 바른 사람은 귀양을 가고, 죄를 지은 탐관은 버젓이 벼슬자리에서 기울어가는 나라의 백성을 수탈하고 있었다. 어떤 것도 정상이 아니었다.

-우리가 할 일은 다른 일일세. 각자 자신의 길을 만들어가세.

이기가 조선의 현실을 생각하다 말했다.

-저는 선생님과 함께 역사 바로 세우는 일에 동참하겠습니다.

나철이 이기의 역사를 바로 세우는 일에 동참할 것을 강하게 표현했다.

-생각은 좋네. 하지만 벅찬 길일세.

-저는 고향으로 내려 갈 생각입니다. 영재께서 유배가는 것을 보고 결정했습니다.

영재는 이건창의 호였다. 이기의 말에 나철이 귀향을 말했다. 옆에 있던 황현이 뜻밖의 대답에 나철을 바라보며 말했다.

-무슨 말인가?

-떠나는 모습은 보지 못했지만 많은 생각을 했습니다.

-어떤 생각을?

-고향으로 돌아가 변방에서부터 역사교육을 시작하겠다는 생각입니다.

-왜 군이 변방에서 역사교육을 시작하겠다는 것인가?

이기가 나철에게 물었다.

-어지러운 상황과 예측하기 어려운 상황에서 지속적이고, 깊이 있는 역사교육을 하기가 쉽지 않아 보입니다. 저도 공부할 기회를 갖는 시간으로 필요하고, 교육을 시키기도 좋을 듯합니다.

-그도 좋은 생각이네.

이기의 답에 황현은 듣고만 있었다. 동의의 뜻이었다.

-언제쯤 가려하는가?

-우선 부족한 부분을 채워야 합니다. 해학께 역사공부를 더 해야겠습

니다. 우리의 조선 역사를 안다는 분들 중에 해학만큼 아는 분을 만나지 못했습니다.

이기를 바라보며 나철이 공부를 시켜줄 것을 청하고 있었다.

-내 힘닿는 만큼 해보겠네.

-고맙습니다.

나철과 황현이 동시에 감사 인사를 했다.

-우선 삼한관경제의 의미를 알고 싶습니다.

황현은 처음 듣는 말이었다. 나철은 그동안 역사공부에 많은 시간을 가진 바 있었다. 나철의 질문에 이기는 잠시 생각했다.

-삼한관경제三韓管境制는 우리 역사를 기본으로 알아야 알아들을 수 있는 말이니, 매천에게는 생소한 이야기일 걸세.

-그동안 앞질러 가는 사람이 있었구만.

황현이 이기를 바라보며 말했다. 황현의 말에 모두 웃었다.

-삼한관경제를 이야기하기 전에 삼한을 알아야 삼한관경제도 이해할 수 있네. 우리 환민족의 역사는 역사와 반역사 세력의 전쟁이었네. 환민족, 다시 말해 배달겨레의 역사를 지키려는 세력과 이를 빼앗아가려는 세력과의 전쟁이었지. 우리 집안은 역사지킴이가 가업이었네.

-가업이라고 하셨습니까?

-이 땅에는 은자들이 있네. 역사의 은자들이지.

-은자라고요?

나철이 이어서 계속 물었다.

-그들을 역사의 짐을 진 자라고 하는데 그들만의 은어라고 할 수 있지. 숨어서 기다리고 있는 것이지, 때가 오기를. 우리의 역사를 세상에 내놓아도 좋을 때가 올 때까지 기다리고, 기다리는 것이지. 그렇게 천년

을 넘게 기다리고 있는 사람들을 일러 역사의 은자라고 하네.

나철과 황현은 놀랐다. 기다리고 기다리는데 천년을 넘게 대를 이어 기다리는 역사의 은자들이 있다는 말에 놀랐다. 그런 사람들이 이 땅에 대를 이어오고 있다는 현실에 더욱 놀라웠다. 그것을 가업으로 삼고 지켜오고 있다는 말에 더 이상의 설명이 필요 없었다.

-그들은 왜 역사의 은자가 되었지요?

-역사의 주인의식 때문이야. 최초로 문명을 만든 사람들의 자손들이라네. 그것을 세상에 알려 싸움을 끝내려는 사람들일세.

-자국의 역사를 주장하면 오히려 타국과 긴장이 조성되는 것 아닙니까?

이기의 말에 황현이 다른 의견을 냈다.

-작게 보면 그러네. 하지만 하나의 문명에서 나왔고, 하나의 나라에서 출발해 나뉘어져 있네. 이제는 하나의 문명에서 나왔으니 공생하고, 상생하자는 것이 은자들의 역사관일세. 역사의 은자들은 인류가 하나의 커다란 공동체라는 것을 전하려 하는 것일세.

-너무나 좋은 의미인데 밝히지 못하는 이유는 무엇입니까?

-자국만의 역사를 옳다고 주장하고 패권을 주장하기 위한 편법으로 사용하기 때문일세. 같이 잘 살아야 하는데 강자의 독식이 안타깝네.

날카로운 황현의 질문에 이기는 아주 편안한 목소리로 답했다.

-그래서 건국이념이 널리 사람을 이롭게 하자는 홍익인간입니까?

-그렇지. 정확하게는 도를 백성들에게 알려 깨어있는 문명국가를 만드는 것이 목표라네.

다시 황현의 말에 이기가 단언하듯 말했다.

-이를 막으려는 세력의 의도는 무엇입니까?

-그거야 간단하네. 패권, 즉 강자인 자신들이 힘으로 다스리려 하고 있

어 강자와 약자만 있는 걸세. 지배하는 자와 지배당하는 자만이 있는 것일세. 너와 내가 경계 없이 잘 살자는 것이 아니지. 무엇보다 자신들이 역사의 종주국이라는 우월의식으로 통치하고 있는데 은자들이 가지고 있는 역사의 증거들은 다른 것을 증언하고 있으니 용납할 수 없는 걸세.

-역사 전쟁이군요.

나철이 듣고만 있다 말했다.

-그렇지. 역사전쟁이지.

이기는 혼잣말처럼 말했다.

-삼한관경제에 대해 물었는데 다른 길로 접어들었네.

이기가 다시 질문의 원점으로 돌렸다. 그리고 이야기를 시작했다.

-삼한은 단군조선의 통치방법일세. 우리의 역사의 출발은 수로 3이 중요한 숫자라네. 삼수라고 하지. 하나가 셋이 되고, 셋이 다시 하나가 되는 원리일세. 분리와 통합의 경계가 없어지는 삼수의 원리지. 그래서 나라도 셋으로 나누어서 통치했네. 유목의 습성에서 나왔다고 할 수 있지. 나라를 진한 마한 번한으로 나누어 다스렸지. 진한은 지금의 만주지역에 있었고, 번한은 요하 서쪽에서 하북성에 이르는 일대에 있었지. 그리고 마한은 지금의 반도지역일세. 모두 대륙 조선의 영내라고 할 수 있지. 삼한은 다시 전삼한, 중삼한, 후삼한으로 나누어지네.

-그리 간단치가 않네요.

황현이 삼한을 다시 전중후로 나누자 힘들어했다.

-처음 들으니 그렇네. 홍암은 몇 번 들어서 이해가 될 걸세. 하지만 매천은 힘들 것이고.

-그렇습니다.

홍암은 나철의 호였고 매천은 황현의 호였다. 황현이 현장에서 뛰어다
니느라 역사공부를 할 시간이 없었다. 역사에 대한 지식이 부족함을
인정했다.

-쉽게 말하면 나라를 셋으로 나누어서 통치했지. 처음에는 진한 번한
마한이었고, 고조선의 삼한관경체제가 무너지고 나서 그 유민들이 건
설한 삼한 연맹체제가 있었네. 그것을 중삼한이라고 하네. 그리고 후
삼한은 한강 이남의 진한 마한 변한이 신라 백제 가락으로 독자적인
나라로 독립한 때를 말하네.

-고구려는 건재했지 않습니까?

-그렇지. 고조선이 멸망한 후 열국시대가 도래하네. 여러 나라로 분열
된 중에서 북부여가 두드러지고 고구려로 이어지는 것일세.

-그러면 통치자도 셋이었습니까?

-그렇지. 대단군과 두 명의 부단군 체제였네. 단군왕검은 대단군으로
서 요동과 만주 지역에 걸쳐 있던 진한을 통치하고, 요서 지역에 있던
번한과 한반도에 있던 마한은 각각 부단군이 통치했네. 마한은 하늘
의 정신(天一)을, 번한은 땅의 정신(地一)을, 진한은 천지의 주인이요
중심인 인간(太一)을 상징했지. 인간을 가장 큰 태일로 보았네. 인간이
우주의 중심으로 했다는 점에서 인본의 극치라고 할 수 있네. 도읍지
도 당연히 세 곳이었지. 진한의 수도는 아사달로 지금의 하얼빈, 번한
의 수도는 안덕향으로 지금의 하북성, 마한의 수도는 백아강으로 지금
의 평양이었지.

-지금의 통치방법과는 다릅니다.

-그렇지. 삼한관경제의 이해 없이는 고조선 역사와 문화를 이해할 수
없다네. 결정적이고 중요한 열쇠지. 고조선의 영토범위, 여러 도읍지,

대내외 활동상황 등을 이해할 수 없네. 삼한관경제는 역사를 이해하는 열쇠인 셈이지.

-은근 어렵네요.

-은자들은 이를 다 외우고 있네. 자신들이 가지고 있는 부분에 대해서 토씨 하나 틀리지 않고 외우고 있지. 책은 불에 탈 수도 있고, 예측하지 못한 상황으로 사라져버릴 수 있으니 언제든 다시 복원할 수 있도록 한 방법일세.

나철과 황현은 말문이 막혔다. 내용을 다 외우고 다닌다는 말이 더욱 그랬다. 예측불허의 상황에 대처하기 위해 외운다는 말에서 역사의식의 중함을 느꼈다. 짧은 시간 이야기를 듣고 어렵다고 한 황현은 얼굴이 붉어졌다.

-그러면 단군 조선의 47세를 다 외우고 계시겠네요.

-당연하지. 업적까지 꿰차고 있네. 달래 가업이라 하겠는가. 목숨을 걸고 지켜온 가업일세. 그럼에도 한계는 있네. 역사를 다 꿰찰 수는 없으니 역사의 은자들이 모여 복원할 필요가 있네. 그럴 때가 올 것으로 보네. 자신이 가지고 있는 역사의 한 부분을 더해서 완성된 하나의 통사로 완성하는 것이 필요하네. 내가 가지고 있는 것은 또한 부분일 수밖에 없네. 나는 나와 같은 역사의 은자들을 기다리고 있네.

-역사에 대한 사명의식이 없으면 역사는 사라지는 것입니까?

-그렇지.

나철이 말에 이기는 짧게 답했다.

-저는 귀향해서 준비하겠습니다. 역사의 은자는 될 수 없어도 그동안 공부한 것과 더 공부를 해서 역사의 마을로 만들어보겠습니다.

-역사 마을이라! 더없이 고맙고, 격려해야 할 다짐이지만 다가오는 세

상이 예사롭지가 않네.

이기의 생각만이 아니라 세 사람 모두 같은 생각이었다. 나라마저 잃게 되는 상황으로 거칠게 전개되고 있었다.

# 15. 역사의 잃어버린 조각을 맞추다

계연수는 집으로 돌아와 다시 한 번 책을 열었다. 마음으로 고대했던 책이었다. 태천의 백관묵 진사에게 받아온 《삼성기》였다. 《삼성기》 하로 명명한 책을 펼쳐놓고 자신의 집에서 대대로 내려온 《삼성기》와 비교하기 시작했다. 자신이 머릿속으로 달달 외우고 있는 《삼성기》 상과 달랐다. 《삼성기》 상에 기록되어 있지 않은 부분을 보완할 수 있는 내용이 들어있었다. 계연수는 자신도 모르게 무릎을 쳤다. 너무나 감사하고 고마운 일이어서 자신도 모르게 일어나 앉았다.

계연수는 책을 덮었다. 그리고 북쪽을 향하여 책을 가지런하게 놓았다. 그리고 다시 한 번 큰 절을 했다. 자신에게 와 준 책에게 감사했다. 알고 싶었던 내용이 들어있었다. 인류의 시원始原이 환국에서 시작했다는 것을 다시 한 번 확인할 수 있었다. 세계문명의 뿌리가 환국에서부터였음을 알 수 있었다. 그토록 알고 싶었던 부분이었다. 우선 저자가 달랐다. 백관묵 진사가 가지고 있던 《삼성기》는 원동중이 저자였다. 계연수 자신이 가지고 있는 《삼성기》는 신라 진평왕 때의 안함로가 저자였다.

우선 공통점은 고조선 이전의 역사인 환국의 역사를 언급하고 있다는 점이었다. 당연하게 환인과 환웅이 실존 역사적인 인물이라는 것을 밝혀놓고 있었다. 재세이화와 홍익인간에 대한 철학이 환국에서부터 유래했음을 같이 보여주고 있었다. 《삼성기》상하는 같은 내용과 서로 보완되는 요소를 같이 가지고 있었다.

《삼성기》상에서는 없었던 내용으로 십간十干, 십이지十二支의 개념이 이미 환국에서부터 있었음을 밝혀주는 내용이었다. 무엇보다 가슴 뛰게 하는 것이 있었다. 치우천황의 등장이었다. 조선에서 아직도 치우천황에게 제사를 지내고, 영웅으로 남아있음에도 기록에 전하는 바가 없었다. 치우천황이 《삼성기》에 또박또박 적혀 있었다. 놀라운 것은 환인 7세와 환웅 18세의 계보와 재위기간이 적혀 있었다. 계연수는 설레었다. 구전되어 오던 것들을 책으로 확인하면서 벅찼다. 《삼성기》를 들어 다시 첫 장을 폈다. 인류의 조상에 대한 언급이었다.

"인류의 조상은 나반이시다. 나반께서 아만과 처음 만난 곳은 아이사비다. 두 분이 꿈에 천신의 가르침을 받고 스스로 혼례를 올렸다. 환족의 구환족이 모두 후손이다."

이어지는 글에는 환국의 상황을 그리고 있었다.

"옛날 환국이 있었다. 백성들은 풍요로웠다. 인구도 많았다. 처음에 환인께서 천산에 머무르며 도를 깨쳐 장생하셨다. 몸에는 병이 없었다. 하늘의 뜻을 받들어 교화를 베풀고 싸움이 없게 하였다. 모두 힘을 합해 열심히 일하니 굶주림과 추위를 사라지게 했다."

놀라운 것은 그토록 알고 싶었던 7세 환인에 대한 기록이었다. 한 분한 분의 이름이 나열되어 있었다.

"초대 안파견환인, 2세 혁서환인, 3세 고시리환인, 4세 주우양 환인, 5세 석제임환인, 6세 구을리환인에 이르렀다. 이어 7세 환인은 지위리 환인이었다."

다음 장을 넘기는데 밖에서 부르는 소리가 들렸다. 아버지였다. 계연수는 대답은 해놓고 한 장이라도 더 보고 싶은 마음이 간절했다. 다음 장을 넘겼다. 환국의 영토와 환국의 구성에 대해 적혀 있었다.

"파내류산 아래 환인씨의 나라가 있었다. 천해의 동쪽 땅을 파내류국이라 한다. 땅의 넓이는 남북으로 5만 리, 동서로 2만여 리다. 통틀어 환국이라 한다. 환국은 다시 여러 나라로 모여 있었다."

그리고 가지런하게 열두 나라가 적혀 있었다. 이어서 환국은 7세를 전한다고 했다.

-연수야!

밖에서 아버지의 부름이 다시 있었다.

계연수는 아버지의 부름에 《삼성기》에 빠졌던 것에서 깨어나 밖으로 나갔다.

-예. 부르셨습니까?

-그래. 무엇에 그리 빠졌더냐?

-제가 서책을 한 권 받아왔는데 정신없이 빠져들었습니다.

-뭔 서책이더냐?

-《삼성기》입니다.

-집에 있지 않느냐?

-저자가 다르고 내용이 다른 서책입니다.

-귀한 서책이로구나.

-예. 그렇습니다.

-나는 네가 며칠 나갔다 들어왔는데 무슨 일이 있었나 궁금해서 불렀다.

-예. 죄송합니다. 제가 책 내용에 빠져 있어 아뢰지 못했습니다.

-아니다. 그냥 궁금했을 뿐이다. 같이 보면 안 되겠느냐?

-저야 그렇게 해주시면 고맙습니다.

부자가 나란히 앉아 책장을 넘기는 모습이 하나의 풍경이었다. 《삼성기》는 분량으로 따지면 소죽 끓이는 동안이면 다 읽을 수 있는 분량이었다. 양이 적었다.

-아버지. 동방개척에 대한 내용이 자세하게 기록되어 있습니다.

-그렇구나.

갑작스럽게 두 사람의 역사탐방시간이 만들어졌다. 아버지와 아들의 역사공부였다. 부자가 만나 오랜 만의 역사향연에 빠져들고 있었다. 아버지가 아들에게 넘겨준 역사의 짐을 아들이 불만 없이 받아준 것에 대해 고마워하고 있었다. 위험을 감수해야 하는 막중한 가업을 아들에게 물려주면서 마음이 편할 수가 없었다. 두 사람은 모처럼 새로 발견한 책에 빠져들고 있었다. 새로운 영역으로의 진입이었다. 어떤 기록에도 없던 기록을 만나 신세계를 만나는 느낌이었다.

-단국이 탄생하는 과정이 나와 있습니다.

-오호 그렇구나.

계연수가 환국 말에 환인이 동방을 개척하는 과정이 기록되어 있었다. 계연수는 이를 읽었다.

-환국 말기에 환인께서 삼위산과 태백산을 내려다 보며 이렇게 물었다. "두 곳 모두 홍익인간할 자리다. 누구를 보내는 것이 좋은가?" 오가의 우두머리가 모두 대답했다. "서자庶子에 환웅이 용기 있고, 어질

고, 지혜를 겸비한 홍익인간의 이념으로 세상을 개혁하려는 뜻을 가지고 있습니다. 환웅을 동방의 태백산으로 보내 다스리게 하십시요.”

계연수가 힘차게 읽어 내려갔다. 계연수는 호흡을 가다듬고 다시 읽어 내려갔다.

-환인께서 환웅에게 천부인天符印 삼종三種을 내려주시며 명했다. “이제 인간과 만물이 제 자리를 잡아 다 만들어졌으니, 환웅은 노고를 아끼지 말라. 무리 3천 명을 이끌고 가라. 새 시대를 열어 가르침을 세우고(開天入敎), 세상을 자연의 이치로 다스리고 깨우쳐서(在世理化) 만세 자손의 큰 규범으로 삼아라.”

계연수가 읽다가 아버지에게 물었다.

-천부인에 대해 말씀하셨지만 확연하게 다가오지 않는 부분이 있습니다.

-그것은 나도 마찬가지다. 확실히 이것이라고 이야기하기에는 근거가 부족하다. 그럼에도 추측되는 바는 있다. 천부인은 천부天符와 인印이라고 생각된다. 천부는 세상을 다스리는 원리인 경일 것이다. 천부경이나 삼일신고 같은 것일 것이다. 그리고 인印은 뜻 그대로 도장이다. 옥쇄로 보아야 한다. 왕을 상징할 수 있는 도장, 다시 말하면 천손의 자식이라는 표식이다. 다른 의견은 알고 있지 않느냐?

-예. 청동경 청동방울 청동검입니다.

-수도도 명확하구나.

-예. 그래서 자리 잡은 곳이 신단수 아래인 신시神市라고 적었습니다.

-조직을 알 수 있는 내용도 있으니 반가운 일이다.

다음에 이어 적힌 글의 내용을 읽은 아버지가 앞서서 말했다.

-예. 그렇습니다. 읽겠습니다.

계연수는 모처럼 기분이 들떠 있었다.

-환웅께서 풍백 우사 운사를 거느리시고, 오가에 일러 농사, 왕명, 형벌, 질병, 선악을 주관하게 하였다.

계연수가 또박또박하게 읽었다. 아버지는 읽어 내려가는 아들을 보고 흐뭇한 표정으로 빙긋이 웃었다.

-지금으로 보면 삼정승에, 6부가 아닌 5부 체제로 조정이 꾸려졌다는 것이지요?

-그렇다. 단국을 배달이라고 하는 것이야 다 아는 사실이지만 배달국이 건국되는 시점에 환웅이 신부를 맞는 이야기가 나오는 것이 지금은 전설처럼 되어서 곰과 호랑이 이야기로 둔갑했는데 자세히 나오니 반가운 일이다.

-읽어볼까요.

계연수의 마음은 봄바람처럼 상쾌했다.

-웅족熊族과 호족虎族이 이웃하여 함께 살았다. 일찍이 두 부족은 천제를 올리는 신단수에게 가서 "삼신의 계율을 따르는 백성이 되기를 바랍니다."라고 빌었다. 이에 환웅이 도술로써 정신을 개조시켰다. 쑥한 묶음과 마늘 스무 줄기를 영험하게 여겨 주시며 경계의 말을 전했다. "너희들은 이것을 먹도록 하라. 100일 동안 햇빛을 보지 말고 기도하라. 그리하면 참된 인간이 되리라." 이에 웅족과 호족 두 부족이 함께 쑥과 마늘을 먹으면서 삼칠일 동안 지냈다. 웅족은 굶주림과 추위를 이겨내고 계율을 지켰다. 호족은 방종하고 게을러서 계율을 지키지 못했다.

후에 웅족 여인들이 시집 갈 곳이 없어 매일 신단수 아래로 와서 주문을 외우며 아기 갖기를 빌었다. 이에 이 여인들은 환족으로 받아들여

환족 남자들과 혼인하게 하였다. 임신해 아이를 낳으면 환桓의 자식으로 입적시켰다."

-아주 사실적으로 기술되어 있구나.

-그렇습니다.

-여러 부족 중에서도 웅족과 호족이 환웅의 무리를 받아들이는데 우호적이었다는 것을 알 수 있구나. 그리고 계율을 지킨 웅족과 혼인관계를 맺는 부족이란 내용이 확실하게 기술되어 기쁘다. 이것이 어찌 곰과 호랑이가 토굴에 들어가 곰이 인간으로 되어 환웅과 결혼해 단군을 낳는 것으로 변질되었는지는 알 수가 없구나.

-여기에 더 명확하게 적혀 있습니다.

아버지는 계연수가 가리키는 부분을 읽었다.

-"본래 살고 있던 사람들은 호족이었고, 새로 이주해 온 사람들은 웅족이었다. 호족은 탐욕이 많고 잔인하여 약탈을 일삼았다. 웅족은 어리석고 괴팍하며 고집스러워서 서로 조화를 이루지 못했다."

-두 부족 간에 다툼이 컸군요.

-그렇구나. 더 읽어보자.

-예.

이번에는 계연수가 읽어 내려갔다.

-"호족과 웅족은 비록 같은 곳에 살았으나 더 멀어졌다. 물건을 빌리거나 빌려주지도 않았다. 혼인도 하지 않았다. 매사에 서로 인정하지 않아 같은 길을 가지 않았다. 이 지경에 이르자 웅족의 여왕이 환웅을 찾았다. "저희들에게 살 곳을 내려주십시오. 저희들도 하나 같이 삼신의 계율을 따르는 환족의 백성이 되고자 합니다." 환웅께서 이 말을 듣고 웅족이 살 곳을 내어주고 자식을 낳고 살게 해주셨다. 그러나 호족

은 끝내 성격을 고치지 못해 사해四海 밖으로 추방하셨다. 환족의 흥성이 이때부터 시작되었다."

-토착세력과의 분쟁이 있었고, 머리를 숙이고 들어오는 부족에게는 관용을 베풀었음을 알 수 있는 내용이구나. 호족의 퇴출과 더불어 비로소 환족의 안정이 이루어졌음을 알 수 있는 대목이다.

부자지간이 마치 학생 같았다. 책을 한 권 놓고 공부에 열중하고 있는 모습이 형제지간 같았다.

# 역사를 세우는 사람들

# 16. 홍범도, 무술을 배우다

桓檀古記

홍범도는 땀을 흘리며 무술에 열중하고 있었다. 기사범은 아무 말 없이 지켜보고 있었다. 차갑게 서 있는 기사범과 땀을 흘리며 호흡이 거칠어진 홍범도. 두 사내가 저녁 석양노을에 대비되었다. 동動과 정靜, 움직이는 자와 멈추어서 바라보는 자. 각자 열중하고 있었지만 서로 다른 모습이었다. 하늘 아래 집 한 채만 달랑 있는 공간. 높은 산을 끼고 이어지는 작은 산들이 두 사람을 감고 돌았다. 시내가 산을 끼고 흐르고 제법 너른 개활지에 두 사내가 있었다.

홍범도는 검술에 열중하고 있었다. 홍범도는 이곳에 들어와서 많은 변화가 있음을 스스로 감지하고 있었다. 마음이 안정되었다. 자신에 대한 불만이 줄어들었다. 두 가지 영향이 함께 작용했음을 깨달았다. 홍범도 자신에게 인생의 목표가 있을 수 있구나, 하는 것이었고 또 하나는 기사범에게 배운 불만을 갖지 않고 살 수 있다는 것을 알았다. 삶에 대한 애착이 없으니 사는 즐거움도 없었다. 인생의 목표는 정하지 못했지만 자신이 조선이라는 나라에 속해있고, 조선이라는 나라의 역사에 눈을 뜨게 된 것만으로 만족했다. 또한 무술을 배우면서 자신이 성장하는 모습을 보는 것만으로도 희열이었다.

-많이 늘었네.

-덕분입니다.

-나는 가르쳐준 것이 없네. 무술은 혼자 터득하는 걸세. 방법만 알려줄 수 있을 뿐이네. 어미새가 새끼새에게 나는 법을 가르쳐주지 않네. 스스로 터득하는 것이지.

-방법을 알려주시니 제가 터득하게 되었습니다.

-몸 안에 들어있는 기예를 꺼내 쓰는 것일세. 노력한 만큼 꺼낼 수 있지. 누구도 대신해 줄 수 없어.

-꽁꽁 얼었던 마음에 봄이 찾아온 기분입니다. 인생의 의미를 느끼고 있습니다.

-다행일세.

-모든 것을 다시 시작하는 기분입니다. 여기서 나가게 되면 저는 다시 제 아내와 아들을 찾을 것입니다.

-당연하지. 무엇보다도 우선해야겠지.

-제게 처음 사람이 따뜻한 존재라는 것을 알게 해 준 사람이었습니다. 저는 고아였거든요.

홍범도의 얼굴에는 만감이 교차했다. 지나온 일들이 하늘의 별들처럼 아득하게 느껴졌다. 멀고도 아득해서 손이 닿지 않는 거리, 바라볼 수만 있는 거리에서 서 있는 존재로 느껴졌다. 특히 옥녀를 생각하면 가슴이 미어졌다. 찾을 수 있는 방법은 모두 다 했지만 찾을 수 없었다. 이곳에서 나가면 다시 옥녀의 고향으로 가 볼 예정이었다. 지금은 무술연마에 몰입했다.

-찾으면 무얼 할 예정인가?

홍범도는 순간 말문이 막혔다. 생각해 본 적이 없었다. 하루를 살면 그것으로 족했지 미래를 계획해 본적이 없었다. 장을 보러가면서는 오늘 할 일을 계획했지만 정작 긴 인생계획은 세워본 적이 없었다. 순간 자신이 부끄러웠다. 아무 생각 없이 살고 있는 자신을 다시 한 번 깨달았다. 계연수를 만나 역사관을 갖고 사는 사람을 처음으로 만났는데, 이번에 다시 기사범의 질문을 받고는 난감했다.

당황하는 홍범도를 바라보고는 기사범이 말했다.

-부끄러워할 필요가 없네. 무계획도 계획일세. 다가오는 대로 사는 것도 삶의 방편일세.

-그렇더라도 미래계획이 없었던 저 자신이 부끄럽습니다.

-그렇게 생각할 필요 없네. 둘이 만나게 되면 둘이서 계획을 세워도 늦지 않네. 인생이 계획대로 되는 것 봤나. 늘 어긋나지.

-그런가요. 저는 힘든 일만 만난 것 같습니다.

-그렇지 않네. 마음이 결정을 한 것이지. 내 인생은 박복하다고. 그리고 즐거움도 슬픔으로 받아들였다고 할 수 있지.

즐거움도 슬픔으로 받아들였다는 기사범의 말에 홍범도는 찔리는 구석이 있었다.

-그런데 저는 왜 행복한 기억이 없지요?

-당연하지.

-당연하다고요?

홍범도는 인정할 수 없었다. 왜 자신만 힘든 인생을 살아야 하는가 반문하고 있었다.

-말했지 않나. 자네 마음이 그렇게 결정했다고.

-저는 그렇지 않습니다.

-예를 들어보세. 자네는 힘든 인생을 산다고 하는데, 살펴보세.

홍범도는 자신의 인생을 회상해 보았다. 다 슬펐다. 그리고 아픈 추억 뿐이었다.

-옥녀와 사랑할 때 슬펐나?

-아닙니다. 행복했지요.

-둘이 처음 만났을 때 설레지 않았나?

-설레었습니다. 처음으로 사람에게 반했거든요.

홍범도는 이야기해 놓고는 웃었다. 자신이 잘못 생각하고 있음을 말하면서 느꼈다.

기사범은 침묵하고 있다가 말했다.

-누구나 기복이 있고 굴곡이 있지. 또한 어긋나야 하는 것이 인생이고. 밤낮이 만나서 하루가 만들어지거든. 즐거움과 슬픔도 한 짝이라네. 산과 골도 한 짝이고. 인생도 마찬가질세. 언제나 햇빛의 짝은 그늘이지. 누구의 인생에게도 슬픔만을 선물하지 않네.

-예. 알았습니다.

홍범도는 짧고 간결하게 대답했다. 인정한다는 대답이었다.

-자네가 배우고 있는 무술이 어디서 유래했는지 아나?

-모르겠습니다.

-저기 서 있는 기를 보게.

특별하게 생각해 본 적이 없는 기였다. 숲에서 들어오다 개활지를 만나는 지점에 세워져 있는 기였다.

-기에 그려진 것을 자세히 보게.

-!

홍범도는 무엇을 말하는지 알 수가 없었다.

-저 기旗가 둑기라는 것일세.

-둑기요?

-그렇네. 둑기는 치우천황을 상징하는 기일세.

-치우천황이요?

-그렇네. 나는 역사에 관심도 없고, 나 자신 하나 바로 세우고 사는 것을 즐거움으로 아는 사람일세. 그저 들은 이야기를 하는 거라네. 무술을 배울 때 들은 것이 전부 다지.

-!

기사범은 이야기를 계속했다.

-둑제라는 말도 들어 본 적이 없겠구만.

-예. 그렇습니다.

-지금도 '둑제纛祭'를 지내는 사람들이 있지. 나도 지내지만 나는 의미도 잘 모르고 지내네. 둑纛은 임금의 가마 또는 군대의 대장 앞에 세우는 기旗를 말하네. 둑제는 조금 전에 이야기 했지만 고대로부터 전쟁의 승리를 기원하기 위해 군신軍神인 치우천황을 상징하는 깃발에 제사를 올리는 의식일세.

홍범도는 순간 산에서 만난 계연수를 생각했다.

기사범은 이야기를 계속 했다.

-둑제는 우리 민족의 조상이며 불패의 신 치우천황을 구국의 수호신으로 모시고 제사를 올리는 것으로 무장武將들은 전쟁터로 떠나기 전 반드시 둑제를 올렸다고 하네.

-우리나라에서도 행해지고 있다는 말씀이시지요?

-그렇지. 내가 무술을 배울 때 들은 이야기로는 임진왜란 때 이순신

장군도 둑제를 지냈다는 이야기가 세 차례나 난중일기에 나온다고
하더군.

-치우천황은 어떤 사람입니까?

-내가 아는 바로는 치우천황은 병법의 태조일세. 한양에서는 지금도
둑제를 지내는 장소가 있다고 들었네. 뚝섬이라고 하더군. 둑제를 지
내는 섬이라 둑섬이었다가 뚝섬이 되었다고 하는데 한양을 올라가면
찾아보시게.

# 17. 병법의 태조, 치우천황을 만나다

**계**연수와 아버지는 서책에 빠져 시간 가는 줄 모르고 이야기를 나누고 있었다.

-치우천황에 대한 이야기가 아주 구체적으로 나오는 책을 만나니 흥분됩니다.

-나도 그렇다. 구전으로만 전해 내려오던 것을 기록으로 만나니 감회가 새롭다.

-정말 그렇습니다.

계연수가 흥분을 감추지 못했다. 아버지도 마찬가지였다.

-모든 역사에는 흥과 망이 있지. 성과 쇄가 있고. 치우천황 때가 흥성하고 이룸이 있었던 때였지.

-기록에도 그대로 있습니다. 치우천황을 자오지 천황이라고 적었네요.

-그렇구나. 한 번 읽어 내려가 보려무나.

-예. 〈신이한 용맹이 뛰어났다. 구리와 철로 투구를 만들어 쓰고 안개를 일으켰다. 구치九冶를 제작하여 광석을 캐내고, 철을 주조하여 무기를 만드니 천하가 크게 두려워했다. 세상에서는 치우천황이라 불렀

는데 속언으로 치우는 뇌우雷雨가 크게 일어 산하가 뒤바뀐다는 뜻이다.)라고 적고 있습니다.

-구치九治는 문맥상 광석을 캐내어 철을 만드는 기계로 보인다.

아버지가 보충 설명을 했고, 계연수는 계속 읽어 내려갔다.

-치우천황은 염제신농의 나라가 날로 쇠약해지는 것을 지켜보시고, 드디어 웅대한 포부를 품고 여러 번 서쪽에 천자의 군사를 일으켰다. 삭도에서 군사를 진격시켜 회수와 태산 사이의 땅을 점령하고, 헌후軒侯가 왕위에 오르자 바로 탁록의 광야로 진격해 헌원을 사로잡아 신하로 삼았다.

-여기서 헌후軒侯가 바로 헌원을 말한다. 드디어 헌원에 대한 이야기가 구체적으로 밝혀지는구나.

-무엇을 말씀하십니까?

-중화의 시조로 잡는 헌원이 배달국의 치우천황의 신하였다는 점이다. 또한 탁록전투는 배달국과 화하족의 치열한 전투에서 배달국이 헌원을 사로잡아 신하로 삼고 속국으로 삼았다는 것을 보여주는 기록이다.

-중화인들은 자신들의 조상이라 여기는 헌원이 승리했다고 기록하고 있지 않습니까?

-당연한 결과다. 중국의 한족, 즉 중화인의 시조라고 하는 사람에 대해 치욕적인 것을 기록할 리가 있겠느냐. 역사의 모든 것을 뒤집어 놓은 그들이지만 숨길 수 없는 것들에서 진실이 아닌 것을 보여준다.

-그것이 무엇입니까?

-치우천황에 대한 제를 올리는 사람들이 바로 중화인들이고, 전쟁의 신이라고 알려진 분은 헌원이 아니라 치우천황이 아니더냐. 패자敗者

에게 제사를 지내겠느냐!

-아하. 그렇습니다.

-여러 기록에서도 보인다. 예를 들면 《사기집해史記集解》에는 중국의 진나라와 한나라 때에는 백성들이 10월에 치우천황에게 제사를 지냈다는 기록이 있다. 또한 한고조 유방은 치우천황의 전각을 지어 제사를 지낸 뒤 군사를 일으켜, 진秦의 수도 함양을 평정하였다. 뿐만 아니라 초패왕 항우와 5년간 싸워 마침내 천하를 얻어 제위에 오른 유방은 장안長安에 치우천황의 사당을 짓고 치우천황을 더욱 돈독히 공경했다. 헌원 사당을 짓고 제를 지낸 것이 아니라 치우천황의 사당을 짓고 제를 지낸 후 전장으로 나갔다는 기록이 무엇을 말하는가를 생각해 보거라.

-그렇습니다. 최초의 철기문화를 만들어낸 인물이 치우천황이라고 할 수 있는 것이지요.

-당연하다. 《관자管子》 지수地數편에 '치우가 갈로산의 쇠와 수금을 캐어 투구, 갑옷, 칼, 창 등을 만들었다.'라고 한 기록이 이를 명확히 입증하고 있다. 물론 여기에서는 치우를 관리로 격하시키고 있다. 그러나 그것은 그리 중요하지 않다.

-왜지요?

-철기문화와 청동기를 만든 문화와 돌을 사용하는 석기문화와는 비교가 되지 않는 문화 차이였다. 쇠를 사용하는 문화가 절대 우위다. 문화 우위에 있는 나라가 뒤떨어진 문화를 가진 나라를 지배하는 것은 너무나 당연한 일이다. 그들의 왜곡은 결국 드러나게 되어있다. 철鐵의 옛 글자는 철銕이었다. 우리가 동이족 아니더냐. '동이족의 쇠'를 뜻하는 '철銕은 쇠金+이夷'이라는 사실이 명백히 증명한다. 지금도 전쟁의 신

으로 치우천황이 그대로 전하는 것만 보아도 알 수 있다.

-우리 조선의 경우는 어떻습니까?

-우리의 역사를 사그리 잃어버린 조선에서도 그대로 남아있는 것이
신기할 정도다.

-아직도 관례가 남아있다는 말씀이십니까?

-그렇다. 조금 이야기가 길다만 잘 듣도록 해라.

-예.

계연수는 아버지의 말을 들을 준비를 했다.

-출사出師할 때 반드시 둑제를 지낸다. 광해군 때에 강홍립을 명에 파
병할 때에도 둑제를 지냈다. 둑제를 지낼 때 헌관은 병조판서가 맡았
는데, 둑제에 참여하는 사람은 모두 갑옷과 투구를 갖췄다. 중앙의 둑
소纛所 및 지방의 병영·수영 등에서도 둑제를 지냈다. 만일 둑제를
제대로 행하지 못한 지방의 병사兵使가 있으면 처벌했다. 큰 군기, 즉
둑纛이 있는 곳의 제사에는 병조판서를 헌관으로 보냈다. 군기가 있는
군영, 특히 병영兵營이나 수영水營에서 둑제를 행했음을 알 수 있다.
헌관이란 나라에서 제사를 지낼 때 제관을 대표해 잔을 드리는 사람을
말하는 것은 알지 않느냐?

-예. 알고 있습니다. 둑제는 공식적인 행사였군요.

-그렇다. 전통이나 역사는 관례로 살아남는다. 역사의 기록에서는 사
라졌어도 행사에서나 민간에서는 그대로 남아 전하는 것이 잘 보여
준다.

-신기할 정도입니다. 역사 기록에서는 사라졌음에도 공식행사나 정신
으로는 살아남는 것이 그렇습니다.

-그렇다. 둑제 행사에는 23명의 악생樂生 중 대금大金·소금小金을 든

각 1명, 중고中鼓 1명, 기旗 9명은 모두 갑주甲冑를 입었다.

갑甲은 갑옷, 주冑는 투구를 이른다. 갑옷은 전쟁에서 화살·창검을 막기 위해 쇠나 가죽의 비늘을 붙여서 만든 옷이며, 투구는 적의 무기로부터 머리를 보호하기 위해 머리에 썼던 모자다.

-갑주를 입는 의미는 무엇입니까?

-최초의 철기문명을 발명한 기념이 바로 둑제라고 할 수 있어서다. 아주 구체적으로 명시가 되어있다. 간척干戚 4명은 주冑와 청방의靑防衣를 입고 궁시弓矢 4명은 주冑와 홍방의紅防衣를 입으며 창과 검, 각 1명은 갑주를 입는다. 무원무員 10명은 백저포白苧布에 전대纏帶를 띠고 운혜雲鞋를 신었다.

간척干戚은 방패와 도끼를 가리키고, 방패를 간干이라 하고 도끼를 척戚이라 하였다. 이것을 손에 쥐고 무무武舞를 추었다. 운혜는 둑제의 창검무·궁시무·간척무의 공인이 신는 신이다.

-대단히 큰 행사였네요.

-그렇다. 초헌初獻 때는 간척무干戚舞를, 아헌亞獻 때는 궁시무弓矢舞를 종헌終獻 때에는 창과 검을 든 무원舞員이 서로 마주보면서 창검무槍劍舞를 추고 '납씨가納氏歌'를 부른다. 갑주, 간척, 궁시, 창, 검을 행사에 사용하는 것은 치우가 처음 만들었던 철제 무기를 만들었음을 보여주는 것이다.

-간척무는 어떤 춤입니까?

-간척이라면 모든 무기를 일컫기도 한다. 간척무를 출 때는 간干은 왼손에 잡는 방패, 척戚은 오른손에 잡는 도끼를 말한다. 말 그대로 쇠로든 무기를 들고 추는 춤을 말한다.

계연수는 놀랐다. 너무나 자세하고 정확하게 둑제에 대한 설명을 하는 것을 보고 아버지의 해박한 지식에 감동했다.

-아버지. 놀랍습니다.

-현재에도 이루어지고 있는 행사니 당연히 알 수 있어야 한다.

그리고 치우천황에 대한 관심은 어떤 것보다도 컸다. 진정 놀라운 것은 오늘 치우천황에 대한 역사적 사실을 뒷받침해주는 기록을 만났다는 것이다.

-예, 그렇습니다.

-중화인의 입장에서 역사를 왜곡한 역사서에도 자신들의 주장과 다른 기록을 적고 있다.

-무엇입니까?

계연수의 귀가 번뜩 띄었다.

-〈헌원이 섭정할 때 형제가 81명으로 짐승의 몸을 하고 사람의 말을 하였다〉고 기록하고 있다. 또한 〈머리가 구리 같이 단단하고, 이마는 철같이 강했으며 모래를 먹었다. 오구장과 칼과 가지가 있는 창과 한꺼번에 화살을 쏘는 태노를 만들어 천하에 위세를 떨쳤다. 치우는 옛 천자의 호칭이다.〉라고 했다. 말이 된다고 보느냐?

-무엇을 말씀하십니까?

-치우천황을 정복하였다면서 치우천황이 위세를 떨쳤다고 기록한 것과 치우는 옛 천자의 호칭이라는 말이 그렇지 않느냐. 당시 헌원은 천황이라는 자리에 있지도 않았고, 치우는 천자라고 하지 않았느냐.

-예. 그렇습니다. 치우를 천황으로 기록하는 실수를 했군요.

-그렇다. 천자는 세상에 단 한 명뿐이다. 그럼 헌원은 무엇이란 말이냐?

-그렇습니다. 치우가 상위였음을 보여주는 사례가 넘칩니다.

-나는 유독 치우에 대한 이야기를 하면 흥분되곤 한다.

-저도 그렇습니다.

-부전자전이로구나.

아버지가 소리 내어 크게 웃었다.

아들 방에 들어가서 아버지가 나오지 않자 어머니가 궁금해서 찾아왔다.

-뭔 이야기를 그렇게 재미나게 하십니까?

밖에서 인기척이 들려왔다. 어머니였다.

-당신도 들어오시구려.

어머니가 들어와 두 사람이 서책을 앞에 놓고 이야기를 나누고 있는 것을 바라보고는 흐뭇한 표정으로 웃었다.

-당신도 같이 참여하시지요.

-뭔 이야기로 밤이 오는 줄도 모르십니까?

-우리의 역사이야기입니다. 치우천황입니다.

-얼마 전 은자의 자리를 연수에게 넘겨준다고 하면서 말씀하셔서 웬만큼은 알고 있지요. 동방의 군신이라 하지 않으셨습니까?

-어머니께서도 내공이 깊으십니다.

-네 아버지께서 유난히 치우천황에 대해서 관심이 많으시다. 탁록전투라는 말도 떠오르는구나.

-한 가르침을 주시지요.

계연수가 어머니에게 한 수 가르쳐 줄 것을 웃음을 지으며 청했다. 아버지에게 배우셨으니 그 이야기를 해 달라는 농담 섞인 주문이었다.

-탁록전투에서 치우천황이 승리했음에도 사마천이 《사기》에서 역사를 뒤집어 기록했다며 나쁜 놈들이라고 하셨던 것도 기억하고 있다.

동북아의 역사와 문명의 뿌리를 헌원 중심으로 조작하고, 중국이 천하의 중심이며 천자국이라며 주변 민족을 야만화시킨 사람들이 중화인이라고 하셨다. 우리의 다함께 잘 살아가자는 홍익과는 반대의 사관을 가지고 있다는 말씀까지다.

-와아. 대단하십니다.

어머니의 설명에 계연수가 박수를 치며 인정했다. 어머니도 아버지도 환하게 웃었다.

-분명한 것은 무신武神의 원조이며 병법의 비조鼻祖라는 사실이다. 중화의 기록에 치우가 동이인이며 천자라는 기록은 여러 곳에 보인다.

-결국 탁록전쟁은 동이와 서방 토착민의 전쟁이라고 보면 됩니까?

-그렇다. 동과 서, 북과 남의 분리가 일어난 대사건이 바로 탁록전쟁이라고 할 수 있다. 남북으로는 만리장성이 상징적으로 보여주고, 동서로는 요하를 중심으로 보면 된다. 하지만 상황에 따라 경계가 변경되었다.

아버지의 설명은 언제나처럼 일목요연하게 전체를 정리해 주었다.

-역사에서 지워도 민간에서는 오랫동안 남고, 언어와 풍습에서 그대로 유지되는 것을 볼 수 있습니다.

-당연하다. 위정자와 달리 민간에서는 꾸준히 이어진다. 말에서도 그대로 남아있는 것을 확인할 수 있다. 우두머리가 치우천황을 두고 하는 말이잖느냐.

-예. 우두머리라는 말의 어원이 소뿔 달린 치우천황의 투구에서 비롯되었다고 말씀하셨습니다. 치우를 상징하는 것들은 최고를 말할 때 사용되는 것이 특징입니다. 지난번에 씨름 때 최고의 장사에게 소를 선물하는 것도 치우문화의 하나라고 말씀하셨습니다. 치우를 상징하는 동물이 소라고 하시면서.

-너도 역사를 좋아하는구나. 집안 내력이다.

어머니가 한 마디 거들었다.

-그런 듯합니다. 저도 역사라면 가슴이 뜁니다. 첫 인류문명을 만들어 내고도 영예를 중화에게 빼앗기고, 스스로 중화에게 사대하는 현실이 가슴이 아픕니다. 때가 오리라 봅니다.

-반드시 올 것이다.

계연수의 말에 아버지가 받았다.

-하나 묻겠습니다.

어머니가 얼굴에 진지함을 담고 말했다. 순간 부자의 얼굴이 어머니의 입으로 향했다.

-왜 우리는 3.7일이라고 하는데 왜 스무하루, 즉 21일이라고 하지 않고 3.7일이라고 하는지 궁금합니다.

-사람이 태어날 때 그냥 태어난 것이 아니라 태어난 이유가 있다고 보아서입니다.

아버지가 잠시 쉬었다가 다시 말을 이었다.

-하물며 나라를 세울 때 근본도 없이 그냥 세웠을 리가 없습니다. 사람이 농사를 지으면서도 농사짓는 법이 필요하지 않겠습니까. 당연히 나라를 세운 이유와 원리를 만들었습니다. 우리의 우주관과 사상관은 3수를 본체로 삼고, 7수로 작용하는 원리를 삼은 삼신칠성 사상에서 출발했습니다. 우리 환민족이 세운 나라가 시원역사나 인류창세문명의 주역이라고 하는 이유가 바로 이런 점에 있습니다. 인간을 설명하거나 학문이나 사상의 근원이 만들어진 곳의 근원을 찾아가다 보면 우리 고대의 역사에 다 들어있다는 점입니다. 심지어 우리가 사용하고 있는 말이나 법과 도덕의 출발도 설명해주고 있다는 점이 놀라운 점입니다.

-예. 그렇군요.

아버지는 또박또박한 목소리로 어머니에게 설명하자 어머니가 대답했다.

-이해가 되셨습니까?

-좀 어렵습니다.

-쉽게 말하면 삼신칠성 사상은 근원은 1에서 출발하지만 세상이 돌아가는 작용은 3으로 본 것입니다. 음과 양의 최초의 수가 만난 것이 1+2라고 할 수 있지요. 그래서 3은 작용의 본체입니다.

-예.

아버지와 어머니의 역사 이야기를 바라보는 계연수의 눈빛이 빛났다.

-1+2가 만나서 생긴 수가 3입니다. 그래서 1이 3이고, 3이 다시 1로 환원되는 원리가 삼수의 원리입니다.

어머니와 계연수는 아버지의 이야기에 토씨 하나 빼지 않고 들으려 집중했다.

-그래서 천지인天地人으로 하늘땅사람이고, 과거현재미래, 상중하의 원리로 나눕니다. 또 하나는 세상의 원리를 4로 작용하는 것이 있는데 동서남북, 봄여름가을겨울 등이 있지요. 그리고 사람의 얼굴에도 7개의 구멍이 있습니다. 이 3과 7을 완전수라고 합니다. 하늘의 완전수는 3, 땅의 완전수는 4를 합친 것이 7입니다. 하늘과 땅이 만나는 것을 신성스럽게 보았습니다. 하늘과 땅의 기운을 받아 사람이 만들어지고, 하늘과 땅의 기운을 받는 것을 최상의 상태로 보았습니다. 그래서 7을 중요한 수로 여기고 생명 또한 7의 주기로 만들어진다고 생각했습니다.

-그래서 날에도 7일, 21일, 49일을 중요하게 여기는 거군요.

-그렇습니다.

-그러면 최고의 완전수가 7입니까?

-그건 아닙니다. 최고의 완전수는 10입니다. 그래서 십백천만十百千萬이 '모두'라는 의미를 가집니다. 방향에서 십방十方은 모든 방향이고, 나이도 백수 천수를 누린다고 합니다. 만萬도 마찬가지입니다. 만백성이라고 하지요. 결국 10의 배수는 모두 세상 전체를 이야기할 때 사용하는 완전수입니다.

부부간의 이야기를 듣고 있는 계연수의 표정에 넉넉하고 흐뭇한 표정이 가득했다.

-그러면 삼신칠성 사상이 우리 민족의 통치철학이 되었겠군요?

이번에는 계연수가 아버지게 물었다.

-그렇다. 9천년 환민족사의 모든 왕조가 국가경영제도의 근간으로 삼았다. 그리고 환민족 역사와 문화의 기본이 되었다. 그래서 우리는 음양의 태극보다 삼태극을 더 강하게 받아들이는 민족이다.

-이참에 이 진사 댁을 찾아가 보거라.

-이 진사 댁에는 어인 일로 가보라고 하십니까?

아버지가 계연수에게 한 말에 어머니가 말을 받아서 되질문했다.

-예. 우리가 가지고 있는 역사서로는 우리 역사 전체를 파악할 수 있는 종합적인 역사서로는 부족합니다. 전체를 종합한 역사서를 만들어내는 것이 필요합니다. 누군가는 그 역할을 해야 합니다.

아버지는 어머니를 바라보면서 말했다.

-아버지. 그 역할을 제가 하겠습니다.

아버지는 대답을 못했다. 어머니도 아들을 바라보기만 했다. 그동안 역사의 은자 역할을 하는 것만으로도 벅차고 힘든 것을 알고 있는 바였다. 개인의 인생을 포기해야 가능한 일이었다. 위험한 일이기도 했고, 희생이 없이는 엄두도 내기 힘든 일이었다. 죽음을 각오해야 하는 역사의 은자 역할보다 힘들고 고된 인생을 예고하고 있는 일이었다.

아버지는 어머니를 바라보았다. 어머니는 아무 말도 하지 않았다. 자신의 아들에게 막중한 일을 하라고 말할 수 없었다. 아버지는 어머니의 마음을 읽고 싶었다. 아버지도 아들에게 그 일을 맡아달라고 섣불리 말을 꺼내지 못하고 있었다.

-아버지, 어머니. 제가 하도록 하겠습니다.

다시 한 번 계연수가 아버지와 어머니를 바라보며 단호하게 선언했다.

아버지는 어머니를 바라보더니 다시 계연수를 바라보았다.

-그래. 네가 할 수 있다면 해 보거라.

아버지가 무거운 표정으로 말했다. 어머니는 아무 말도 없이 아들을 바라보았다. 어머니의 마음 안에는 안타까움과 걱정이 담겨있었다.

-아버지. 밤골 사는 이 진사 댁에 다른 서책이 있을 거라는 말씀이시지요?

-그렇다. 우리가 가지고 있지 않은 부분을 가지고 있을 것으로 보인다.

-예. 제가 찾아뵙겠습니다.

-나도 뵌 지가 오래 되었다. 오래 전에 그분의 말씀을 듣고는 생각했다. 그분도 역사의 은자일 것이라는 직감이었다.

이 진사 댁에 가보라는 아버지의 말을 다시 생각하고는 계연수가 물었다. 이 진사는 같은 삭주에 사는 이형식으로 진사벼슬에 그쳤다. 세상으로 나가는 것을 진사에서 멈췄다. 역사를 짊어진 역사의 은자였다. 은자는 벼슬하는 것을 조심해야 했다. 고향을 떠나서 생활하기에 역사서를 은밀하게 보관하고, 관리하는 것이 쉽지 않았다. 이형식 진사도 예외가 아닐 것이었다.

# 18. 이기, 현장으로 나서다

이기는 이건창이 유배를 가고 강골인 황현과 다른 일행들과 시국에 대해 심도 있게 논의했다. 선비들이 가야 할 방향을 잡고자 했다. 나철도 중요한 사람 중에 한 사람이었다. 젊어서 활동력이 뛰어났다. 나철은 행동가였다. 활달한 실천력이 넘치는 청년이었다. 두려움 없이 일을 추진했고, 중국과 일본의 조선에 대한 내정간섭에 대해 강경한 반대를 선언했다. 무력으로라도 반대에 대한 활동을 본격적으로 해야 한다는 것이 모임에서의 분위기였다.

나철과 황현은 이기의 역사관에 동조하며 무너져가는 조선의 난파를 막기 위한 방안에 착수했으나 뾰족한 방안이 나오지 않았다. 황현은 선비들을 규합해서 현장으로 나가 청과 일본의 간섭을 배제하기 위한 반대운동을 전개했다. 나철은 이기를 따라서 역사를 복원하고, 서학에 반대되는 우리의 전통적인 동학을 천하에 알리고 바로 세우려는 운동에 앞장서기로 했다.

나라는 무너지기 직전에 있었고, 백성들은 굶주림과 관리의 수탈에 민란의 조짐이 높아가고 있었다.

-백성에게 하늘은 밥이라고 했습니다. 밥을 먹을 수 없다는 것은 하늘이 무너지는 것과 다를 바가 없습니다. 하늘을 무너지게 하는 상황을 어찌 바라만 보겠습니까?

나철이 말했다.

-그러면 어찌하겠다는 것인가?

나철의 말에 황현이 대안이 있으면 제시하라는 말이었다. 지금까지 많은 방책을 이야기했으나 뚜렷한 답을 찾지 못하고 있었다.

-제가 할 수 있는 일에 전력을 다하겠지만 어려우면 다른 행동을 할 것입니다. 저는 민란이 일어나면 민란에 동조할 마음까지 있습니다. 분명하게 백성의 편에 설 것입니다.

다른 사람들은 나철의 말에 선뜻 마음을 표현하지 못했다. 역모에 해당하는 말이었다. 알려지면 바로 참형에 처해질 수 있는 위험한 말이었다.

이기는 슬그머니 무리에서 빠져나왔다. 머리가 복잡했다. 태풍은 밀려오는데 태풍을 피할 곳을 찾지 못하고 있는 형국이었다. 어디로 방향을 잡아야 육지로 안전하게 상륙할 수 있는지를 알 수가 없었다. 조선은 우물 안에서 나와 보니 자신을 잡아먹으려는 다른 동물들이 넘쳐나는 곳에 있는 것을 알게 되었다. 한데 자신은 힘이 없고, 자신의 위치마저 알 수 없어 이리 뛰고 저리 뛰는 모양새였다.

세상에 대한 일보다 이기는 역사공부에 많은 시간을 보내고 있었다. 자신의 사명은 역사를 세상에 알리는 일이었다. 하지만 역사를 지키기에도 급급한 상황으로 전개되고 있었다. 이기는 유배를 간 이건창의 말을 다시 떠올렸다. 계연수라는 젊은이를 만나보라는 말이었다. 놀라운 역사의식과 조선민족의 역사를 꿰차고 있다는 말이었다. 이기는 직감적으로 계연수는 역사의 은자일 것이라는 생각이 들었다.

슬그머니 빠져 나와 앞서 가고 있는데 뒤에서 부르는 소리가 들렸다. 나철이었다. 돌아보니 나철이 빠른 걸음으로 쫓아오고 있었다. 이기가 멈춰서 기다렸다.

-해학께서는 어쩌실 참입니까?

-무얼 말하는가?

-민란이 일어나면 참여하겠다는 제 의견에 어찌 생각하십니까?

-큰일을 도모할 때는 숨죽이고 하는 것일세. 드러내는 순간 적의 함정에 빠지게 되지. 지금은 숨죽이면서 각자의 일을 하는 것이 좋을 듯하네. 아니면 바로 행동으로 나서든가.

-적극 동의합니다. 큰일을 도모할 때는 숨죽이고 해야 한다는 말씀, 고맙습니다. 세상에 드러내려면 행동으로 보여주라는 말씀 또한 고맙습니다. 저는 숨죽이면서 도모하겠습니다.

-어쩔 셈인가?

-백성을 계몽하는 일에 몰두하겠습니다. 그러다 상황이 되면 일어나겠습니다. 그러려면 해학께서 도와주셔야 합니다. 백성을 계몽하는데 핵심적인 역량을 우리 전통역사에 중점을 두려합니다.

-방안은 무엇인가?

-우리의 정신과 우리의 역사를 살려서 대환인大桓人을 바로 세우겠습니다.

-좋네. 그리하게.

-그러려면 해학께서 도와주셔야 합니다.

-무엇을 도우면 되겠는가?

-지금까지 하시던 정통 우리 역사에 대하여 강론을 펴주시면 됩니다.

자리는 제가 마련하겠습니다.

-그리하게.

-제가 뛰겠습니다. 큰 힘이 되어주시니 감사합니다.

-알았네. 나는 내 할 일이 우리의 역사를 바로 세우고 세상에 알리는 일일세. 하지만 갈수록 상황은 나빠만 가고 있네.

-저도 안타깝습니다. 하지만 저는 지금 길이 보입니다. 믿는 바가 있습니다. 해학께서 길을 제시해 주셨습니다.

-누구도 믿지 말게. 자기 자신도 바로 못 세워 흔들리는 것이 사람 아니겠는가. 흔들리는 사람을 믿으려면 세상이 제대로 되어가지 않는 것을 받아들여야 하는 것일세. 그런 정도의 내공이 있어야 세상을 바로 세울 수 있네.

나철은 강한 느낌이 들었다. '흔들리는 사람을 믿으려면 세상이 제대로 되어가지 않는 것을 받아들여야 하는 것'이라는 말이 주는 의미가 강했다. 제대로 되어가지 않는 것을 받아들이는 내공이 필요하다는 말에 이기를 쳐다보았다. 길게 자란 수염이 더욱 길게 보였다.

-기왕에 역사를 바로 세우는 일로 방향을 잡았으니 여쭙겠습니다.

나철은 정색을 하고 물을 기세였다.

-그렇게 정색을 하지 않고 물어도 되네.

이기가 마음을 풀어주려는 의도로 부드럽게 이야기했다.

-아. 예.

나철은 순간 쑥스러웠다. 정색을 하고 있는 자신을 발견하고는 숨을 들이쉬었다.

이기는 나철이 이야기하기를 기다렸다.

-우리에게 개천開天이란 어떤 의미를 가지고 있습니까?

-허. 참 어려운 질문일세. 단답으로 이야기하기에는 어려움이 있네. 이 참에 탁주나 한 잔 하세.

이기와 나철이 북촌을 지나는데 요란한 소리가 나며 사람들이 골목으로 피했다. 사람들이 피하는 곳은 피맛골이었다.

-참 안타까운 일일세.

-그렇습니다. 나라를 망해먹은 사람들이 양반인데 양반들이 아직도 저런 허세를 부리니!

사람들이 요란하게 자리를 피하게 한 것은 가마였다. 조정의 관리가 지나갈 때마다 자리를 피해야 하는 가마가 지나가고 있었다. 피하지 않고 서성거리다 잘못하다가는 몽둥이세례를 받아야 했다. 두들겨 맞아도 어디다 하소연할 곳이 없었다. 양반이 유별한 세상에서 조정 관리와 양반들의 힘은 상상을 초월했다. 자신의 집안 노비를 죽여도 죄가 되지 않는 세상이었다. 마을에서는 풍속을 어겼다고 사람을 멍석에 말아 두들겨 패서 죽이기도 했다. 불법이 도처에 있었으나 막을 도리가 없었다. 민이 관에 도전하면 바로 감옥행을 감수해야 했다.

둘은 피맛골로 들어갔다. 바로 주막으로 들었다. 서민들의 장소였다. 마침 사람들이 많지 않아 이야기하기에 좋았다.

-개천開天은 그대로 풀면 하늘을 연다는 뜻일세. 우리에게 있어 개천이란 새나라와 새역사를 연다는 의미일세. 개천開天은 세상을 창조한다는 의미보다 우리에겐 나라를 세운다는 의미가 강하지.

-하늘을 연다는 것과 나라를 세운다는 의미는 무엇이 다릅니까?

-많이 다르지. 창조가 아니라 나라를 여는 개국이라는 점이 근본적으로 다르지. 개천에는 하늘의 뜻을 밝혀 생명의 의미를 알게 한다는 개천이성開天理性, 땅을 개간하여 타생명을 다스리게 하는 개토이생開土

理生, 사람의 마음을 열어 생명을 존중하게 하는 개인숭생開人崇生을 하도록 해 백성이 만물의 원리를 스스로 깨우치고 실행하도록 하는 것을 의미하네. 개천에는 깊은 뜻이 있지.

-정말 일목요연하게 나라를 열고 운영하는 원리를 만들었군요.

-우리 역사가 특별하다는 것은 인류 최초의 나라를 세웠고, 국가운영의 기틀을 처음으로 만들어 다스려 지금 여러 나라에서 그대로 반영해 사용하고 있는 국가조직이나 운영의 원리를 만들었다는 점일세.

-개인이 만들지는 않았겠지요.

-당연하지. 우리가 최초의 나라라고 하는 환국은 9개의 환족에 12개 나라로 만들어진 연방체였네. 연방체로써의 개국開國에는 전체를 아우를 수 있는 통치이념이 필요했겠지. 인재는 어느 때나 있는 것일세. 그때도 있고, 지금도 있지. 사람이 달라진 것이 아니지 않은가.

-우리가 배우기로는 고대에는 성현들이 많았는데 지금은 없다고 하지 않습니까?

-어찌 고대에 더 많을 수 있겠는가. 많다면 지금이 더 많아야지. 더 발전하고, 더 깨었는데.

-고대에 성현들이 중국 땅에 많았다고 생각하는 이유가 무엇일까요?

-우리가 지금 배우고 익힌 것들은 우리나라인 고조선이 기울고, 환국과 단국이 기울었을 때 다시 말해 중화에 지배당할 때의 역사와 기록을 배우기 때문일세. 그리고 무엇보다 공맹시대를 전후해서 문자 기록 기술이 발달해서 기록이 풍성했다고 할 수 있네.

-그래서 공자와 맹자 그리고 노자와 장자 시대에 문자를 기록하는 기술이 발달했다는 말씀이시지요?

-그렇네.

-기록이 가능했을 때가 그때일세. 그러니 그때의 인물들이 드러난 것이지. 그 당시의 인물들이 배웠다는 것도 전 시대의 것들 아니겠나. 예를 들면 공자의 위편삼절韋編三絶을 알지 않는가?

-예. ≪사기≫ 공자세가孔子世家 편에 나오는 이야기입니다. 공자가 만년에 주역을 좋아해서 책을 엮은 줄이 세 번이나 끊어졌다는 말씀이시지요?

-그렇지. 내가 물어보겠네.

-예.

-그러면 공자가 살던 시절에 ≪주역≫에 있는 내용이 만들어졌던가?

-아닙니다.

나철은 자신이 대답해놓고 알았다. 이기가 말하고자 하는 의도를. 공자 이전에 이미 학문이 만들어졌다는 이야기였다.

-아하. 그렇군요.

-이제 느꼈나. 뿐만 아니라 음양오행이나 삼태극의 원리는 이미 완성되었고, 달력과 일력도 이미 만들어져 있었네. 공맹 이전에 성현이 있었고, 국가체제도 완성되어 있었네. 중화인들이 주장하는 그들의 선조 이전에 완성된 학문과 나라가 있었다는 것을 보여주는 것일세. 공자가 그리도 어려워 한 주역을 만든 사람이 공자 이전에 있었다는 이야기지. 노나라 이전의 오래된 문화국가가 있었고.

-아하! 그렇군요.

나철이 이기의 말을 기다렸다는 듯이 반가워했다.

-중화인들의 나라가 세워지기 전에 이미 제도와 철학이 완성되어 있었고, 그것들을 기본으로 중화인들은 나라를 세우기 시작했네. 그래서 그들의 기록에 문명은 동에서 왔다고 하는 것이네. 중화 입장에서 동쪽에

어느 나라가 있었는가. 중화인들이 세운 나라가 동쪽에 있었던가?

-없지요.

-그러니 당연히 동쪽에서 문화가 왔다면 어느 나라겠는가. 중화인들이 최초의 나라라고 하는 하夏나라에 앞서 나라들이 있었고, 동으로부터 받아들인 문화와 국가체제를 받아들여 개국한 것이 중화인들의 나라로 보면 되네. 동쪽에는 우리의 배달국과 고조선이 있었네. 우리의 문화가 인류 최초의 국가라고 할 수 있는 것이고. 배달국과 고조선은 한 민족이 아니라 다민족국가였다는 것일세. 그래서 홍익이란 위대한 건국이념이 나온 것일세. 홍익인간이란 것이 나만이 아니라 나를 넘어선 타他에 대해서도 함께 잘 살자는 큰 이념 아닌가.

-그렇습니다.

-연방국가고, 다민족이니 다함께 어우러져 잘 살자는 국가이념이 만들어졌고, 그것은 지금에 와서도 유효한 사상일세. 이웃과 함께 잘 살아보자는 위대한 사상이니 그러네.

-진정으로 정신이 큰 나라였군요.

-그렇지. 안타깝게도 지금 우리 조선인은 우물 안 개구리가 되었네. 쇄국으로 나라가 망한 것이지. 문화는 끝없이 외부에서 들여오고, 또한 안에서 내부생산을 해야 하는 것인데 안에서 생산도 못하게 하고, 외부에서 배워오지도 않고.

-조선 안에서 문화를 생산하지 못하게 했다는 말씀의 뜻은 무엇입니까?

-문화는 이론으로 되는 것이 아닐세. 실제로 생산하고 사용해야 되는 것인데 우리의 경우는 공工과 상商을 대우하지 않으니 일어설 수가 없는 것일세. 철학과 사상으로서의 생산도 있지만 실질적인 물건을 만드는 공과 상이 발전해야 하는 것이지. 이를 차단한 것이 유교지. 내부생

산이 활력을 얻을 수 없도록 했어.

-그렇군요.

-또한 유학을 보내지 않은 지 오래 되었네. 신라시대에도 많은 사람들이 공부하러 당으로 가지 않았나. 우리가 과거에 아무리 앞선 문화를 가지고 있다고 해도 뒤쳐지는 순간 배워 와야 하는 것인데 그러하지 못했네. 젊은이에게 다른 나라로 유학을 보내지 않는 나라가 어찌 발전하겠는가.

이기가 모처럼 열변을 토했다. 하고 싶었던 말을 나철에게 쏟아 붓듯이 했다.

-그러면 개천절은 언제입니까?

-시월 삼일일세. 그날이 국가관과 국가운영의 틀을 갖춘 날이라고 보면 되네. 우리의 개천은 개국을 의미한다고 했네. 시월 삼일날에 환웅천황이 백두산 신시神市에서 천문을 대통大通했다고 하는데 그날이 바로 시월 삼일일세. 그리고 건국하면서 개통천문開通天門했다고 했네.

-개통천문開通天門이라면 하늘문을 열어 통하였다는 의미인데 무엇을 말합니까?

-하늘의 원리를 받아들여 세상을 다스리겠다는 것을 천명한 것일세. 그때만 해도 유목은 계속 되었고, 정착하지 않아 공부할 기회나 교육받을 입장이 아니었네. 그래서 백성을 계도의 대상으로 생각했네. 제도를 새로 만들고, 교육해서 깨닫게 하는 것이 통치의 중요한 일이었네.

-지금도 삼한이란 말을 자주 사용하는데 삼한에 대해서도 말씀해 주시지요.

-삼한三韓은 우리의 배달국과 고조선의 통치원리와 근본이념이 삼수

의 원리에서 나왔다는 것을 이해해야 하네.

-아니. 세 나라와 삼수三數의 통치원리와 무슨 관계가 있단 말씀이십니까?

나철은 나라는 셋으로 각기 다른 진한 번한 마한으로, 배달국이나 고조선과는 다른 나라인데 배달국과 고조선의 통치이념을 언급하는 것이 이해가 되지 않았다.

-전체를 이해하려면 오래 걸리네. 공부를 해야 보이지. 그리고 지금까지 알고 있었던 것과는 반대라는 점에서 더욱 그렇지.

-예. 알았습니다.

나철은 이기의 말을 순순히 받아들였다.

-배달국의 통치방법은 삼수의 원리에 의해서 한 나라를 셋으로 나누어 다스렸네. 그것이 진한 번한 마한일세. 번한 마한은 배달국의 분국이라고 생각하면 되네. 정식 나라 명칭이 아닐세.

-아하. 나라 이름이 아니군요.

-그렇지. 배달국은 하나이고 진한에는 단군이, 번한과 마한에는 부단군이 다스리는 체제였다고 하면 이해가 되겠군.

-예. 이해가 됩니다. 왜 군이 나누어서 나라를 다스립니까?

-처음에는 유목민족이니 돌아가며 지역을 다스렸다고 보면 되네. 나라의 국경이 초원지대는 영원히 초원지대고, 사막지역은 영원히 사막지역에서 거주하면 어떻게 되겠나.

-척박한 땅에 있는 사람들이 불만이 있었겠지요.

-그러네. 이를 해소하기 위해 나라를 나누어서 돌아가며 다스렸네. 북극성을 주위로 별들이 돌 듯이 같은 방향으로 돌아가며 지역을 순환하던 전통이 남았다고 할 수 있네.

-진한 번한 마한이 나라 이름이 아니고, 분국 체제의 명칭이었군요.

-그렇지. 그것을 삼한관경제三韓管境制라고 하네.

-완전 독립국처럼 유지되었나요?

-그렇지 않았네. 단군은 대大단군으로서 병권을 갖고, 요동과 만주 지역에 걸쳐 있던 진한을 직접 통치하였고, 요서지역의 번한과 한반도의 마한은 각각 대단군을 보좌하는 부단군으로 하여금 통치하게 하였지.

-좀 전에 말씀하셨던 삼수의 원리가 그대로 적용되었겠군요?

-그렇지. 마한은 하늘의 정신인 천일天一을, 번한은 땅의 정신인 지일地一을, 진한은 천지의 중심인 인간인 태일太一을 상징하지.

-고대임에도 정말로 국가경영원리가 완벽했군요.

-그렇네. 삼한관경제에 대한 내용은 6세 달문단군이 신지 발리에게 명했네. 삼한관경제에 대하여 노래를 지으라고. 〈서효사〉라는 노래에 잘 나타나 있네.

-내용은요?

-〈삼한의 형세 저울대 저울추 저울판 같으니 저울판은 백아강이요. 저울대는 소밀량이요. 저울추는 안덕향이라〉고. 세 수도가 하나의 저울을 이루어 균형을 유지하는 한, 단군조선의 태평시대는 보전될 것이라 노래했네. 여기서 저울판은 백아강으로 마한의 수도, 저울대는 소밀량은 진한의 수도, 저울추는 안덕향으로 번한의 수도였네.

-관경이라 함은 국경인 셈이군요.

-그렇네. 관경은 영토관할지를 말하네.

나철의 눈은 빛났다. 지치지 않고 파고들었다. 그리고 분명해지는 우리의 정통역사에 대해 지대한 관심을 가지고 있었다.

-한데 하늘이나 땅이 사람보다 우위에 있지 않고, 왜 사람이 가장 중심

위치에 있지요. 신이 먼저 아닌가요?

-아닐세. 하늘에서 왔다는 의식이 강하게 있네. 그래서 우리를 일러 천손天孫이라 하지 않는가.

-사람 자체가 하늘에서 온 사람이란 말씀이시군요.

-그렇지. 인간을 최상으로 끌어올린 인본의 출발이 이미 고대에 있었네.

-대단합니다.

-그러면 대단군과 부단군이 있다면 관경별 통치는 어떻게 했나요?

-처음에는 나누어진 개념으로 분국의 형태로 독립적으로 다스리되 지휘를 받았지. 중요정책에서는 부단군은 대단군의 지휘를 받았다고 생각하면 되네.

이기는 잠시 숨을 고른 후 다시 이야기를 시작했다.

-기록을 말해주겠네. 〈제도를 고쳐 삼한을 삼조선이라 했다. 진조선의 천황께서 친히 다스리고, 통치영역은 진한의 땅 그대로다. 정치는 천황을 경유하여 삼한이 하나로 통일되어 명을 받았다. 여원흥을 마한 왕으로 삼아 막조선을 다스리게 하고, 서우여를 번한 왕으로 삼아 번조선을 다스리게 하였다. 이를 총칭하여 단군관경이라 한다. 이것이 곧 진국이다. 역사에서 일컫는 단군조선이란 바로 이것이다.〉라고 했네. 그리고 우리가 알고 있는 단군조선이란 바로 삼한관경제에 의한 진국의 역사를 말한다는 기록이 있네.

-어디에요?

이기는 순간 아차 싶었다. 기록되어 있다는 말을 해 버린 것이었다. 고대사에 대한 책을 가지고 있는 것이 발견되면 죽음을 면치 못 할 수 있다는 것을 아는 사람들은 알고 있었다. 더구나 역사를 짊어진 사람들은 알고 있었다. 집안의 내력으로 세상에 책의 소장을 알리지 않는 것이 불문율이었다.

이기가 입을 닫고 있자 나철이 다시 말했다.

-왜 놀라시지요. 하지 말아야 할 말씀을 하신 것이 있습니까?

-그렇네. 역사기록에 대한 것은 발설하면 안 되는 불문율이 있네. 같이 일을 도모하려는 현재에 와서 숨길 일도 아닐세.

-고맙습니다.

-오늘은 많이 공부했네. 한 번에 많이 한다고 다 기억되는 것도 아닐세. 차차 하세.

-저는 이제야 비로소 눈이 떠지고 있습니다. 저 자신이 부끄럽습니다. 중화, 즉 명나라에 기대어 정신을 구걸한 것이 부끄러워집니다. 종주국의 자손으로서 주인이 아니라 종의 마음으로 살아온 과거가 안타깝습니다.

-자네 잘못이 아니네. 역사를 지우고, 자신들의 안정된 통치만을 고집하는 한 바뀔 수 없네.

-한데 해학께서는 어떻게 이렇게 많은 진실들을 알고 계십니까?

-우리 집안의 가업일세.

-가업이라고요?

나철은 이기의 말이 놀라웠다. 역사를 알고 있는 것이 가업에 의한 것이라니. 도저히 이해할 수 없었다.

뜨악한 표정을 짓고 있는 나철을 향해 이기가 조용히 그러나 준엄한 표정으로 말했다.

-세상에는 역사를 짐 진 자들이 있네. 역사의 은자라고 하네.

-역사를 짐진 자들이라고 하셨습니까. 또한 역사의 은자라고요?

이기는 말없이 먼 곳을 바라보았다. 만감이 교차하는 듯한 표정이었다.

-이 부분에 대해서는 나중에 이야기하세.

이기는 말을 잘랐다.

-말씀을 안 하시니 더욱 궁금해집니다.

-그래도 할 수 없네.

이기는 단호하게 끊었다.

-오늘은 아무도 없네요.

-그렇군.

이기가 있는 곳에는 누군가의 감시의 눈초리가 느껴지곤 했는데 오늘은 없는 것을 말하는 것이었다.

-이제야 알겠네. 나를 따라 붙은 것이 아니라 영재와 매천을 따라 붙은 것일 걸세.

이건창과 황현을 두고 하는 말이었다. 강경파로 알려진 두 인물에 대한 감시와 시찰이었을 것이라는 생각이었다. 영재는 귀양을 갔으니 더 이상 시찰 대상이 아닐 것이었다. 사실 숨겨진 강경파는 이기와 나철이었다. 두 사람은 행동파이기도 했다. 이기는 지방에서 올라 온지 얼마 안 되어 중앙에서 덜 알려진 인물이었고, 나철은 신예였다. 하지만 이기와 나철은 진정한 강경파였다.

-들어가게. 좀 있으면 자네에게도 감시자가 따라 붙을 걸세. 민란이 일어나면 가담하겠다는 배짱이 좋지만 드러내지 말게.

-예. 알았습니다.

# 19. 홍범도, 숙련의 기간을 갖다

홍범도는 어느 때보다도 안정된 마음으로 수련과 무술을 익히고 있었다. 기사범과 함께 사냥을 하기는 했으나 드문 일이었다. 기사범은 처음 봤을 때와는 다른 면이 있었다. 거의 도인 같았다. 기사범은 홍범도에게 무엇을 지시하는 적이 없었다. 자신이 이 집의 주인이라고 생각할 수 있는 일이나 말을 하지 않았다. 인생의 선배로서의 권위를 보인 적이 없었다. 있었다면 나이 차이가 나 편하게 말을 놓는 정도였다.

무술을 가르치는 것에도 강제가 없었다. 편안하게 하고 싶을 때 하도록 했고, 잘못했다는 말을 하지 않았다. 스스로 깨우치도록 기다려주고 잘못되었을 때는 자신이 시범을 보여주는 것으로 그만이었다. 말이 적고 행동으로 보여주었고, 강제하지 않았다. 홍범도는 오히려 자신감 있게 무술을 연마할 수 있었다. 검법 창법 표창던지기 등을 배웠다. 그리고 권법도 익혔다. 무술은 서로 연관되어 있었다. 하나를 익히면 다른 것도 쉽게 따라 익혀졌다.

-얼마나 더 해야 합니까?

-부드러워질 때까지 하면 되네. 힘이 들어가지 않고 자연스러워 질 때가 오네.

기사범은 몸을 회전해서 한 바퀴 돌고 바닥에 떨어진 자세로 표적을 향하여 표창을 던졌다. 정확하게 표적의 중심에 꽂혔다. 권법에도 숙련되어 있었다. 고양이가 지붕에서 떨어지듯 부드럽고 자연스러웠다.

-욕심을 낸다고 되지 않네. 반복하다보면 오네. 반복이 스승일세. 오늘은 그만 쉬세.

집 앞에 마련해 놓은 들마루에 앉아 땀을 식혔다.

-저하고 함께 하신 지가 제법 되었는데도 사생활에 대해서는 한 말씀도 안 하시네요.

-그렇지 않네. 굳이 할 것이 없어서지.

동의할 수 없는 말이었다. 누구는 굳이 할 말이 있어 하지 않았다. 홍범도 자신은 사랑하는 사람과 헤어져 찾고 있다는 이야기까지 했다. 여자들의 수다처럼 작은 일까지 할 것은 아니라고 해도 자신의 신분이나 고향에 대해서 언급하지 않았다.

-이유가 있으신가요?

자신의 신상에 대한 언급이 없는 것에 대한 이유를 홍범도가 물었다.

-이유 없네. 말했잖나. 그냥 할 이야기가 없다고.

-고향은 어디시지요?

-충북 진천일세.

홍범도가 직접 단답형으로 답할 수 있는 물음을 던졌다.

-아하. 청주 옆이지요.

-그렇네.

-왜 혼자 사시지요?

심문하듯 물었다.

-무섭구만.

심문하듯 물어보는 홍범도를 보고 기사범이 대답을 하면서 호탕하게 웃었다. 홍범도도 따라 웃었다. 기사범은 격의가 없었고 사사로운 것에 마음을 두지 않았다. 기사범은 웃음을 멈추고 말했다.

-삶을 단조롭게 살고 싶었네.

-어떤 의미인지 모르겠습니다.

-말뜻 그대로 단순하네. 세상에 마음을 섞고, 몸을 섞고 싶지 않았다는 이야길세.

말의 의미는 이해되었지만 구체적인 마음의 일단은 알 수 없는 대답이었다. 기사범의 말에는 일상성보다는 선답을 하는 듯한 느낌을 받곤 했다. 이러한 성격으로 해서 일을 시키거나 부탁하는 적도 없었다. 일을 혼자서 알아서 해야 했다. 음식준비도 그렇고, 설거지도 자신이 알아서 하면 하고, 안 하면 그대로 두었다. 그러다 다른 일을 하고 오면 깨끗이 정리되어 있었다. 자신이 한 일에 대해 생색은커녕 언급도 하지 않았다. 쉽게 말해 참견하지 않고, 잔소리가 없었다. 나무를 하러 갈 때도 마찬가지였다. 혼자 지게를 메고 나갔다. 같이 가자고 할 때가 거의 없었다. 홍범도는 기사범을 알고 싶었다. 오늘은 작정하고 물어볼 생각이었다. 기사범은 부드러운 듯 강하고, 여유롭고 당당했다.

-제게는 인생 계획을 물어 본 적이 있으신데, 여기 계속 계실 건가요?

-나는 세상에 소속되고 싶은 마음이 없는 사람일세. 애국이니, 세상을 바꾸겠다는 그런 마음 자체가 번거로워 보이는 사람일세. 그냥 살아있는 것을 사는 것이 전불세.

-살아있는 것을 사는 것이 전부라는 의미는 어떤 것입니까?

-내 말이 어려운가. 너무 쉽지 않나. 살아있는 것을 살지 그러면 살아있는 것을 어찌하겠나?

도리어 기사범이 홍범도에게 되물었다.

홍범도는 말문이 막혔다. 너무나 당연한 이야기였다. 살아있는 것을 살겠다는데 무슨 설명이 필요한가. 그럼에도 예사롭지 않았다. 너무 당연해서 그럴 것이라고 생각했다.

-제가 이해가 안 가는 면이 있어서 그렇습니다.

-어떤 면이 그렇다는 것인가?

-어떻게 사는 것이 살아있는 것을 사는 것입니까?

-다 다르지 않겠나. 나는 말 그대롤세. 살아있는 것을 온전히 누리고 살고 싶은 것일세.

-좀 구체적으로 말씀하신다면?

-나는 내 몸 안의 신비를 체험하고, 세상의 신비로움을 느끼고 사는 것이라 생각하지.

사실 기사범의 말은 홍범도를 더 궁금하게 만들고 있었다. 하지만 조심스러웠다. 진정으로 심문하는 듯해서였다.

-어떤 신비로움입니까?

-정말 신비롭지 않나. 내가 존재하는 것부터 기적 같은 일이고, 내 몸 안에 생명이 있어 생각하고, 움직일 수 있는 것이 얼마나 신비로운 현상인가. 밖으로는 계절별로 살아 움직이는 생명들의 축제가 있지 않은가. 내 몸 안의 생명현상도 신비롭고 기적 같은데, 계절별로 달라지는 세상의 변화하는 것들은 또 얼마나 신비로운 일인가.

-말씀하시니, 정말 그렇습니다.

-나는 살아있음을 누리려고 사네. 살아있음을 있는 그대로 온전하게

살아보는 걸세.

홍범도는 도인과 대화를 나누는 기분이었다.

-뭘 그렇게 바라보는가?

-함께 있지만 다른 세상을 살아가는 분 같으세요.

홍범도의 생각은 말 그대로였다. 도인하고 이야기하는 기분이 들었다. 확실하게 잡히지 않았다.

고개를 갸웃하는 홍범도를 보고 기사범이 말했다.

-다행이지. 같지 않으니.

-그건 또 무슨 말씀이세요.

-같은 생각을 하고 살면 끔찍한 일이 벌어진다네.

-왜지요?

-서로의 마음을 아니 서로 할 말도 없고, 무슨 재미로 살겠는가. 이야 기할 것도 없어지겠지. 끔찍한 현상이 생기겠지.

-?

이해할 수 없다는 홍범도의 표정을 보고 다시 기사범이 말했다.

-내가 생각하고 있는 것이 자네가 생각하고 있는 것과 같다고 생각해 보게. 다 들켜버렸지 않은가.

홍범도는 크게 웃었다. 기사범도 따라서 빙긋이 웃었다.

-살아있는 것을 느끼려면 남자의 반쪽인 여자도 만나야 완전해지는 것 아닙니까?

슬쩍 여자에 대한 생각을 물었다. 기사범이 여자를 대하는 마음을 알 고 싶었다. 지금까지 여자에 대하여 이야기를 한 적이 없었다.

-여자 좋아하지. 달라서 좋았는데, 달라서 힘들었네. 살아보니 내 인생 이 없어져서 좋은 것을 포기했네.

-내 인생이 없어진다고요?

-간섭이 두려웠네. 사랑은 단 음식 같아서 거친 내게는 안 맞아.

-단 음식 같다고요.

-그렇네.

-달콤하고 아늑했지. 하지만 구속이 두려웠네. 자유인이 되려면 외로워야 한다는 것을 알았네. 내게는 달콤함보다 자유로움이 더 강렬했지.

두 사람의 이야기가 무르익고 있는데 말을 탄 사람이 숲에서 나와 두 사람이 있는 곳으로 달려왔다. 말을 타고 온 사람은 기사범이 무술을 배울 때 함께 했던 동생이었다. 이름은 김형도였다.

기사범은 말을 타고 오는 사람을 보자 반갑게 맞았다.

-어쩐 일인가?

-형님. 보고 싶어서 왔지요.

-고맙네. 인사하게. 같이 살고 있는 사람일세.

악수를 하고 인사를 마치자 말을 타고 온 김형도가 말했다.

-대단하십니다. 혼자가 아니고 같이 사는 동행도 있고.

-그런가. 온 김에 말을 타고 달려보세.

말을 타고 온 사람의 말에는 대꾸도 않고 말을 타고 달리자고 제안했다. 기사범과 홍범도가 말에 올라탔다. 세 사람은 먼지 뽀얗게 날리며 달렸다. 말이 필요 없었다. 호쾌하게 벌판을 달리는 기분이 좋았다.

-사냥은 안 하시나 봐요?

-오래 되었네.

-조선의 내로라하는 포수가 사냥을 그만 두셨다면 사연이 있을 듯합니다.

-이유가 어디 있겠나?

-세상여행을 하는 동행자로 느껴지기 시작했지.

-동물이 그렇다는 말씀이신가요.

-그렇지.

-이제는 변하셨군요, 조선의 범사냥이라고 하면 대표적인 분이셨는데.

-미안했지. 생명들에게.

기사범과 김형도는 달리면서 이야기를 주고받았다. 홍범도와 같이 있을 때는 못 느꼈던 호쾌함과 활력이 넘쳤다. 기사범에게 통쾌하고 활달한 면이 있는 것을 처음으로 보았다. 거칠게 달리면서 말을 다루는 솜씨나 동력이 예사롭지 않게 느껴졌다. 기사범의 다른 면이었다. 처음 만났을 때 건달들을 제압하던 모습이 떠올랐다. 평소의 조용하고 관조하는 듯한 모습을 보다가 동적인 면을 보니 홍범도도 덩달아 힘이 났다. 세 사람은 바람을 거슬러, 천하를 거슬러 올라가는 사람처럼 보였다. 바람을 거슬러 올라가는 시간의 전사처럼 보였다. 아름다운 동태動態였다. 기사범은 마음 안에 동태와 정지태가 함께 머무르고 있는 사람이었다. 한바탕 말과 함께 하는 축제가 지나고 나서 셋은 마주앉았다.

-형님. 아직 살아있네요.

김형도가 기사범을 바라보며 만면에 웃음을 담고 말했다. 기사범은 말 없이 웃고만 있었다.

-오늘 같은 면이 있는 것을 처음 봤습니다.

홍범도가 김형도를 바라보며 말했다. 기사범의 돌변한 모습을 두고 하는 말이었다.

-대단한 능력자지요. 같이 검술을 배울 때는 독보적이었지요. 한데 어

느 날 사라져서는 홀연히 자취를 감추었지요.

김형도가 기사범을 칭찬했다.

-어떻게 여기는 알고 오셨지요?

기사범이 홀연히 사라졌는데 어떻게 여기를 알고 찾아왔느냐는 홍범도의 물음이었다.

-지난번에도 한 번 왔었습니다. 우연히 시장통에서 만났지요. 누구도 소식을 몰랐어요. 그러다 뜻밖의 만남으로 알게 되었습니다.

-무엇을 하던 분인지 알 수가 없었어요. 자신의 이야기를 말씀하지 않아서 몰랐습니다.

-그럴 거예요. 무언가 허당이고, 무언가 도인 같은 분이지요.

홍범도의 말을 받아 김형도가 말했다. 무언가 허당이라는 김형도의 말에 세 사람은 함께 웃었다. 김형도는 기사범에게 편한 형처럼 대했다. 같이 검술을 배웠다고 하니 검술 도반인 셈이니 편할 듯싶었다.

-그래도 고향이 진천이란 이야기는 들었습니다.

-그렇군요. 세도가 집안의 막내아들입니다.

-세도가요?

김형도가 기사범이 세도가의 아들이라는 말에 홍범도가 되물었다.

-그렇지요. 이름만 대도 다 아는 판서 집안의 귀여운 아드님이시지요!

김형도는 기사범에게 묻듯이 말했다. 이야기 해놓고 혼자 웃었다. '귀여운 아드님'이라고 한 것이 재미있는 듯했다.

-우리. 맛있는 거나 찾아보세. 산 속이라 특별한 것이 없네.

기사범이 화제를 바꿨다.

사냥을 하지 않아서 먹을 것이 별로 없었다. 집 앞 텃밭에 심어놓은 채소와 나물을 뜯어 말린 나물이 전부였다. 기사범은 무엇이 생각났는지

뒤꼍으로 갔다. 지난번에 장에 갔다가 산 조기꾸러미를 들고 왔다. 그늘에 걸어놓았던 놈이었다.

-여기서 계속 사실 겁니까?

-그럴 작정이네.

-가지고 있는 능력을 발휘해야 하지 않나요?

-혼자 잘 사는 능력만한 것이 없어. 나머지는 잔재주일 뿐이야.

김형도의 질문에 기사범이 대답했다.

홍범도는 다시 한 번 충격을 받았다. '혼자 잘 사는 능력만한 것이 없어. 나머지는 잔재주일 뿐이야.'라는 말에 다시 충격을 받았다. 함께 살고 있어서 그렇지 예사로운 인물이 아님을 깨달았다. 내공이 있는 사람이라는 것을 알고 있었지만 진정 내공이 큰 사람이라는 것을 크게 깨달았다. 홍범도는 자신이 이런 사람을 알게 되고, 배움의 기회를 갖게 된 것을 감사하게 생각했다. 거기에 무술을 배우고, 호랑이를 잡는 담력을 배울 수 있는 절호의 기회임을 자각했다. 홍범도는 스스로 감사하고 있었다. 이곳에 와서 얻은 마음의 안정과 몸은 단련되어 더욱 탄탄해졌다. 자신감도 얻었고, 인생에 대한 정체성도 찾아가고 있었다.

-형님은 여기서 무엇을 할 생각이신데요?

-나하고 친하게 살 생각이야.

-그러지 마시고, 구체적으로 말씀해 보세요. 아니면 저하고 같이 나가 세상을 살아보시던가요.

김형도는 다그치듯 말했다. 김형도는 흘려들었지만 홍범도는 새겨들었다. 홍범도는 달랐다. 기사범의 한 마디, 한 마디가 어두웠던 가슴에 별처럼 박혔다. '나하고 친하게 산다'는 말을 그냥 흘려버릴 수 없는 말이었다. 홍범도 자신은 자신에 대해 따뜻하게 대한 적이 없었다. 인생에 대한 원망도 있었고, 험하게 인생을 살았다. 산사에 들어 얼마간 마음을 찾으려 했지만 옥녀와의 사랑으로 절에서도 나와야 했다. 자신의 인생을 스스로 받아들인 적이 없다고 생각했다. 기사범에게서는 자신과 다른 면을 발견할 수 있었다. 자기 자신하고 친하게 살겠다는 마음을 읽었다. 홍범도가 그토록 알고 싶었던 세계였다. 짧은 순간 홍범도는 많은 생각을 했다.

# 20. 계연수, 역사세우기를 선언하다

桓檀古記

**계**연수는 짐을 싸가지고 산으로 들었다. 묘향산으로 들었다. 약초를 캐기 위해 평안도 일대의 산은 안 가본 곳이 드물 정도로 알고 있었다. 급하면 묵을 수 있는 굴도 알고 있었다. 민가의 위치나 어느 산길을 돌아서면 사슴이 낮에 쉬는 곳도 알고 있었다. 상황버섯, 운지버섯, 차가버섯과 말굽버섯이 어디에서 자라는 지를 꿰뚫고 있었다. 상황버섯의 정식 이름은 목질 진흙버섯이다. 동의보감에는 상목이桑木耳라고 소개되어 있다. 상이桑耳라고도 한다. 맛은 달고, 성질은 평平하다. 장풍腸風으로 피를 쏟는 것과 부인의 월경이 막히고 피가 엉긴 것 등에 주로 쓰며 혈병血病에 좋다. 치질과 치루痔漏를 치료한다. 태워서 가루 내어 술에 타 먹기도 하고, 술에 달여 먹거나 태워서 가루를 내어 2돈씩 술에 타 먹기도 한다. 또는 멥쌀 3홉을 함께 넣고 죽을 쑤어 빈속에 먹는다.

다년생으로 뽕나무 등에 겹쳐서 나며 초기에는 진흙 덩어리가 뭉쳐진 것처럼 보이다가 다 자란 후에는 나무 그루터기에 혓바닥을 내민 모습이어서 수설樹舌이라고도 한다. 나무 혓바닥이라는 의미를 가지고 있다. 약용하기 위해 달이면 노란색이거나 연한 노란색으로 맑게 나타나며, 맛과 향이 없는 것이 특징이다. 맛이 순하고 담백하여 먹기에도 좋다.

계연수는 약초에 대해 꿰차고 있었다. 계연수에게는 생계가 달린 일이었다. 약초의 성분과 채취 시기, 복용하는 방법 등을 아는 것은 기본이었다. 하지만 이번에는 다른 일로 묘향산을 찾아가고 있었다. 부모에게 허락을 받고 역사를 바로 세우는 사람이 될 것을 선언하고 기도터를 찾아서 가는 길이었다. 역사의 은자가 아니라 '역사의 완결자'가 될 것을 선언하고 기도하면서 마음을 다지고자 가는 길이었다. 역사의 은자로 사는 것도 벅찬 일인데 역사를 바로 적은 완성된 서책을 만들어 세상에 내놓을 것을 다짐하고자 가는 길이었다. 흩어져 있어 부분적인 것만 알 수 있는 것이 안타까웠다. 역사에서 숨어 있는 자에서, 역사에서 일어서는 자가 될 것을 천명하고 떠난 길이었다. 이제는 역사의 은자들을 찾아서 그 책들을 종합한 책을 만들어 옹골찬 환민족의 완성된 역사책을 만들고자 하는 것이 목적이었다.

-사내가 태어나서 큰일을 한다면 목숨이 두렵지 않다.

계연수의 결심을 듣고 아버지가 한 말이었다. 어머니는 옆에서 아무 말도 없이 듣고만 있었다. 그리고 아들의 표정을 살폈다. 아들의 선언에 아버지의 준엄한 응락이 떨어졌다. '사내가 태어나서 큰일을 한다면 목숨이 두렵지 않다.'는 출정 명령이었다. 그러면서도 아버지의 허락에는 안타까움이 있었다. 아들을 궁지로 내세우는 것 같아 가슴이 시렸다. 한 민족의 역사를 짊어지는 엄중한 선서였다. 험난하고, 험난할 것을 알면서 그 길을 선택해서 가는 아들을 말릴 수 없었다. 누군가는 져야 할 짐이었다. 그렇지 않으면 역사는 맥이 끊기고 만다. 지금도 아슬아슬하게 명맥을 유지하고 있는 상황이었다. 사실 환민족의 역사가 아니라 인류 최초의 역사가 처음 태동한 기록이 사라지는 안타까움이 컸다. 인류가 처음으로 나라를 세우고, 인류가 최초로 만든 문화의 근원을 잃어버리게 되는 안타까운 상황이었다. 역사의 시원과 문명의 근저를 확인할 수 있는 기록이 사라지는 것을 의미했다. 역사 앞에서 당당한 존재로 서고 싶었다. 그래서 다함께 인류가 다시 하나 되는 위대한 사건을 만들고 싶었다. 너와 내가 함께 이로운 세상, 홍익인간을 실현하고 싶었다.

-내 한 존재가 부서지고, 으스러져도 역사의 길을 가겠습니다.

아버지 앞에서 계연수는 다짐했다. 어머니 앞에서 다짐했다.

계연수는 묘향산 기슭을 지나 산으로 들고 있었다. 오래 전에 보아 두었던 토굴을 찾아가는 중이었다. 산은 깊었다. 묘향산은 컸다. 생각하고 있는 곳을 찾아가는 길이 그리 쉽지 않았다. 계연수는 묘향산에 들 때마다 명산이란 생각이 들었다. 서산대사의 말이 떠올랐다. 서산대사는 금강산은 빼어나지만 장엄하지 않고, 지리산은 장엄하지만 빼어나지 않고, 구월산은 빼어나지도 장엄하지도 않다. 묘향산은 장엄하면서 빼어나다고 했다. 금강산의 빼어남과 지리산의 장엄함을 모두 갖춘 명산이 묘향산이었다. 묘향산에는 한때 300여 개의 암자가 있었다. 묘향산에서 대표적인 보현사에 들렀다.

-공양을 하고 가시지요.

평소 알고 지내는 보현사 지대 스님을 만나니 때에 맞춰 오셨다며 공양간으로 안내했다.

-오늘은 어떻게 바람이 이리로 불었나 봅니다.

-예. 마음을 정하고 왔습니다.

-어떤 일로요?

-마음을 다 잡아 보려고요.

-큰 소식 하나 얻으러 온 것은 아닙니까?

-반대입니다. 결의를 다지러 왔지요.

-같은 것 아닙니까?

-다릅니다. 큰 소식은 제 인생에는 없을 듯하고, 평소에 마음먹었던 것을 다짐하려고 왔습니다.

-글쎄. 그렇게 말씀하시니 궁금해집니다.

-일전에 보아 두었던 토굴에서 얼마간 생활하려고 왔습니다. 가던 길에 들렀고요.

-면벽하려고 오셨군요.

계연수의 말에 지대 스님은 얼굴에 웃음을 담으며 이어 말했다.

-역사에 대해 이야기 나눈 적이 몇 번 있었지요?

-그랬지요.

-백일기도하면서 역사에 몸을 둘 것을 다짐하려고 왔습니다.

-아하. 그러셨군요. 한데 백일기도는 왜 필요합니까. 결정하면 되는 것 아닙니까?

-제 인생이 걸렸고, 우리 민족이 걸린 일이라고 생각하니 그냥 결정할 일이 아니라는 생각을 했습니다. 마음 차분하게 먹고 공부도 하면서 더욱 확실한 결정을 하려고 합니다.

-그러셨군요. 토굴을 알려주시면 가끔 놀러가겠습니다. 토굴생활이 얼마나 적적한지는 경험해보지 않은 사람은 모릅니다.

-그러겠습니다.

-토굴을 가더라도 오늘은 묵어가시지요.

저녁을 하고 나면 금방 어두워지니 산길이 위험합니다.

둘이 앉아 공양을 시작하려는데 한 무리의 스님들이 들어섰다. 몇 번 들러 신세를 지고 가서 낯익은 스님들이었다.

-기왕에 모였으니 강론을 펼칠 기회를 마련하려 합니다. 시간을 내어 주시지요. 우리도 세속에서는 멀리 떨어져 있어도 우리 자신이 어떤 사람인가에 대해서는 알아야 할 듯합니다. 어떻게 생각하세요?

지대 스님이 모인 스님들을 향하여 의견을 물었다. 의견을 물었다기 보다는 일방적인 제안이었고 형식만 동의를 구하는 모습이었다.

-이 자리에서 한 말씀하시고 이따 제대로 해도 됩니다.

지대 스님이 은근히 재미있는 이야기나 역사에 대한 이야기를 짧게라 도 해 줄 것을 부탁했다.

-저기 계신 분, 머리 보이시지요.

-예. 댕기머리요?

-예. 그렇습니다. 댕기머리가 무엇을 의미하는지 말씀드리겠습니다.

한 쪽 구석에서 공양을 하고 있는 처녀의 머리로 시선이 쏠렸다. 매번 계연수가 보현사에 들르면 역사에 대한 신비한 이야기를 한두 가지 하 고 가서 스님들에게는 이미 이력이 나 있었다. 새로운 사실을 알게 된 계기가 되었다. 모두의 시선이 계연수에게로 모아졌다.

-저 댕기머리는 단기檀旗라고 합니다. 단기는 단檀이라는 나라의 이 름과 깃발이라는 의미를 가진 기旗로 단군의 왕을 상징하는 기입니다. 기旗는 하늘로 오르는 용과 하늘에서 내려오는 용이 그려져 있는 왕검 의 상징입니다.

-왕검이라면 단국, 즉 배달국의 왕을 이야기하는 것이지요?

보현사의 스님들은 계연수를 만날 때마다 역사강론을 들었다. 지대 스님에 의한 강론요청으로 계연수가 역사 강론을 여러 번 펼쳐 고대사에 대해 반 전문가가 되어 있었다.

-그렇습니다. 단기가 댕기로 변한 것입니다.

-왕을 상징하는 기가 어떻게 머리를 매는 끈으로 바뀌었지요?

-이유는 이렇습니다.

재미있는 이야기를 듣는 아이들처럼 스님들의 눈빛이 빛났다. 산중에 재미있는 일이 없는데 계연수의 강론은 전혀 들어보지 못한 새로운 것들을 전해주곤 해서 인기가 있었다.

-단기는 단국의 초대왕검이 돌아가셨을 때 단군왕검을 추모하여 받든 조기弔旗입니다. 조기를 머리에 매어 추모를 한 것이 계속 이어진 것입니다. 지금은 댕기머리라고 하지요. 다르게 말씀드리면 단군왕검의 자손임을 표시하는 생생한 징표로 남아있는 것입니다.

-우리의 풍속이 어디에서 시작되었는가를 알려주곤 하는데 부모상을 당했을 때 3년상을 지내는 것도 유래가 있나요?

-소련과 대련의 이야기가 나옵니다. 2세 부루단군 때의 일입니다. 부루단군 시에 초대단군이 돌아가시자 소련과 대련에게 도에 대해 물었지요. 상례喪禮를 잘 치르는 사람들이었는데 처음 3일 동안은 태만하지 않고, 3개 월 동안은 게으르지 않고, 한 해가 다 지나도록 슬퍼하였습니다. 그리고 3년간 근심으로 지냈다고 합니다. 이때부터 부모상을 당하면 소련과 대련을 본받아 3일장에 3년상을 치르게 되었습니다.

-이 이야기는 공자의 제자들이 쓴 《예기》에도 나오던데요.

유학에도 견문을 가진 지대 스님이 말했다.

-그렇습니다. 공자가 말하기를 '소련과 대련은 장례를 잘 치루었다. 3일 동안 태만하지 않고 3개월간 흐트러지지 않았으며 1년간 슬피

애통해하고 3년간 근심하였다. 소련 대련은 동이사람이다.'라고 했습니다. 공자가 옳은 장례에 대하여 이야기 하면서 동이東夷 사람을 도덕의 근본으로 삼았지요.

-그러면 왕이 사망하면 붕어라고 하는 말도 그때에 생겼나요?

-그렇습니다. 왕검王儉 단군이 사망한 것을 붕어崩御라고 하고, 제후가 죽을 때는 훙거薨去 또는 훙서薨逝라 하고, 대부가 죽을 때는 '졸卒', 선비가 죽었을 때는 '불록不祿', 서인이 죽었을 때는 '사死'라 했다는 기록이 있습니다. 동북아의 예의와 법도가 상당 부분 환국 단국 고조선 당시 마련되었고 이것이 다시 중화로 넘어갔습니다. 고구려와 백제가 망한 후에는 중화로부터 제도나 관습을 역수입하게 됩니다. 약소국으로 전락하고 나서 비롯된 풍습입니다.

-초대 단군왕검이 사망하고 나서 3일장과 3년상 제도가 만들어진 것이군요.

-그렇습니다.

-운초를 만나면 힘이 나고 우리의 뿌리를 알게 되어 즐겁습니다. 중화보다 앞선 나라를 만들었고, 문명을 창조해낸 민족이 우리라는 것도 자랑스럽고 당당해집니다.

지대 스님이 주위 스님들을 바라보며 여러분들도 그렇지 않느냐는 눈빛을 주자 다른 스님들도 동의했다.

-잠시 후에 법당에서의 역사강론을 기대하겠습니다.

지대 스님은 다음 강론을 아주 못 박아 계연수가 빼지 못하도록 만들었다. 계연수도 싫지 않은 표정이었다.

-지난번 대웅전이 환웅천황을 모시던 곳이라고 했는데 마음이 계속 걸렸지요. 빚지고 사는 것 같아서. 또 다른 곳도 있나요?

-예. 있습니다. 민간에서 대조신大祖神이라는 말을 들어보셨나요?

-들어봤지요. 무속이나 민간에서 사용하는 것으로 들었는데.

-사람의 궁극적인 근원을 말할 때 세 나라의 왕인 '환인 환웅 단군'을 대조신이라고 합니다. 보다 근원적인 분으로 하느님을 대조신이라고 합니다. 지금도 흔적이 남아있습니다. 우리 조상을 신격화해서 대조신이라고 하고, 그 분들을 모신 곳이 대조당입니다. 지금은 명승들을 모시는 곳으로 바뀌었습니다.

-절에 마련되어 있는 대조당大祖堂을 말씀하시는 건가요?

-그렇습니다.

-아하. 그렇군요. 불교가 우리 조상님들에게 감사해야겠군요.

계연수는 말없이 웃기만 했다.

법당에서 역사강론을 약속하고 흩어졌다. 계연수는 들마루에 앉아 빈 마당을 바라보았다. 금세 하늘이 어두워지더니 비가 내리기 시작했다. 기와지붕을 통해서 떨어지는 낙숫물이 시원했다. 더위가 찾아오기 시작하는 산에 속이 후련할 만큼 비가 내렸다. 계절이 숲을 죽이고, 다시 살리듯이 한 나라의 역사도 세상의 변화에 따라 사라지고 다시 태어나기도 했다. 거칠게 치고 오르는 상승기를 맞았던 나라도 한 번의 사건으로 사라지기도 했다. 나라는 생멸을 경험하지만 그곳에 살고 있는 사람들은 변함없이 살고 있었다.

왕의 교체와 상관없이 살아가고, 조정 대신들이 바뀌는 것과 상관없이 일상이 이루어졌다. 또한 역사는 왜곡되지만 그곳에 살고 있는 사람들의 생활과 풍습은 한 번에 바뀌지 않았다. 왕조는 태어나고 사라지고, 발전과 퇴보를 했지만 백성들은 자리를 지키고 살았다. 역사의 주인은 왕과 조정의 대신들인 것 같았지만 실은 백성이었고, 강과 산이었다.

나라가 사라지고, 왕과 조정의 대신들이 사라져도 백성은 건재하게 살아있었다.

-조선인이 흰옷을 입는 것에도 사연이 있나요?

젊은 스님이 강론이 시작하기 전 물었다.

-많은 부분이 과거의 역사책에 기록되어 있습니다. 의복의 경우도 마찬가지입니다. 단군왕검의 두 번째인 부루단군 때입니다. 백성들에게 머리카락을 땋아서 머리를 덮게 하고, 푸른 옷을 입게 했다고 했습니다. 평상시에는 청의를 입고, 제천의식 때에는 흰옷을 입었습니다.

-우선 놀라운 것은 기록에 전한다는 말씀이고, 또 하나는 청의와 백의를 입게 한 이유가 있었을까요?

-왕조를 지키기 위해 굴욕적인 역사서의 왜곡과 분서를 한 것이 안타깝지만 그래도 살아남아있는 기록들이 있습니다. 그리고 청의와 백의에 대한 질문에 대한 답은 간단합니다. 청의靑衣는 동쪽 방향이 남색을 상징하고 있기 때문입니다. 우리는 대륙의 동쪽 끝에 위치해 있으니 당연히 청의를 권한 것입니다. 백의白衣는 하늘에 제사를 지낼 때 입었습니다. 우리는 태양족입니다. 태양의 상징색이 바로 흰색입니다. 태양은 밝음과 붉음으로 나타납니다. 태양의 일차적인 색감은 붉지만 밝음을 나타내지요. 환한 것을 표현하고자 했습니다. 가장 환한 색은 흰색입니다. 지상에서 가장 밝은 색이 흰색입니다. 그래서 제사장은 흰옷을 입었습니다. 제사장만 입었던 흰옷을 점점 직위 상 아래에 있었던 사람들이 즐겨 입으면서 흰옷을 입는 나라가 된 것입니다.

-흰옷을 제사장이 입었다면 아래 사람들은 못 입게 하지 않았을까요?

-당연히 못 입게 했지요. 하지만 권위가 사라지면서 허용폭도 커지게 되고 사회현상에 의해서 변화하게 됩니다. 예를 들면 대감이란 말이

왕을 상징하는 말이었다가, 지금은 당상관에게 붙이는 이름으로 변한 것과도 같은 예입니다. 또한 지금은 대감을 땡감이라고도 하며 비아냥거림의 대상이 되기도 했습니다.

-대감이 왕을 상징하는 말이었다고요?

-그렇습니다. 대감은 단군왕검을 말하는 말이었습니다. 왕검王儉은 관경지장管境之長이라 하여 관경을 다스리는 우두머리를 말합니다. 이두법으로 왕王은 대大, 검儉은 감監이란 뜻으로 대감大監이 됩니다. 대감은 단군왕검이란 뜻입니다. 지금도 무속巫俗에서는 대감이란 말이 나오는데 단군왕검을 말하는 것입니다. 민속에서는 살아 남아있습니다.

-앞서 말한 내용인데 태양족과 북극성을 섬기는 민족이 서로 배치되는데 어떻게 설명할 수 있습니까?

점점 질문이 날카로워졌다.

-맞습니다. 우리는 태양족이면서 북극성을 고향으로 섬기는 민족입니다.

-어떻게 둘을 섬길 수 있습니까?

질문이 날카로웠다.

계연수는 당황하지 않고 차분하게 있다가 이야기를 다시 시작했다.

-둘을 섬긴 것이 아니라 다른 세상을 보여준 것입니다. 태양은 심정적인 숭배였고, 북극성은 실질적인 고향이었다고 여긴 것입니다. 태양에는 사람이 살 수 없지만 생명을 가진 것들이 태양에 의존하니 신성시한 것이고, 북극성은 우리민족이 그곳에서 왔다고 본 것입니다. 북극성에서 왔으니 죽으면 북극성으로 다시 돌아간다는 의식을 가지고 있습니다.

-그러면 북두칠성은 또 뭡니까?

점점 분위기가 고조되어가고 있었다. 관심 없는 스님들은 참석하지 않았다. 그래서 관심 있는 스님들만 참여해서 분위기가 더욱 달아오르고 있었다.

-우리의 사유체계에는 신성시 하는 것은 직접 대할 수 있도록 하지 않았습니다. 왕을 만나러 갈 때에도 왕궁의 문을 통과하면 금천을 지나야 하듯이 태양을 대할 때에는 삼족오가 필요합니다. 중간 역할을 하는 존재를 두었습니다. 마찬가지로 북극성을 가는데 북두칠성을 경유해야 합니다. 같은 원리에서 북극성과 북두칠성이 관계되지만 의미는 다릅니다.

-질문이 있습니다.

멀리 떨어져 있던 스님이 손을 들고 말했다.

-말씀하시지요.

-도대체 이런 내용을 어디에서 배웠습니까?

계연수는 빙긋이 웃었다. 그리고 답하지 않았다.

-이번에는 부루단지에 대해서 말씀드리겠습니다.

부루단지는 정월이 되면 어느 집이든 질그릇 단지에 쌀을 담아 뒤 울안 박달나무 말뚝 위에 올려놓고 짚으로 고깔을 만들어 씌우고 복을 비는 풍속으로, 모두 알고 있는 내용이었다. 민가에서는 어디를 가나 만나는 부루단지였다.

-부루단지는 이름 그대로입니다. 고조선의 두 번째 왕검인 부루왕검에서 유래한 것입니다.

-한데 왜 단지에 쌀을 담아 모셔놓았지요?

-부루왕검이 사망하자 많은 백성들이 슬퍼하였다고 합니다. 부루왕검

은 성군이었습니다. 고맙고 안타까운 마음에 집안에 자리를 정하여 제단을 설치하고 항아리에 곡식을 담아 제단에 올려놓고 감사를 표한 것이 지금까지 유래하는 것입니다.

-다 사연이 있고, 유래가 있었군요.

-그렇지요. 꽃 한 송이가 그냥 피어날 리가 없습니다. 꽃 한 송이가 피어나려면 사계절이 다 필요한 것과 같습니다. 지금의 조선인이 조선인이 된 이유는 다 연유가 있는 것입니다.

지대 스님의 말에 계연수가 화답을 했다.

조선인들은 나라에서 흰 옷을 입지 말라고 했음에도 백성들은 흰옷을 입고 있었다. 단군의 나라인 고조선은 사라졌어도 풍습과 사람은 대를 이어 계승되고 있었다. 한 나라의 관습과 도덕은 그대로 역사를 담고 있다. 역사의 이야기는 사라지더라도 관습과 도덕은 건재하게 살아있는 것들이 많았다. 짧은 순간 계연수는 생각에 잠겼다.

# 역사를 전하는 사람들

# 21. 나철, 유학을 불사르다

나철이 이건창을 만나러가고 있었다. 고향땅이 자신이 아는 사람의 귀양지라니. 이건창의 귀양지는 나철의 고향이었다. 자신의 고향으로 귀양을 간 이건창을 만났다.

-여기서 뵈니 고향 분 같습니다.

나철이 이건창에게 농담을 담아 말하자 이건창이 이를 하얗게 드러내 놓고 웃었다.

-와 보니 척박한 곳이 아니라 낙원일세.

둘이 만나니 오랜 기간 친했던 사람처럼 가까워졌다. 유배지를 찾아와 준 사람이 진정 고맙고 감사했다. 고난을 함께 해주는 사람이 잔치에 참석해준 사람보다 깊어진다. 이건창은 진정으로 나철이 고마웠다. 유배지를 찾아준다는 것은 찾아가는 사람에게도 모험이었다. 정적으로 부터 탄핵 받을 거리를 만들어주는 격이었다. 유배지의 방문은 죄지은 사람을 옹호해주는 모양새가 되어 주저할 수밖에 없었다.

이건창은 나철보다 인생 선배였다. 그럼에도 서로 존칭을 썼지만 보성 에서 만나 형과 아우 같은 느낌으로 대화가 이루어졌다.

-글쎄. 제 고향 보성 땅으로 유배를 오신 것도 인연이지만 유배지를 천국이라 하시니 제가 마음이 흡족합니다.

-사실 마음이 착잡했지만 이내 마음을 바꿔 먹었네. 이곳에 도착하고 나서 마음이 편안해졌지.

-다행이십니다.

-원망을 내려놓았네. 나를 고난으로 몰아넣은 사람들을 미워하는 순간 힘든 것은 나 자신임을 알았네. 상대를 미워하는 마음을 가지고 있는 동안 내가 힘들고 내가 먼저 병이 날 것 같아서 그만 내려놓았네. 미움을 가지고 있으면 결국 적을 위한 길이 되고 말 것이라는 생각을 했네. 이곳에서 큰 깨달음을 얻었으니 천국이 아니던가.

-맞습니다. 이곳이 천국입니다. 제 고향인 걸요.

나철의 말에 두 사람은 호탕하게 웃었다.

-마음 가는 곳이 고향일세. 내가 원래 태어난 곳은 개성이지만 마음의 고향은 강화도라네.

-저는 강화도가 고향으로 알고 있었습니다.

-다들 그렇게 알고 있네. 조부가 개성부유수로 재직할 때 유수부 관아에서 태어났지. 출생지는 개성이지만 조상 대대로 강화도에서 살아왔네.

이건창은 대단한 집안의 자손이었다. 우선 왕족이었다. 조선 제2대왕 정종의 후손으로 조부가 판서를 한 명문 집안이었다. 영조 때 관직을 버리고 강화도로 낙향하여 지식인 학자 가문으로 자리매김된 조선의 학자 집안이었다. 예의와 격식에만 치중된 주자학을 버리고, 활달한 양명학을 가학家學으로 발전시켰다. 조선의 선비 중에 선비로 인정받는 집안에서도 돋보이는 존재였다. 올곧아 바른 소리를 잘 해 미움을 사기도 했다. 이번의 귀양도 마찬가지였다. 탐관을 지적했다가 역으로 당해 유배까지 오게 되었다.

-유배를 당하면 마음의 상처로 힘들어하곤 한다는데 그렇지 않으십니다.

-좀 전에 말했지만 내가 살기 위해서 미움을 버렸네. 나는 도인이 아닐세. 도인하고는 먼 선비지. 가끔은 욱하고 올라오는 것이 있어 잠에서 깨곤 하지. 멀리서 친구가 와 주니 마음이 활짝 열려서 오늘은 즐겁기만 하네.

-친구라니요. 가당치도 않습니다.

-친구가 되는데 나이가 무슨 의미가 있겠는가. 진정으로 마음을 알아 주면 친구지.

-그리 생각해 주시면 고맙습니다. 그런데 영재께서는 이 나라가 어디로 갈 것 같습니까?

나철의 물음에 이건창은 말을 않고 멍하니 하늘만 바라보았다.

-내가 왕족이지만 왕족으로서가 아니라 이 나라가 백성을 위해서 바른 길로 가기를 진정으로 바라는 사람일세. 내가 볼 때는 망국으로 가는 길을 선택하고 있는 것 같네.

이건창의 얼굴에 다시 그늘이 드리워졌다. 이건창은 유배지에서도 나라를 생각하는 마음이 가득 했다.

나철은 이건창과 헤어져 자신의 고향 집으로 가면서 마음이 착잡했다. '내가 볼 때는 망국으로 가는 길을 선택하고 있는 것 같네.'라는 말이 머릿속에서 맴돌았다.

나철은 집으로 와 부모에게 인사를 드리고 자신이 거처하던 방으로 들었다. 나철은 이기를 만나서 많은 것을 배웠고, 역사를 바라보는 눈이 바뀌었다. 자신이 그동안 듣고 배워왔던 것과는 정반대에 가까운 이야기들을 이기로부터 들었다. 전혀 뜻밖의 내용이었지만 이기의 말에는 근거가 있었다. 우리가 지금 사용하고, 지금 행하고 있는 풍속의 유래에 대해서도 구체적으로 설명하고 있었다. 어느 책에도 없는 내용이었고 독보적이었다. 나라 이름이나 풍속까지를 정확하게 고증하듯 설명하는 것을 두고 아니라고 말할 수 없었다.

상경하기 전까지, 다시 말하면 이기를 만나기 전까지의 책들을 모았다. 나철은 집에 있는 책 중에서 필요 없는 책들을 골랐다. 공맹도 필요 없었다. 진정으로 우리 것에 큰 사상과 철학이 있다는 것을 깨달았다. 책들을 들고 나가 마당에 쌓았다. 들락거리는 소리에 식구들이 무슨 일인가 싶어 나왔다. 아버지와 어머니도 나왔다. 구경거리가 생긴 상황이었다.

-웬일이냐?

아버지가 나철을 두고 말했다.

-예. 죄송합니다. 제가 그동안 배웠던 것들이 부질없는 것을 알았습니다.

-글쎄. 무슨 변고가 있었는지 모르겠으나 네가 일을 벌이기 전에 우선 네 이야기를 들어보자.

아버지는 단호하게 말했다.

-먼저 말씀을 드리고 했어야 했는데 행동이 먼저가 되었습니다. 심려를 끼쳐 드려 죄송합니다.

-그래. 무슨 생각인지 들어보자.

아들의 입장을 잘 들어주고, 힘이 되어주던 아버지였다.

-제가 그동안 배우고, 알고 있던 것들이 가짜였습니다. 진짜는 우리가

대단하다는 것이었습니다.

-우리가 누구더냐?

-우리 조선인입니다.

뜻밖의 대답에 아버지는 나철의 다음 이야기를 기다렸다. 하지만 나철은 더 이상 말을 하지 못했다. 무엇을, 어떻게 설명해야 할지를 몰랐다. 한 번에 설명할 수 있는 것이 아니었다. 말을 못하고 당황하고 있는 나철에게 아버지가 말했다.

-네가 하고 싶은 대로 하거라. 그리고 나하고 이야기 하자.

아버지는 아들에게 결정권을 주고는 방으로 들었다. 어머니와 다른 식구들은 나철을 바라보고 있었다. 특히 어머니는 이러지도 저러지도 못하고 아들의 모습을 바라보며 안타까워했다. 나철은 부엌으로 가 불씨를 가져와 쌓아놓은 서책들에 불을 붙였다.

그동안 자신이 공부했던 서책들이었다. 공자와 맹자, 논어와 대학을 비롯한 사서삼경과 중화로부터 들어온 학문들의 총체적인 것들을 쌓아놓고 불을 질렀다. 그동안의 역사 지식에 대한 화형식이었다. 내가 나를 모르고, 내가 살고 있는 나라의 역사를 모르면서 무슨 할 말이 있는가. 내가 나를 모르고 있다는 자각이었다. 우리의 역사는 모르고 남의 역사를 줄줄 외는 현실을 알고는 충격이었다. 나철에게 이기는 혁명이었다. 나철에게 이기는 새로운 세계였다. 우리의 역사를 알게 하는 계기가 되었다. 나철은 이기를 만나서 자신의 이런 강한 충격을 말로 전하지는 않았지만 심경의 변화가 있었다.

내 것은 없고, 남의 것으로 살고 있는 자신이 한심했고, 우리 것은 없고 남의 것들만 숭상하는 조선의 현실에 낙담했다. 내가 나를 모르면서 남의 것만 쫓고 있는 현실이 안타까웠다. 활활 타오르는 불을 바라보면서 나철은 속이 후련했다. 비로소 마음을 비우고 다시 시작할 수 있다는 다짐으로 채워지고 있었다.

새로운 길을 찾아가야겠다는 마음으로 가득 차 올라오고 있었다. 불이 강하게 타오르다 서서히 꺼져가고 있었다. 마음 안에 있던 격정이 사그라지면서 마음의 평정이 조금씩 찾아왔다.

나철은 아버지에게로 갔다. '네가 하고 싶은 대로 하거라. 그리고 나하고 이야기 하자.'며 방으로 드신 아버지의 분부를 따라서였다. 안방으로 들어갔다. 어머니도 따라 들어왔다. 어머니는 아무 말씀도 없었지만 걱정스런 표정이 역력했다. 한양에서 내려오자마자 저지른 일이었다. 무슨 큰일이라도 있는가 싶었다. 물건을 태운다는 건 과거를 단절하고자 할 때 하는 일이었다. 아니면 세상과 단절하려고 할 때 하는 일이다.

-앉거라!

아버지 앞에 무릎을 꿇고 앉았다.

-태우고 나니 후련하냐?

-예.

-그래. 어떤 일이냐?

나철은 생각에 잠겼다. 어디서부터 이야기를 시작해야 할 지 쉽지 않았다. 마음 안에서는 할 말이 많았지만 단초를 열기가 어려웠다.

-제가 그동안 공부했던 것들이 잘못되었음을 알았습니다.

아버지는 말을 않고 나철의 이야기가 계속 되기를 기다렸다. 질문도 하지 않았다. 나철이 스스로 말을 할 때까지 기다렸다.

-제가 저 자신을 아는 것이 먼저였고, 우리 역사를 알고 중화의 역사를 아는 것이 먼저여야 했습니다.

나철의 목소리에 힘이 들어가기 시작했다.

-제가 진정 어리석었습니다.

나철은 호흡을 가다듬었다.

-저는 공맹이 진정 중요하고, 유학이 소중한 것으로 알았습니다. 아니었습니다. 우리에게 위대한 나라가 있었고, 우리에게 위대한 사상과 철학이 있었으며, 문화의 시작이 우리에게 있었음을 보았습니다.

아버지는 미동도 없이 듣고 있었다. 자식의 말을 경청하고 있었다. 아들이 자신이 그리 애지중지했던 서책들을 끌어다가 마당에 부려놓고 불을 지르는 심정을 알고 싶었다. 아들을 믿고 있었다.

-저는 저 자신이 내 나라인 조선이란 나라 이름의 뜻도 모르고 살았다는 것이 부끄러웠습니다. 조선이 고대에 인류의 문명을 만들어낸 나라인 것도 이제야 알았습니다.

사실 그것은 나철뿐만이 아니라 전 조선인이 모르고 있는 사실이었다. 조선을 개국한 왕도 사실을 몰랐고, 왕과 집권세력들은 있는 것도 감추기에 바빴다. 고대 조선의 역사를 적은 서책을 가지고 있으면 회수하게 하고, 반납하지 않으면 목을 자를 정도로 역사적 사실을 숨기기에 바빴다. 조선 내내 그랬다. 조선의 왕은 자신의 왕조를 지키기 위해서였다. 나라를 위한 것이 아니라 이씨 왕조의 안녕을 위하여 역사를 버렸다. 그것은 조선이 개국한 지 500년이 흐른 지금도 마찬가지였다. 나철의 아버지도 내용을 몰랐다. 아들이 저토록 분서焚書를 할 만큼 각오를 다지고 있는 이유를 알지 못했다.

-진정 후련하냐?

-예.

-그러면 잘 했다.

-하고 싶은 말이 있으면 더 하거라.

-제가 서책에 불을 지른 것과 진시황이 불을 지른 분서와 정반대의 의식이었습니다.

아버지는 역시 다음 말을 기다리고 있었다.

-진시황이 서책을 거둬 태우고 선비들을 산채로 묻어버린 분서갱유焚書坑儒는 역사를 왜곡하려는 의도였습니다. 우리에게는 환국을 위시로 배달과 고조선이 있었습니다. 이들이 가진 역사와 문화를 다 지우고 진시황이 처음이라는 것을 선언하기 위한 조치였습니다. 그래서 역사서까지 태워버리는 만행을 저지른 것입니다. 진시황이 우리 고대의 문명을 지우는 분서를 했다면 저는 중화의 역사를 지우고 우리의 문명을 바로세우기 위한 분서였습니다.

나철은 이기가 전해준 이야기를 아버지에게 말했다. 그리고 나철이 이야기하면서 흥분된 것이 어느 정도 가라앉자 아버지가 말했다.

-글쎄. 나는 네가 하는 말을 이해하지 못한다. 하지만 존중한다. 네가 분서를 할 만큼 절실하고 확고했다면 그럴만한 이유가 있을 것으로 안다. 그것에 대해서는 차차 이야기하자. 사내는 자신의 길을 가야한다. 진정 옳다면 남의 눈을 의식하지 마라. 역모라도 필요하다면 해야 하는 것이다.

아버지의 말이 위험한 말이라는 것을 알았다. '진정 옳다면 남의 눈을 의식하지 마라. 역모라도 필요하다면 해야 하는 것이다'라는 아버지의 말에는 아들을 응원하고 싶은 깊은 뜻이 있었다. 집안이 몰락할 수도 있게 하는 발언이었다. 하지만 자식의 의지를 꺾고 싶지 않은 아버지의 응원이었다.

나철은 다시 자신의 방으로 돌아왔다. 어느 길로 가야 하나 생각에 잠겼다. 역사의식에 빠져 새로운 역사의 세계에 눈을 떴지만 어찌해야 조선을 위한 길인가 생각했다. 이기에게 배울 것은 더 배우고 자신이 찾아내야 할 것은 찾아내야 하지만 아직은 길을 몰랐다. 확실한 것은 역사에 대해 더 공부하고 역사의 세계로 들어가겠다는 생각은 확고했다.

# 22. 이기, 계연수에게 편지를 쓰다

이기는 집으로 돌아와 편지를 쓰기 시작했다. 미룰 수 있는 일이 아니었다. 급하게 세상이 변하고 있었다. 과거의 것들은 모두 부정되고 있었다. 세상이 변하고 있을 때 조선은 제 자리를 맴돌고 있었다. 변하지 않아서 남은 것은 후진성이었다. 상업은 위축되어 마을장사로 유지하고, 공업은 가내수공업으로 전락했으며, 마차가 다니던 길은 보부상들도 겨우 지날 수 있는 소로로 바뀌었다. 조선은 발전이 아니라 오히려 퇴보한 나라였다. 활달한 사고는 주자학으로 쪼그라들었다. 고려시대에 활발했던 무역은 조선으로 들어오면서 사라져버렸다. 고려 상인이라고 하면 당나라를 넘어 이슬람국가까지 물산物産이 오갔다. 활달하고 규모가 큰 무역은 사라지고 조선 내에서도 거래가 어려웠다. 조선은 스스로 망해가는 나라였다. 힘없이 쓰러지고 있는 나라를 서로 집어 삼키겠다고 그동안 몸을 키우고 기술을 축적한 강국들이 달려들고 있었다. 과학이라는 이름으로 서구의 강국들은 비교할 수 없을 만큼 힘을 키워서 상대하기가 어려웠다.

조선은 침몰하고 있었다. 거기에 조선이 가진 정신까지도 무시당하고, 강탈당하고 있었다. 이기는 지금이야 말로 그나마 은자들이 가지고 있는 역사의 기록마저도 잃어버릴 수 있다는 생각이 들었다. 여기에 미치자 이기는 마음이 급해졌다. 누군가 역사의 은자들이 가지고 있는 내용들을 모아 완전하고도 전체를 다룬 책이 필요하다고 생각했다. 대안을 찾아야 했다. 자신보다 뛰어난 젊은 사람을 찾아야겠다는 생각에 이르자 이건창이 알려주었던 인물인 계연수를 떠올렸다. 일단 만나 봐야겠다는 생각을 했다.

이기는 지난번에 쓴 편지에 이어 편지를 썼다.

"역사를 짊어지고 사는 이기라는 사람입니다. 이건창이라는 사람과의 인연으로 글을 올립니다. 은자라면 답해주기 바랍니다. 그리고 가능한 빨리 만나고 싶습니다. 추락하고 있는 나라를 보면서 역사를 지켜내고, 역사를 종합해서 새로 세울 사람이 필요합니다. 우선은 흩어져 있는 것을 모아야 할 때입니다. 부분으로 떠돌고 있는 것을 하나로 완성해야 할 시점입니다. 종합해서 완성된 것을 나누어 가져야 합니다. 그래야만 보존이 가능하고, 교육시킬 수 있는 역사서가 될 수 있습니다. 시간이 그리 많지 않습니다. 상황은 점점 어려워지고 있습니다. 우리 대에서 끊어질 지도 모릅니다. 환민족의 역사가 사라지지 않게 하기 위한 마지막 조치라고 생각됩니다. 은자라면 답해주시기 바랍니다."

은자라는 말은 역사의 짐을 짊어진 사람들만의 은어라서 은자라면 무슨 내용인지 알 수 있었다.

이기는 마음이 급했다. 평화는 무너지고 고난의 길로 가고 있었고, 웃음은 사라지고 눈물로 접어들고 있었다. 조선이 그랬다. 어느 것 하나 옳은 길로 가는 것이 없어보였다.

계연수는 스님들에게 역사강론을 마치고 문답시간을 가지고 있었다.

-지난번에 한자가 우리 것이라고 이야기 하셨는데 얼마나 믿어야 하는 겁니까?

-믿고 싶은 만큼만 믿으면 됩니다. 믿기 전에 의심하고, 의심한 것을 확인해 보면 답이 나옵니다. 합리적 근거가 없다면 믿을 필요가 없습니다. 지난번에 말씀 드렸던 것을 확인해 보시기 바랍니다.

-우리 언문이 세종이 만들지 않았다는 이야기를 들은 적이 있습니다. 사실입니까?

-그렇습니다.

청강하던 스님들의 질문에 단호하게 계연수는 답했다.

-훈민정음은 세종이 만들고, 집현전 학자들이 만들었다고 들었습니다.

다른 스님이 훈민정음에 대해 알려진 이야기로 반박했다.

-우선 세종 자신이 훈민정음은 자신이 만든 것이 아니라고 했습니다. '자방고전字倣古篆'이라고 했습니다. 옛 전篆자를 모방했다는 세종의 선언이 있습니다.

계연수가 훈민정음의 창제에 대해 설명했다.

-그러면 어떤 글자를 모방했다는 말입니까?

-고대 고조선의 세 번째 왕검인 가륵단군 때입니다. 가륵단군이 왕검에 오른 지 둘째 해에 만들었습니다.

-할 말이 없게 합니다. 너무나 구체적으로 언제 누가 만들었다고 하니 반론을 할 수가 없습니다. 우리는 어둠에 있고, 혼자서 광명에 있는 형국입니다.

-확인하고, 공부해 보면 알 수가 있습니다. 지금은 때가 아닙니다. 제 말씀을 들으시는 걸로 만족하셔야 합니다. 광명의 때가 오면 세상에

드러낼 수 있습니다. 다시 말씀드리겠습니다. 가륵단군께서 재위 둘째 해에 삼랑 을보륵에게 명해 정음 38자를 짓게 했습니다. 이것이 가림 토 글자라고 하는데 이 글자를 본 따서 만든 글자가 훈민정음입니다. 지금 우리가 언문이라고 하는 글자입니다.

-글자를 알 수 있습니까.

-그럼요. 알 수 있습니다.

계연수는 붓을 가져달라고 해서 정음 38자를 적어 내려갔다. 모두 숨을 죽이고 바라보고 있었다. 신기한 듯이 모두 바라보았다.

-너무 언문과 닮았네요. 그런데 왜 굳이 가림토 글자를 사용하지 않고 새로 만들었지요?

-가림토 글자는 약점이 있습니다. 지금 우리가 사용하고 있는 것과는 다른 원리를 가지고 있었습니다. 그래서 원리를 바꾸고 보완해서 만든 것이 지금의 언문입니다. 문자의 원리는 지금은 알 수가 없습니다.

-훈민정음을 세종이 만들지 않았다고 했는데 그렇다면 누가 만들었습니까?

-신미대사라는 분입니다. 신미대사가 오래 전부터 내려오던 가림토 글자를 근거로 만들고, 세종은 훈민정음 사업을 총감독 했다고 보아야 합니다.

계연수가 말이 끝나자 야참이 준비되었다며 고구마와 감자를 삶아서 들여왔다. 시간이 지나는 줄도 모르고 역사를 이야기하고 있었다. 궁금하던 차에 모두 둘러 앉아 맛있게 들었다.

-마저 해주시지요.

까서 먹을 새도 없이 하던 이야기를 계속 해달라는 주문이었다. 그만큼 스님들이 계연수 이야기에 집중하고 있었다.

-쉬었다 하게. 먹을 것은 먹어야 하지 않겠나?

지대 스님의 말에 모두 웃음으로 감자와 고구마를 들었다.

-재미 있으세요?

-예.

모두가 함께 대답했다.

계연수가 고구마를 들어 까먹으면서 물었다. 분위기가 한결 부드러워
졌다.

계연수가 말을 시작했다.

-훈민정음을 만들고 처음으로 만든 책이 불경이었습니다. 무엇을 말
할까요?

-훈민정음을 만든 사람이 신미대사여서 불경으로 한 것입니까?

-그렇다고 볼 수 있습니다. 합리적 근거지만 여러 분이 생각해 보시기
바랍니다. 일방적인 주장인지를.

계연수의 말에 고구마와 감자의 껍질을 벗겨 먹는데 열중하다가 다시
계연수에게로 집중되었다.

-훈민정음은 집현전 학사들이 만든 것이 아니고, 집현전 학사들은 오
히려 반대에 열중했습니다. 자신들이 만들었다면 반대하지 않았겠지
요. 집현전 학자들이 만들었다면 훈민정음 최초의 책은 당연히 유학
관련 서적으로 만들었겠지요. 공자의 언행이나 논어 정도를 만들었겠
지요. 또한 반대를 무릅쓰고 세종의 이름으로 훈민정음이 반포되었습
니다.

집현전 학자들이 만들었다면 자신들이 만든 것을 자신들이 반대할 리
가 없었다. 또한 훈민정음으로 유학 관련 책을 만드는 것이 당연했다.
숭유억불崇儒抑佛 시대가 아니었던가.

계연수는 잠시 말을 멈추고 호흡을 가다듬고 다시 말을 이었다.

-세종 28년 세종의 어머니인 소헌왕후가 사망하자 세종의 명으로 수양대군이 김수온 등의 도움을 받아 발간한 책이 석보상절입니다. 석보란 석가의 족보를 이르는 말로 석가모니 일대기입니다. 훈민정음으로 만들어진 것들에는 뜻밖에도 글자 수가 뜻을 의미하고 있는 것들이 반복됩니다. 우연이라고 그냥 넘기기에는 의미있는 숫자가 겹칩니다. 훈민정음 해례본은 모두 33장으로 이루어져 있으며, 훈민정음은 자음과 모음이 모두 28자로 이루어져 있습니다. 33은 여러 분이 알다시피 불교의 우주관인 33천을 상징하고, 28은 욕계, 색계, 무색계 등 삼계 28천을 나타내는 법수입니다. 세종의 한글어지御旨는 정확히 108자로 이루어져 있습니다. 한문으로 적은 어지는 108자의 절반인 54자로 이루어져 있습니다. 불교의 백팔번뇌라는 숫자와 한문으로는 딱 절반인 54인 것이 단지 우연일까요?

-우연 같지 않습니다. 너무 정확하게 의미하는 숫자가 불가와 관계가 있는 숫자입니다.

지대 스님의 말이었다.

-이후 발간되는 책의 대부분이 불교경전입니다. 유교서적은 몇 권 안됩니다. 국시가 숭유억불崇儒抑佛인 나라에서 있을 수 없는 일입니다. 더 확실하게 증명하고 있는 것은 세종이 신미대사에게 직접 내린 법호입니다. 그것도 임종을 앞두고 아들 문종에게 내린 유언이라고 할 수 있습니다.

모두의 시선이 계연수에게로 집중되었다.

-신미대사의 법호가 '선교종도총섭 밀전정법 비지쌍운 우국이세 원융무애 혜각존자禪教宗都摠攝 密傳正法 悲智雙運 祐國利世 圓融無碍 慧覺尊

者'입니다. 우국이세祐國利世가 뭘 의미하는지 추론할 수 있습니다. 승려가 산에서 하는 일이 놀고먹는다고 생각한 것이 지금 조선의 선비들입니다. 한데 여기서 나라를 돕고 세상을 이롭게 했다는 말이 무엇을 의미합니까. 훈민정음 창제의 공을 말하는 것입니다.

-놀라운 이야기입니다. 신미대사는 어느 절에서 묵었지요?

-충청도 법주사입니다. 정확하게는 복천암에서 기거하셨지요.

-오늘도 덕분에 새로운 역사를 공부합니다. 궁금한 것이 있습니다. 왜 글자를 만들면서 훈민정음訓民正音이라고 했습니까. 정음正音은 바른 소리라는 말 아닙니까?

-대단하십니다. 역시 내공이 있으시네요.

엉뚱한 질문이 아닐까, 조심스럽게 질문한 지대 스님의 표정이 밝아졌다. 스님들이 모여서 밖으로 나오지 않자 밖에 있던 스님들도 궁금해하며 법당 내로 들어왔다.

-'나랏말쌈이 즁귁에 달아 여문자와로 서로 통하지 못함이 많을쎄'입니다. 한자로 하면 '국지어음 이호중국 여문자불상유통 國之語音 異乎中國 與文字不相流通'입니다. 국지어음國之語音에 대한 정확한 의미를 알면 왜 정음인지를 알 수 있습니다. '국지어음 이호중국國之語音 異乎中國'은 나랏말의 소리가 나라의 가운데인 한양과 다르다는 의미입니다. 다시 말씀드리면 나라말이 지방마다 소리 내는 것이 다르다는 의미입니다. 사투리를 두고 하는 말입니다. 그리고 여문자불상유통與文字不相流通은 문자가 서로 통하지 않는다는 것은 지방 방언을 그대로 한자로 적으면 백성들이 사용하는 사투리를 제대로 알 수가 없다는 말입니다.

계연수가 전문적이고도 자세하게 설명했다.

-확연하게 이해가 되지 않는데 예를 들어 말씀해 주실 수 있나요?

-예를 들면 우리가 부엌에서 사용하는 부지깽이를 한자로 적어보세요. 우리말을 한자로 적을 수가 없습니다. 번역해서 적어야 합니다. '그래씨유'를 한자로 적어보세요.

스님들이 모두 웃었다. '그래씨유'를 한자로 적기에는 어려움이 있었다.

-진정으로 어려움을 가진 것은 풀이름을 예로 들면 깽깽이풀이라고 하면 어떻게 적을 수 있겠습니까. 괭이풀을 적어보세요. 일반 백성은 깽깽이풀이라고 해야 압니다. 괭이밥이라고 해야 알고요. 이를 한자로 번역해서 적으면 전문적인 지식이 없는 백성들이 알 수가 없지요. 채소인 무우를 한자로 적으면 백성들은 알 수가 없습니다. 그래서 소리 나는 대로 적는 소리글자가 필요한 것입니다. 정음이라고 한 이유입니다. 말하는 그대로 적을 수 있는 바른 소리라는 의미입니다. 그리고 한자를 정확하게 발음할 수 있는 역할도 동시에 할 수 있어 필요했습니다. 그래서 이름이 훈민정자訓民正字가 아니고 훈민정음訓民正音입니다.

-그러면 훈민정음이 고대 국가로부터 유래한 글자로 만들었다는 것이군요.

-새로 만든 것이 아니라 상당 부분 글자 모양은 그대로 사용하고 원리를 바꿔서 만든 것입니다. 이를 그대로 보여주는 것이 집현전 부제학이었던 최만리 선생의 상소문입니다. 훈민정음에 대해 신랄하게 비판했습니다. 기존에 있는 글자원리를 바꾸어가면서까지 글자를 만들어 백성을 힘들게 하느냐고 호소했지요.

-처음으로 듣는 말인데 구체적인 내용을 알 수 있나요?

-개인이 아니라 조정의 대부분의 대신들이 훈민정음 반포를 반대하

며 들고 일어났습니다. 반대상소를 올렸습니다. 집현전 부제학 최만
리, 직제학 신석조, 직전 김문, 응교 정창손, 부교리 하위지, 부교리 송
처검 등이 참가했고, 심지어 관리들이 입궐을 하지 않는 반대시위까지
일어났습니다.

-유림과 선비들이 대다수 반대했다고 할 수 있군요?

-그렇습니다. 훈민정음에 대하여 자세히 살펴보겠습니다. 원문으로는
이렇습니다.

〈儻曰諺文皆本古字, 非新字也, 則字形雖倣古之篆文, 用音合字, 盡反
於古, 實無所據.

설혹 말하기를, '언문은 모두 옛 글자를 본뜬 것이고 새로 된 글자가
아니'라고 하지만, 글자의 형상은 비록 옛날의 전문篆文을 모방하였을
지라도 음을 쓰고, 글자를 합하는 원리는 모두 옛 것에 반대되니 실로
의거할 데가 없사옵니다.〉

다시 말씀드리면 전篆자라는 글자를 모방했는데 글자의 모양은 모방
했고, 원리는 바꾸었다는 내용입니다. 여기서 전篆자가 바로 3대 단
군인 가륵단군이 신하인 을보륵에게 명하여 만들었다는 가림토 글자
입니다.

-좀 전에 직접 써가며 보여준 38자를 말씀하시는 것이지요.

-예. 그렇습니다. 훈민정음 글자와 모양이 거의 같지 않습니까?

-예. 그렇습니다.

모여 있는 스님들이 모두 인정했다.

-우리는 세계에서 유래를 찾아볼 수 없는 문자를 고대에서부터 만든
민족입니다. 즉 고대에도 문자를 만들었고, 400여 년 전에 세종에 의
하여 더욱 발전한 문자인 훈민정음을 다시 만들었습니다. 전통이 있기

때문에 가능한 것입니다.

-그러면 다른 문자를 만들었다는 기록도 있나요?

-있지요. 우리는 원래 문자대국입니다. 한자로 '글'을 계契혹은 서계書契라고 하는데, 우리는 '글契'혹은 '서글書契'이라고 읽습니다. 지금도 글이라고 읽습니다. 우리에게는 '글'이라는 말이 한자로도 그대로 남아있습니다.

-말씀하실 때마다 너무 구체적이고 확실해서 도대체 어디에서 그런 확신이 나오는가 도리어 고개가 갸웃합니다.

-그러실 수 있습니다. 제가 알고 있는 내용으로 확신에 차있기 때문입니다. 훈민정음을 반대했던 최만리 선생도 옛글자인 전자를 모방하였다고 하였습니다. 전통 없이 한 번에 만들어지기는 쉽지 않습니다. 고대에 우리는 다른 문자도 만들었습니다. 진서를 만들고 녹두문을 만든 민족입니다. 배달국 환웅천황은 신지神誌 혁덕赫德에게 명하여 녹도문鹿圖文을 만들었습니다. 사슴의 발자국과 뿔의 형상을 따서 만들었습니다. 구체적인 기록이 증언하고 있습니다.

-소설을 쓴다고 해도 이런 내용을 창작할 수는 없을 텐데 진정 대단합니다. 그것도 확신에 차서 말씀을 하시니 더욱 그렇습니다.

지대 스님의 말에도 힘이 들어가 있었다.

# 23. 홍범도와 기사범, 마음으로 만나다

홍범도는 자신의 인생에 당당한 기사범과 역사 앞에 당당해 보였던 계연수를 만나서 자신의 좌표를 찍어보았다. 계연수를 만나고, 기사범을 만나면서 삶에 대한 의욕과 미래를 생각하기 시작했다. 절에서 생활했으면서도 사냥을 하고 있는 자신을 돌아보았다. 물론 기사범도 조선의 대표적인 포수였다. 특이한 점은 조선의 포수로 알려진 기사범이었지만 홍범도와 생활하면서 몇 번 사냥을 하고 나서는 다시는 사냥을 하지 않았다.

-사냥을 가자는 말씀을 하지 않으시네요.

-사냥을 그만 하기로 했네.

김형도가 기사범에게 말했다.

-아니. 조선의 명포수가 사냥을 멈춘다면 누가 사냥을 합니까?

-다 때가 있는 것일세. 멈춰야 할 때가 있는 것이고.

-범 사냥의 대가이신 분이 사냥을 멈추었다. 그리고 지금이 멈춰야 할 때다. 이 말씀이시지요?

기사범은 대답하지 않았다. 김형도와 기사범의 주고받는 말을 홍범도는 듣고만 있었다. 김형도는 언제나 힘이 넘쳤다. 거리낌 없이 말했고, 행동했다.

답이 없자 김형도가 다시 말했다.

-살생을 하지 않겠다는 말씀이십니까?

-살생의 차원이 아니라 밖으로 향했던 총구를 이제는 거두어들일 작정일세.

-그러면 총구는 어디로 향하게요?

-나 자신에게로!

-무슨 말씀이세요. 총구를 자신에게로 향하다니!

-내 인생을 향해 총구를 겨누어 보려고.

-햐. 사상가 나셨네.

김형도가 크게 웃었다. 기사범과 홍범도도 따라서 웃었다. 김형도는 사상가가 났다고 약간은 비아냥거리는 말투로 했지만 어디에도 악의가 없었다. 홍범도는 기사범이 이미 사상가란 걸 인정하고 있었다.

-사실 나는 타 생명을 향해 무수히 총구를 겨누었지만 정작 나 자신을 향하여 총구를 겨눈 적이 없었네. 나에게도 진지하게 총구를 겨누었어야 했네.

-무슨 말씀이시지요?

비로소 홍범도가 대화에 끼어들었다.

-내가 세상에 살 가치가 있는 존재인가, 그렇지 않은 존재인가를 향해서 총구를 겨누었어야 하는 것이었네.

기사범의 말에는 샘물 같은 느낌이 들었다. 새롭고 깊었다. 깊이를 모르는 곳에서 흘러넘치는 샘물처럼 맑고 깊었다. 깊이를 알 수 없을 만큼 묵중한 무게감을 가졌다.

-형님. 총구를 자신에게 겨누는 장난은 그만 하시고, 다음에 올 때는 장쾌한 사냥 한 번 나가자고요.

김형도가 기사범의 말을 막았다.

홍범도와 김형도는 달랐다. 기사범에게서 받아들이는 내용이 달랐다. 서로 같은 것을 보면서 서로 다른 것을 받아들이고 있었다.

기사범의 후배인 김형도가 며칠 함께 묵었다가 떠날 것을 준비하고 있었다.

-제가 다시 찾아올 때는 저하고 세상으로 나갈 생각을 해야 합니다. 밖에 준비해 놓겠습니다.

기사범은 답하지 않고 웃었다.

-웃을 일이 아닙니다. 제가 다시 옵니다.

마음을 담아 김형도가 기사범에게 다짐하듯 말했다.

김형도가 있을 당시에는 분위기가 달랐다. 활달하고 혈기가 넘쳤으며 생동하는 모습을 보여주었다. 기사범은 김형도와는 반대의 인물이었다. 신중하고 산처럼 무거웠으며 진지했다.

김형도는 다시 오겠다는 말을 다짐하듯 기사범에게 건네고는 말을 타고 사라져갔다. 다시 홍범도와 기사범이 남았다. 밝고 명랑했던 분위기는 사라지고 홍범도와 기사범의 성격대로 서로에게 간섭하지 않으며 생활하는 분위기로 돌아왔다.

다시 무술에 전념했다. 기사범은 강제하지 않았고, 이끌려고 하지도 않았다. 자세와 무기를 다루는 방법 등을 알려주었다. 홍범도는 무술에 전념했다. 화승총을 꺼낼 기회가 없었다. 기사범은 사냥을 나가지 않았다. 홍범도도 마찬가지로 사냥을 접고 살았다. 다양한 무기를 다루는 무술은 재미있었다. 기사범은 권법에도 능했다. 권법과 무술은 하나로 연결되어 있었다. 서로 다른 것이 아니라 하나로 연결되어 있었다. 홍범도와 기사범이 처음으로 대련이 붙었다. 홍범도도 몸이 단단해졌고, 몸이 가벼웠다. 그리고 무술과 권법이 몸에 익어가고 있었다. 홍범도가 기사범에게 공격을 할 때 기사범이 몸을 피하면서 살짝 가격을 했다. 순간 홍범도가 넘어지며 자갈을 밟았다. 미끄러지면서 그대로 넘어졌다. 어깨부터 팔까지 땅바닥에 부딪히면서 상처를 입었다. 피가 흘렀다.

-미안하네.

-아닙니다. 제가 돌이 있는 것을 피하지 못했습니다.

큰 상처는 아니었다. 찰과상이었다.

-이제는 무술과 권법의 기본 이상을 배웠네. 지금부터는 개인의 노력 여하에 달려있네. 누가 가르쳐줘서 얻을 수 있는 단계가 아니지. 자네는 노력이 대단한 사람일세. 짧은 시간에 이처럼 무술이나 권법이 몸에 익는다는 것은 드문 일일세.

-무슨 말씀이시지요?

-몸에 익히는 것은 하나의 방법 밖에 없지. 지난번에도 이야기 했지만 반복일세. 반복은 단순하지만 원숙에 이르게 하는 최고의 방법이지. 자네가 그 길을 선택했더군.

-제가 살 수 있는 것은 노력하는 방법 외에는 없음을 알았습니다.

-최선의 길을 선택한 것일세. 자네는 이제 공부를 굳이 더 해야 할 필요가 없네. 나에게서 배우는 것은 그리 중요하지 않다는 말이지.

-…

기사범의 말에 홍범도는 아무 말도 하지 않았다.

-스승에게 오래 머물러야 제자가 더 성숙되는 것이 아닐세. 제자라고

생각한 적도 없지만 어떤 사람에게는 스승에게서 빨리 벗어나 홀로 서는 것이 필요하지. 자네가 그렇네.

-이제 걸음마 배웠다고 생각하는데요.

-그럴 수도 있네. 걸음마 후에 아이들은 자신의 방법으로 걷게 되지. 마찬가질세. 기본을 배우고 나면 다음에는 내 방책으로 세상을 살아가는 것과 같네. 모든 것은 남에게서 배우는 단계와 자신이 터득해야 하는 단계가 있지.

-언뜻 이해는 되지만 무언가 확실하지가 않습니다.

-사람에게는 저마다 타고난 것이 있네. 천부적이라는 말이 맞을지도 모르네. 하늘로부터 얻은 것이라고 할 수 있는데 사람마다 능력이 있다는 말은 사람마다 한계가 있다는 말일세. 오늘은 여기서 접세.

기사범은 무기를 챙겨 안으로 들었다. 기사범은 아래위가 없는 사람이었다. 나이가 많고 적고, 스승과 제자라는 의식을 거의 가지고 있지 않았다. 그냥 사람이라는 이름 위에 신분이나 분별을 두지 않으려고 했다.

-내일 장에 갈 생각 없나?

귀가 번쩍 했다. 기사범과 장에 가 본적이 한참 되었다. 적막과 고요가 전부라고 할 수 있는 산 속에서 살다보니 사람이 그리웠다.

-예. 좋습니다.

홍범도의 목소리가 순간 커졌다. 기사범이 홍범도의 표정을 보고 빙긋이 웃었다.


장은 언제나 시끌벅적 했다. 장은 자신이 갖지 못한 것을 구하기 위해 필요한 공간이었다. 모자라기도 하고, 넘치기도 하는 장은 기운氣運이

생산되는 장소였다. 사람은 사람을 만나야 완성되는 것을 확인시켜주는 곳이 장이었다.

-사람이 많은 곳에 오면 누구를 생각하나?

밑도 끝도 없이 기사범이 말했다.

-안사람입니다.

-미안하네.

기사범이 순간 잘못 물었구나, 싶었다. 바로 사과했다. 홍범도의 그리움에 불을 붙였구나 싶었다.

-아닙니다. 사람들 속에서 그 사람만을 찾으려고 자세히 봅니다.

-만날 수 있을 걸세. 간절하면 이루어진다고 하지 않나.

-저도 그렇게 생각합니다. 조선팔도를 다 뒤져서라도 만나야지요.

-그렇게 보고 싶고, 찾아야 하는 사람을 두고 내게 머물러 있었던 이유는 무엇인가?

-찾을 만큼 찾았습니다. 팔도를 다 찾아다녔지요. 찾아다니면서 느낀 것은 저 자신의 모습이었습니다. 너무 남루했습니다. 무언가 하나라도 있어야 하는데 마침 기포수님을 만났습니다.

기포수가 함께 걸어가다 시선을 홍범도에게 주었다. 계속 이야기하라는 표정이었다.

-무작정 따라가면 무엇이 있을 듯했습니다. 그래서 지금의 저를 만드는데 큰 도움이 되었습니다.

기사범은 말없이 다음 말을 기다렸다.

-몸을 만들 수 있는 기초를 다졌고, 다음 일을 생각할 수 있었습니다.

-다음 일이라고 했는가?

-예. 그렇습니다.

홍범도는 분명히 달라진 자신을 깨닫고 있었다. 계연수와의 조우와 기사범과의 만남은 인생의 중요한 변곡점이 될 것을 느끼고 있었다. 계연수에 의해 사람이 태어난 것이 그냥 태어난 것이 아니고, 사람으로 살아가는 것이 목숨을 부지하고 사는 것이 아니라 목적이 있어야 한다는 것을 깨달았듯이 기사범을 만나 스스로를 지킬 수 있는 힘을 얻었다. 몸은 단단해졌고 한두 사람과 대적해서 상대를 제압할 수 있는 자신감을 얻었다. 그보다 마음의 안정과 세상을 대하는 당당한 태도를 배웠다. 자신을 긍정하면서 세상을 너그럽게 받아들이는 세상이 있음을 깨닫게 해 주었다.

기사범은 홍범도의 이야기를 끊지 않고 다음 이야기가 나올 때까지 기다려주었다.

-저는 한 사람을 만나서 나라의 의미에 대해 처음으로 생각해 보았고, 살아야 하는 이유가 있어야 하는 것을 배웠습니다. 그리고 이곳에 와서는 삶에 대한 당당함과 진지함을 배웠습니다. 이제 저 자신에 대해 비관하지 않습니다. 미래에 대해 꿈을 꿀 수 있게 되었습니다.

기사범이 빙긋이 흐뭇한 웃음을 지었다.

-비관하지 않고 꿈을 꿀 수 있게 되었다는 말이 나를 따뜻하게 만드는구만.

-제게는 스승이십니다.

-나는 모자란 나 자신을 끌고 가는 것이 즐거운 사람일세. 스승인적 없고, 제자였던 적도 없네.

-인생 목표를 정하시고 사시나요?

-나는 그런 것 없네.

-예전에도 그랬나요?

-그랬지. 천성적으로 혼자에 익숙한 사람일세. 사람은 섬이거든.

-섬이라고요?

-그렇지. 사람은 타고난 독생가獨生家라고 할 수 있지.

-독생가요?

-그렇지. 혼자 살아야 하는 독생獨生이지.

-사람들은 이렇게 모여 살잖아요.

사람들이 마을을 만들어 살고, 장을 찾아 모여들고, 모여서 떠들고 어울리며 살아가고 있는 것을 생각하며 홍범도가 말했다.

-그렇지. 그럼에도 결국은 혼잘세.

-그렇긴 합니다.

-왜 이렇게 사람이 사람을 찾고, 혼자 살지 못하고 짝을 찾고 하겠는가. 외롭기 때문이지. 사람은 독립된 섬일세. 한 발짝만 나서면 바다로 빠지는 섬에 살고 있는 것이지. 그래서 배를 만들었겠지.

-섬을 오가는 배요.

-그렇지.

기사범이 대답하는 사이 어린 아이의 손을 잡고 가는 여인의 뒷모습을 보고는 홍범도가 달려갔다. 여인의 뒤를 따라가서 여인과 아이를 바라보았다. 홍범도의 표정이 순간 슬퍼보였다. 자신이 찾던 사람이 아니었다.

-서두르지 말게. 내 살아보니 결국 만날 사람은 만나고, 일어날 일은 일어나네.

-아직도 그 사람에 대해서만은 조급합니다.

-이해하네. 간절한 것은 나쁘지 않지만 마음을 다치게 되네.

-예. 알았습니다.

모처럼의 장 나들이라 즐거웠다. 사람들이 몰려다니고, 모두 밝은 얼굴로 살아가는 듯했다. 조금 더 걸어가는데 앞에서 나이 지긋한 사람이 다른 한 사람을 냅다 주먹으로 후려쳤다. 두 사람이 뒤엉켰다. 옆에서 다른 사람이 말리자 말리는 사람을 또 한 대 내리쳤다. 두 사람 싸움이, 세 사람 싸움이 되었다. 먼저 싸움이 붙은 두 사람은 이미 취기가 보였다. 홍범도가 끼어들려는 행동을 보이자 기사범이 슬며시 옷소매를 잡아끌었다. 그리고 국밥집으로 홍범도를 밀어 넣듯이 몸으로 이끌었다.

-국밥이나 하나 먹고 가세.

기사범의 끄는 대로 홍범도도 저항 없이 받아들여 칼국수집으로 들어갔다.

-몸이 근질거리지?

-예. 조금 그렇습니다.

-나도 그랬네. 무술과 권법을 익히고 나니 세상이 내 것 같고 자신감이 생기더군. 정의감이 훅 달아오르면서 해결해주고 싶어지지. 그때가 위험한 땔세.

-저만 그런 것이 아니군요.

-당연하지. 사람은 생긴 구조가 닮았다는 것은 무엇을 의미하는가. 당연히 마음도 닮았고, 구조도 닮았다는 것을 말하지 않겠나.

-그렇네요.

-그러니 나를 보면 남을 볼 수 있는 것일세. 그래서 모든 마음공부가 자신을 바라보는 훈련인 게지.

-일체유심조一切唯心造라는 말이 바로 그 말이군요.

-그렇네. 모든 것이 마음 안에 있다는 노인들의 말씀이 실감나는 이유

가 있네. 내가 생각하고 바라보는 관점에 의해 세상이 보인다는 것이지. 세상은 결국 내가 만든 세상일세.

'세상은 결국 내가 만든 세상'이라는 말에 마음이 머물렀다.

-세상은 같은 원리로 작동하고 있는데 사람들이 마음의 변덕을 부린 것이군요.

-그렇지. 슬픈 날 바라보는 달은 슬프지. 기쁜 날 바라보는 달은 흐뭇하지 않던가. 달이 변한 것이 아닌데 말일세. 자네 말처럼 내 마음이 변덕을 부린 것이 아니던가.

-예. 그렇습니다.

두 사람이 앉아 이야기를 나누는 동안 국밥이 나왔다. 사내 두 사람이 산 속에서 살면서 해 먹기 쉽지 않은 음식이었다.

-나는 나에게 주문하는 것이 있네.

-무엇이지요?

홍범도가 호기심이 생겨 참지 못하고 물었다.

-그렇게 기대하는 눈빛으로 물어보면 답이 너무 싱거운 이야기인데 내가 당황스럽네.

기사범의 말에 홍범도가 웃었다. 기사범이 멋쩍어했다.

-인생을 주어지는 대로 받아들이며 살자는 것일세.

-좋은데요. 그런데 운명론에 기울어진 것이 아닌가요?

-그런가. 그렇게 보일 수 있지만 나는 내 길을 고집하는 사람일세. 노력하되 내게 다가오는 인생을 겸허히 받아들여 누리며 사는 것일세. 남들이 불행이라고 하는 것까지도.

-불행까지도요?

-내가 불행이라고 표현했지만 내가 불행이라고 생각하지 않으면 불행

이 아닐세. 불행은 자신이 불행이라고 정의내렸기 때문에 불행한 것 아니겠나. 그냥 인생의 힘든 경험 하나 더 얻는 것일 뿐이지.

-그것이 그리 쉽지 않습니다.

-쉬우면 누구나 그리 했겠지. 남과 다르길 바라면서 남과 같이 살려고 하면 어리석은 것 아니겠나. 하긴 내가 이렇게 말하고 있음에도 내 의지대로 되어지지 않네. 그래서 내가 바라는 대로 되어지지 않는 것을 자연스럽게 받아들이라는 것일세.

-아하. 그렇군요. 쉬운 듯 어려워 보입니다.

-그럴 수도 있지. 바꾸어 생각하면 답이 나올 때가 많더군. 세상 일이 내가 원하는 대로 되는 것은 받아들이면서, 내가 원하지 않는 방향으로 되어지는 것에는 못 견뎌하지.

-아. 그렇군요.

-둘 다 같은 것 아니겠나. 저마다의 길이 있는데 서로 어긋나는 것이 정상 아니겠나. 내게 돈이 들어왔다면 누군가는 돈이 나간 것이지. 내가 수입이면 내게 돈을 준 사람은 지출인 것이 세상인데 어찌 내게 좋은 일만 일어날 수 있겠는가. 행복이 정상이라면 불행도 정상이지 않겠는가. 그것을 받아들이며 산다는 것일세.

-참 쉽게 말씀하십니다.

홍범도는 기사범의 말에는 어려운 것도 평범하게 말하는 능력이 있다고 생각했다.

# 24. 단굴암에서 단학도인이 계연수를 기다리다

이관집과 이태집은 자주 만났다. 두 사람은 형제이기도 했지만 잘 통하는 역사공부에 빠진 동료이기도 했다. 환민족의 역사에 대한 관심은 집안 내력이었다. 경제적으로 안정되어 있기도 했지만 집안 내력이었다. 약초를 캐러 갈 때나 올 때 종종 들르던 계연수가 오지 않자 궁금했다. 계연수가 묘향산으로 들어간 것을 알지 못하고 있었다.

-우리도 한 번 결행을 해야 할 때가 온 것 아닌가요?

-무슨 결행?

-우리의 선조들이 말 달리던 광야와 산하를 구경하러 가야합니다.

-그렇구나. 왜 잊고 살았지. 운초와 함께 계획을 짜야겠다.

-좋은 생각입니다. 운초 형님과 함께라면 적극 찬성입니다. 생각만 해도 마음이 뿌듯해집니다. 말을 타고 달리고 싶어집니다. 먼저 세 곳 중 두 곳을 들러야 하고, 다음으로 백두산과 광개토대왕의 비가 있다는 곳은 가봐야겠지요.

-세 곳 중 두 곳이라면 어디를 말하느냐?

-삼한관경제를 이야기할 때 저울판인 백아강, 즉 평양은 저희가 자주 가는 곳이니 두 곳이 남습니다. 저울대인 소밀랑으로 하얼빈이고요, 또 한 곳은 저울추인 안덕향이지요.

-옳다. 그곳을 둘러봐야 조선의 진정한 모습을 보겠구나. 세 축을 연결해서 통치한 조선의 진면목을 볼 수 있게 되니 생각만 해도 감개가 무량하다.

-예. 그렇습니다. 특히 진정한 조선의 수도였던 진한의 소밀랑은 꼭 가봐야 합니다. 진한 번한 마한의 모습도 보고 싶습니다. 상상만으로도 행복해집니다.

-그래. 운초에게 물어볼 것도 없이 우리가 먼저 준비해야겠다. 운초에게 말하면 동의할 것이다.

-저도 그렇게 생각합니다.

-아쉽다면 치우천황의 흔적이 사라지고 말아 진정 동북아를 호령했던 진면목을 확인할 수 없는 것이 아쉽다.

-진정한 강자였던 치우의 흔적은 이름이나 천제를 지내는 곳에서 발견되지만 유적으로 남아있지 않은 것이 아쉽기는 합니다. 결국은 모습을 드러낼 것이라 믿습니다.


일본군 사령부 제1국 국장실에 한 사람이 긴장한 모습으로 들어서고 있었다. 안내해 준 군관을 따라 사무실로 들어섰다.

-어서 오게.

들어서는 사람은 감연극이었고 맞이하는 사람은 데라우치 마사타케였다. 데라우치 마사타케가 반갑게 감연극을 맞았다. 데라우치 마사타케는 군인이었지만 전략가였다. 프랑스에 유학하는 긴인노미야 히타시 호아자의 수행원으로 프랑스 주재 무관武官으로 파견되기도 했다. 권력의 중심 자리를 차지하고 있었고, 핵심권력자와 끈이 연결되어 있었다. 조슈한長州藩의 가신 집안에서 태어났으며, 본명은 다다 주사부로였으나 데라우치 가문에 양자로 들어가면서 이름을 바꾸었다. 12세에 군에 입대하여 근대 일본군의 창설자인 야마가타 아리토모山縣有朋의 심복이 되었다. 야심이 있는 군인이었다.

긴장을 늦추지 않은 감연극은 몸 둘 바를 몰라 하고 있었다.

-앉게.

감연극은 자신은 지금 여기에 왜 불려왔는지를 모르고 있었다. 감연극은 어려워하며 권하는 자리에 앉았다. 감연극甘演極은 간엔고쿠라고 불렀다. 염탐과 심문으로 능력을 인정받은 자였다.

-내가 부른 이유를 설명하겠네.

-예!

목소리가 신임병처럼 컸다. 감연극은 아직도 긴장이 풀어지지 않았다.

-긴장하지 말게. 편하게 들었으면 하네.

그럼에도 감연극의 표정은 달라지지 않았다.

-중요한 임무가 있네. 우선은 비밀리에 진행된다는 것을 명심하게.

-예. 알겠습니다.

-지금 우리 위대한 일본제국은 아시아를 넘어 세계를 경영할 꿈을 가지고 있네. 먼저 가까운 조선을 우리 일본화하려는 작업이 진행되고 있네.

감연극은 꿈쩍도 하지 않고 듣고 있었다. 눈은 데라우치의 입에 고정되어 있었다.

-조선을 일본화하기 위해서 해야 할 일이 있네. 조선에 있는 반일주의

자들과 조선의 고대사를 연구하는 자들을 색출해서 없애야 하는 것일세. 그 임무를 맡도록 하게.

-예. 시키는 대로 하겠습니다.

-특히 자네의 임무는 조선의 맥을 이어놓는 조선의 역사가들을 찾아내는 것일세. 조선을 이론화하기 위해서 꼭 없애야 할 존재들일세. 그것을 자네가 해야 하네.

-예. 알겠습니다.

-내가 어디로 보직을 받든 이 임무는 계속 된다는 것을 명심하고 수행하게. 자네가 능력이 있다는 말을 들었네.

-예. 감사합니다.

-일본제국을 위한 특별한 임무라는 것을 명심하고 단단하게 마음먹게. 그리고 곧 조선으로 파견될 걸세. 자세한 것은 별도로 알려주겠네.

지시를 내리는 데라우치는 정치적인 끈을 가지고 있었다. 전략가로서 일본의 최고 자리까지 노리고 있었다. 무엇보다 조선을 삼키는 작업과 조선을 일본땅으로 만들고자 하는 결의를 다지고 있었다. 섬나라인 일본이 대국화하려면 대륙에 근거지를 마련해야 한다는 인식이 강한 자였다. 그러기 위해서 조선은 일본의 대륙화에 적합했다. 그리고 일본이 조선보다 우위에 있는 역사를 가진 국가로 만들어야 한다는 신념을 가지고 있었다.


계연수는 보현사에서 스님들에게 역사 강론을 펼친 뒤 다시 산으로 들어가고 있었다. 산 속에 산이 있고, 다시 산으로 들어가면 산을 만났다. 산을 넘어가면 다시 산이 있었다. 산 안에 산이 있었다. 계연수는 다시 산으로 오르고 있었다. 계연수는 오래 전 굴이 있다는 이야기를 들고 호기심 반, 은거처로 삼으려는 마음 만으로 찾았던 적이 있었다. 단굴암이라고 이름 지었다. 그때는 잠시 들렀다 바로 내려왔었다. 산에서 사는 것에 이력이 난 계연수였지만 단굴암을 찾는 것이 쉽지 않았다. 기암괴석이 웅장하게 자리하고 있어 눈에는 띄지만 입구를 찾는 길은 좀처럼 얼굴을 드러내지 않았다. 길이라고 할 수도 없는 좁을 길을 더듬어 올라갔다. 고생 끝에 입구에 도달했다. 단굴암 입구에 이르자 시야가 확 트였다. 숨을 몰아쉬고는 땀을 식힌 후 단굴암 안으로 들어갔다.

-어서 오게.

안에서 목소리가 들려왔다. 계연수는 깜짝 놀랐다. 안은 어두워서 잘 보이지 않았다. 어둠 속에서 불빛이 보였다. 작은 불씨가 남아있었다. 계연수가 어둠에 익숙해지는데 시간이 걸렸다.

-그대가 올 것을 알고 기다리고 있었네.

계연수는 다시 한 번 놀랐다. 얼굴이 확실하게 보이지는 않았으나 수염이 하얀 노인이었다. 흰 수염과 흰 도포가 잘 어울렸다. 자신이 올 것을 알고 기다리고 있었다는 말에 계연수는 놀랐다. 도인들이 사람이 오고 가는 것을 선견으로 안다는 말은 여러 번 들었지만 처음 겪는 일이었다.

-그러면 기다리고 계셨다는 말씀이십니까?

-그렇네.

계연수는 할 말이 없었다. 순간 말이 막혔다. 왜냐고 묻고 싶었지만 순간 참았다.

-당황하지 말고 일단 앉게.

계연수는 노인의 알지 못할 힘에 아무 말도 하지 못하고 지정한 자리에 앉았다.

-사람이 그냥 태어나는 것 같지만 그렇지 않네.

계연수는 듣고만 있었다. 달리 질문하거나 할 말이 준비되어 있지 않았다. 더구나 자신을 기다리고 있었다는 말에 이끌려서 노인의 기운에 압도당하고 있는 것을 느꼈다. 묘향산 깊은 토굴을 찾아 어렵게 왔는데 인적 없는 곳에서 노인이 자신을 기다리고 있는 상황을 만났으니 당황스러우면서도 말문이 막히고 말았다.

-이곳을 단굴암으로 명명한 것으로 아네. 맞나?

-아. 예!

오래 전에 이곳에 들렀다 단굴암이라고 자신이 지은 이름이었다. 이 굴을 단굴암이라고 명명한 사람은 자신이었다. 자신 외에 아무도 단굴암이라고 하는 사람이 없었고, 알지도 못하는 이야기를 하고 있었다.

-놀라지 말게. 어느 단계가 되면 자연스럽게 알게 되는 것일세. 마을 무당도 이런 정도는 안다네.

계연수는 더욱 당황스러웠다. 내색을 하지 않으려고 했지만 당황스러워하는 모습이 겉으로 드러났다.

-한 사람이 태어나려면 하늘이 문을 열어주어야 하는 것일세. 더구나 역사의 짐을 진 자를 하늘이 그냥 보낼 리가 없네. 만나야 할 사람을 지정했지. 그 많은 사람 중에 한 사람이 날세.

-아. 예.

계연수는 뜻밖의 상황을 맞아 어찌해야 할지를 모르고 있었다.

-세상이 서로 싸우며 살 듯이 하늘에서도 경쟁이 있지. 사람은 하늘에서 왔다고 하지 않는가. 그렇다면 하늘에서 온 생각이 이 세상에서도 같은 생각이지 않겠는가?

-예. 그렇습니다.

너무나 당연한 논리였다. 하늘에서 왔다면 하늘의 생각이 지금 여기에서의 생각과 같은 것일 것이다.

-하늘과 이곳은 다르지 않네. 다만 이곳은 살기가 힘든 곳이라는 점만 다르네.

-이곳이 살기 힘들다고요?

이번에는 계연수가 힘을 내서 물었다.

-그렇지. 이곳은 한 생명이 살아가려면 타 생명을 잡아먹고 살아야 하는 무서운 생존법칙이 있어서 그렇네. 생명의 생존을 위해 다른 생명을 죽여야 하는 무서운 생존경쟁이 있는 곳이어서 힘든 것일세.

-이곳이 힘든 이유가 그것뿐입니까?

-몸이 있기 때문일세. 육체의 욕망을 감당하고 살아야 하니 그렇네.

노인은 말을 하다 잠시 멈추고 허공을 바라보다 말했다.

-내가 여기 온 이유는, 알려줄 것이 있어서네.

-알려 줄 것이 있다고요?

-그렇네.

노인은 단답으로 답해놓고는 다시 잠시 침묵했다.

-이 단굴암에는 우리 배달겨레의 첫 계시문이 적혀있네. 내가 돌아간 후에 찾아보게.

-배달겨레의 첫 계시문이라고 말씀하셨습니까?

-그렇네.

-그렇다면 천부경을 말씀하십니까?

-알고 있는 그대로일세.

계연수도 아버지로부터 들은 적이 있었다. 천부경天符經. 구전으로는 전하지만 서책으로나 명문화된 것을 만날 수가 없었다. 천부경이 단굴암에 있다는 선언이었다. 천부경은 우주창조의 이치를 81자로 풀이한 진경眞經으로, 1에서 10까지의 수리數理로 천지인天地人 삼극三極의 원리를 설파한 경이었다. 불과 81자로 우주원리를 설명한 인류 최초의 경이었다. 천부경의 핵심은 '一·三, 三·一'의 원리였다. 신비롭고 자연원리를 완벽하게 숫자로 설명하는 상수학적象數學的 경전이라는 특징이 있다. 놀랍고도 신비한 원리를 1에서 10이라는 숫자로 설명하고 있었다.

계연수는 알 듯 모를 듯한 천부경을 이 기회에 확실하게 알 수 있는 계기가 왔다고 생각했다. 한데 왜 내가 돌아간 후에 찾아보라는 것일까.

-왜 지금이 아니고 돌아가신 후에 찾아보라는 것입니까?

망설이다 노인에게 물었다.

-다 때가 있는 것일세.

-그러면 지금은 때가 아니라는 말씀이십니까?

-천부경이 적힌 것을 발견하는 순간 알게 될 걸세.

노인의 의도를 알 수가 없었다. 계연수 자신이 올 것을 알고 기다리고 있었다는 것도 그렇고, 단굴암이라는 이름을 알고 있는 것도 그렇고, 단굴암에 천부경이 적혀있다는 것을 알려주면서 후일 발견할 때 그 이유를 알게 된다는 것도 알 수가 없었다. 분명한 것은 너무나 계연수 자신을 잘 알고 있다는 점이었다. 머릿속이 혼돈스러웠지만 이상하리만큼 개운했다. 설명할 수 없는 묘한 느낌이 들었다.

-그러면 왜 이 자리에서 기다리셨습니까?

이야기를 명쾌하게 해주지 않을 것이라면 굳이 기다리면서까지 단굴암에 있다가 굳이 설명을 미루는 것이냐는 반문이었다.

-천부경을 발견할 때 그 사연을 알게 될 것이라고 하지 않았는가. 미리 알아서 좋을 것이 없는 것이 있네. 서둘러서 되는 일이 없네. 무르익지 않았을 때 곡식을 거두면 알맹이가 없는 것과 같은 것일세.

노인은 편안한 목소리로 말했다.

-내가 알고 있는 것은 부분일세. 부분을 전하러 오늘은 온 것일세. 자네는 하늘의 명을 받은 사람일세. 짐을 지러 온 사람이란 말일세.

-하늘의 명을 받았다고요?

-그렇지.

딱 부러진 목소리로 말했다.

-짐을 진다는 의미는 무슨 말씀이십니까?

-환족의 역사를 5천 년 만에 다시 종합하는 짐을 진 사람이란 말일세. 나는 부분이지만 그대는 전부라네.

이해 불가한 말이었다. 뜬금없이 단굴암에서 만나 생뚱맞은 이야기를 나누고 있음에도 이상한 점은 의심이 들거나 반론하고 싶은 마음이 없다는 점이었다. 다 받아들이고 있는 자신이 오히려 신기했다.

-안타까운 점은 고난도 함께 진다는 것을 의미하네. 나는 천부경이 새겨져 있는 단굴암을 알려주는 것으로 내 역할은 끝나네.

-천부경이 새겨져 있는 것을 발견하는 것이 그리 중합니까?

-천부경이 고대로부터 전해 내려오는 것을 확인시켜주는 것도 중요하지만 자네의 책무를 확인시켜주는 역할을 나는 지고 왔네.

-아.

계연수의 입에서 탄식이 절로 나왔다. 이미 아버지와 어머니가 계신 자리에서 선언한 바 있었다. 역사의 짐을 진 자로 살겠노라고. 어떤 어려움이 올지도 모르는 길이었다. 그럼에도 계연수는 역사의 짐을 지는 일을 스스로 선택한 바 있었다. 그것을 단굴암에서 노인이 확인시켜주고 있었다. 역사의 은자에서 역사의 짐을 진 자로 확정되는 순간이었다. 역사의 완결자가 되어야 하는 숙명이 계연수에게 있음을 말해주고 있었다.

-역사의 은자는 여럿이지만 역사의 완결자는 한 사람뿐이라는 점일세.

역사의 은자와 역사의 완결자는 다른 의미였다. 은자는 자신이 가지고 있는 고대의 역사를 보존하고 지키는 것이지만 역사의 완결자는 새로이 역사를 종합해서 세상에 알리는 일까지를 수행해야 하는 것이었다.

-제가 해야 할 일은 무엇입니까?

-역사의 은자들이 가지고 있는 것들을 모아서 하나의 통서로 만드는 것일세. 은자들은 기다리고 있네. 하지만 만나기도 쉽지 않지만 종합하는 일은 더욱 어려울 걸세. 시대가 어지러워서 더욱 힘들 걸세.

-예정된 것입니까?

-모든 예정은 확정되지 않네.

-실패할 수도 있다는 말씀이십니까?

-당연하지. 미래는 불가해한 세계이기 때문에 사람이 땀 흘리는 것 아니겠나?

-그렇다면 은자들은 무엇이고, 역사의 완결자는 무엇입니까?

확정되지 않은 미래의 가변성에 도전하러 온 사람들이란 말이었다.

-책무를 안고 왔지만 이뤄진다는 보장은 없단 말일세.

계연수는 말없이 허공을 한참 동안 바라보았다.

-성함을 물어봐도 되겠습니까?

-단학이라고 하네.

-단학이라고 하셨습니까?

이름이 단학이라는 말에 잘못 들었나 해서 다시 물었다.

-한자로는 어떻게 됩니까?

-박달나무 단檀에 학학鶴자일세.

-무슨 의미를 담았는지 물어봐도 되겠습니까?

-이미 느낌으로 알았을 걸세. 단檀은 배달국을 지칭하는 이름일세. 학은 오래 살고, 고고한 새니 오랜 동안 올곧게 실천해보자는 의미이고.

계연수는 단학檀鶴이라는 말에서 그런 느낌을 받았지만 확인하는 차원에서 되물었다. 예상이 맞았다.

-천부경은 언제 만들어졌습니까?

-천부경은 환국 때 만들어져서 구전되어 왔네. 문자가 없었던 시대였지. 단국 때 문자로 기록이 되었네. 환웅천왕께서 신지 현덕에게 명해 녹두문으로 기록하게 했네. 후일에 최치원이 신지의 전고비篆古碑를 보고 다시 첩帖으로 만들어 세상에 전했지.

-제가 알고 있는 것과 비교해 주실 수 있습니까?

-외워보게!

계연수는 자신이 알고 있는 천부경을 외우기 시작했다.

일시무시일석삼극무 一始無始一析三極無

진본천일일지일이인 盡本天一一地一二人

일삼일적십거무궤화 一三一積十鉅無匱化

삼천이삼지이삼인이 三天二三地二三人二

삼대삼합육생칠팔구 三大三合六生七八九

운삼사성환오칠일묘 運三四成環五七一妙

연만왕만래용변부동 衍萬往萬來用變不動

본본심본태양앙명인 本本心本太陽昂明人

-맞네. 최초의 우주수학원전이라고 할 수 있네.

-우주수학원전宇宙數學原典이라는 의미는 무엇입니까?

-인류 최초의 경전으로 우주의 원리를 수를 통해서 설명했네. 수 하나하나의 의미를 바로 드러나게 한 놀라운 경전일세. 진정 놀라운 것은 1에서 10까지의 숫자를 설명해 놓은 것일세. 불과 81자로 우주의 원리를 설명했다는 점이지.

-계연수는 단학도인에게 다가앉았다.

-천부경은 정확하게 좌우로 9자씩 배열되어있지.

-예. 그렇습니다.

-이것은 알고 있을 걸세. 천부경은 일一부터 십十까지의 수로 이루어져 있고, 하나一는 우주 만물이 태어난 생명의 자리이며, 절대 유일자를 말하네. 하늘은 양의 근본으로 일一이요, 땅은 음의 근본으로 이二요, 인간은 하늘과 땅이 합해져 생겨난 존재이므로 삼三을 말하는 것일세.

계연수가 아버지로부터 들은 바 있었다. 천부경의 오묘함의 출발이 여기에서부터 있음을 계연수는 알고 있었다.

-1과 2보다 3이 중요한 이유는 알고 있나?

-하늘과 땅이 합해져 만들어진 존재이기 때문으로 알고 있습니다.

-123은 분별할 수 없이 다 같이 중요하기에 천일天一, 지일地一, 인일人一이라고 하지만 특히 사람에게는 태일泰一이라고 하네. 하늘과 땅의 기운을 모두 담았기 때문에 클태泰를 넣네. 우리의 철학은 인본에 있다는 것을 확인시켜 주는 분명한 근거라고 할 수 있지.

우주를 이처럼 단순하게 극명하게 밝혀놓은 원리는 없었다. 아버지에 게서 들은 이야기를 다시 듣고 있었다. 다시 새로웠다. 음양의 출발과 삼태극의 비밀인 인간을 설명하는 단초였다. 계연수는 귀를 가능한 크 게 열었다. 다시 듣지 못할 수 있는 말이기 때문이었다. 마주 앉아 있 는 사람이 오늘로 처음이자 마지막일 가능성이 높다는 생각을 하고 있 었다.

# 25. 이기와 나철이 역사의 혁명의 길에 나서다

나철은 책을 불사르고 남은 책들을 탐독하기 시작했다. 예전에는 관심이 없던 책들에 관심이 갔다. 가지고 있던 책들은 불태워버린 후에 마음이 개운해졌다. 소장된 책들이 조선을 좀먹는 좀벌레 같았다는 생각이 들었다. 조선민족 즉 배달겨레의 위대한 영웅들을 모르고, 삼국지에 탐닉하고, 공자와 맹자에 빠지고, 음양오행의 출발이 중화였다고 했던 것들이 허무하고 안타까웠다. 중화가 출발하기 전에 이미 오래 전에 우리의 위대한 문화가 꽃피고 있었음을 이기를 만나면서 눈을 뜨기 시작했다. 그동안 자신의 안목이 우물 안 개구리였음을 알게 되었다.

인류문화의 출발이 배달민족에 있음을 깨닫고 가슴이 훈훈했다. 가지고 있던 것들은 버리고 새로운 지식으로 채울 생각을 하니 가슴이 더워졌다. 겨우 눈뜨기 시작했지만 자신의 첫발이 혁명이었음을 선언했다. 혁명의 첫발이 작고 나 한 사람에 불과하지만 기어코 거스를 수 없는 흐름이 되도록 할 것임을 혼자 선언했다. 단독선언이었다. 하지만 의미있는 출발이었다. 다시 한양으로 올라가야겠다는 결정을 했다. 자신이 가지고 있는 것이 부족하고, 이곳 고향에서 역사를 펼치려던 생각을 접어야겠다고 결정했다. 자료와 정보가 부족하고, 너무 좁다는 생각을 했다. 지금 자신에게는 이기의 도움이 필요하다는 결론을 내렸다.

나철은 행장을 꾸렸다. 한양까지는 먼 길이었다. 눈치를 챈 어머니가 방으로 들어왔다.

-온지 며칠이나 되었다고 바로 가려하느냐?

나철은 마당에 책을 쌓아놓고 불을 지르는 것을 본 어머니로서 걱정이 앞섰다.

-할 일이 있습니다.

-그래도 며칠 더 묵어 가거라. 몸도 챙길 수 있도록.

그동안 집에 있던 닭을 잡고, 묵혀 두었던 꿀단지까지 꺼내서 아들을 챙기던 어머니였다.

-어머니 덕분에 편히 쉬었고, 몸도 한결 가벼워졌습니다.

-그리 할 일이 급한 것이냐?

-예. 그렇습니다.

나철의 머릿속에는 이기를 만나는 것이 먼저라고 입력이 되어 있었다. 다른 생각이 들지 않았다.

나철은 짐을 챙긴 후 사랑채로 가 아버지에게 작별인사를 드렸다. 아버지는 먼저 말을 꺼내지 않았다. 아들이 고개를 숙여 절을 하는 것을 물끄러미 바라보았다.

-다녀오겠습니다.

-그래. 그리 하거라.

아버지는 더 이상의 말을 삼갔다. 마음의 결정이 되어 있는 아들을 말린다고 들을 나이도 아니었다. 그렇다고 험로가 예상되는 아들에게 몸 조심하라는 말을 건네야 무슨 의미가 있을까 싶었다. 힘든 길을 다 알고 있는 아들의 마음을 가슴으로 담아 둘 뿐이었다. 아버지로서 속마음을 들켜 안절부절 하지 못하고 무엇을 도와주어야 하냐며 수선을 떨 일이 아님을 알았다. 아들이 가는 길이 무사하기만을 마음으로 빌고 있었다.

나철은 곧바로 이건창을 찾아갔다. 마을을 벗어나려는 데 친구 이형국을 만났다. 서당 친구였다.

-얼굴이 좋아 보이네.

-오랜 만일세. 잘 지냈나. 나는 지금 올라가는 길일세. 다음에 보세.

나철은 집에 온 후 밖에 일절 나가지 않고 있었다. 집안에서 앞날 할 일에 대해 고민하고, 고민했다.

-온 줄 알았으면 탁주라도 한 잔 할 것인데 몰랐네.

-아쉽지만 다음에 보세.

이형국의 말을 건성으로 듣고는 대답도 건성으로 했다. 머릿속에는 한양 생각만 있었다. 두 사람은 바로 헤어졌다.

나철은 바로 이건창에게로 갔다. 귀양살이 하고 있는 이건창을 만나고 한양으로 올라갈 생각이었다. 이건창은 냇가에서 한가함을 즐기고 있었다.

-한가하십니다.

-세상 일이란 것이 멀리서 보면 한가하고. 세상 안에 있는 사람들에게는 절박한 것 아니겠나.

-겉보기에는 편안해 보입니다.

-사람 속이 불이 난다고 해도 아무도 모르네. 사내 가슴에 불이 난다고

산불 나듯이 드러나겠는가! 나는 이곳을 공부하러 왔다는 생각일세.
어른들이 속불, 겉불 하는 의미를 몰랐지.

-그렇긴 합니다. 제 속 불타는 것은 제 맘만이 알겠지요. 저도 마을을
나서는데 얼굴이 좋아 보인다고 했습니다. 제 가슴 속은 타고 있는데
서당 친구가 한 말입니다.

-자네는 왜 가슴이 타는가?

-저는 해학을 만나면서부터 제 인생이 달라지고 있습니다.

사실이 그랬다. 이기를 만나면서부터 나철의 인생의 방향이 달라지기
시작했다. 이기는 나철에게 생의 변곡점을 마련해준 사람이었다.

-내 것을 바로 알아야 무너져 가는 나라를 제대로 일으켜 세울 수 있
고, 설령 나라가 무너져도 다시 찾을 수 있다는 확신을 가지게 되었
습니다.

-저마다 생각은 달라도 나라를 위한 마음은 같네. 나는 국가의 기강을
바로 세우고, 탐관오리들을 색출해 없애는 것이 먼저라고 생각했네.
이대로 두면 민란이 일어날 걸세. 그래서 세상을 뒤집어 놓을 걸세.

탐관오리를 찾아내 상소를 올린 것이 오히려 자신에게 화살이 되어 돌
아오는 세상. 세상이 거꾸로 돌아가고 있었다. 잘못을 신고한 사람이
귀양 가고, 잘못한 사람은 멀쩡하게 잘 살고 있는 상황이었다. 이건창
은 내려올 때보다 오히려 격앙되어 있었다. 처음 내려와서는 체념과
포기 그리고 세상은 원래 그럴 수밖에 없다는 깨달음이 있었다. 지금
은 다시 세상을 바로 세우기 위해서 자신을 불살라보겠다는 의욕이 생
기기 시작했다.

나철은 이건창과 이야기를 나누면서도 마음은 한양에 있었다. 시대
를 아파하는 것은 같았으나 시대를 해결하는 방법은 서로 달랐다. 이

건창은 세상의 부정과 부패를 없애는 것이 먼저였고, 공직의 기강을 강조했다. 나철은 바른 역사를 알려 자조적인 조선인들의 비관론에서 탈출시키려는 의도가 컸다. 뼈 속에 위대한 조선인이 있음을 일깨워주고 싶었다. 무엇보다 먼저 자신에게 역사적 자긍과 당당함을 심어야 했다.

역사에 눈을 뜨게 한 이기를 만나야 했다. 나철은 서둘러 이건창과 헤어져서는 한양으로 발을 돌렸다. 발걸음에 힘이 들어갔다. 가볍고 힘이 찼다. 불던 바람은 방향을 바꾸고 있었다. 마음 안에 불던 바람도 힘을 더해가고 있었다. 흐르던 물은 더 세차게 흐르고, 흐르던 바람은 더 강하게 불었다. 한양을 향하는 나철의 얼굴에는 생기가 돌았다.

이기는 기울어가는 조선을 일으킬 방도를 고민했다. 마땅한 비책이 없어 안타까운 마음이었다. 막힌 담을 뚫고 나갈 동력을 찾고 있었다. 지금까지 개인을 상대로 설파했지만 벽에 대고 이야기하는 듯한 느낌이었다. 참선을 하기 위해 면벽을 하는 것과는 다른 세상이었다. 면벽은 마음의 일을 다스리는 것이고, 면세面世는 세상과의 관계를 정립하는 일이었다. 면세는 행동이 필요했다. 면벽이 마음의 결정을 해야 한다면 면세는 몸으로 행동을 해야 했다. 시도 때도 없이 방향을 바꾸며 바람이 불어왔고, 불어갔다. 다시 위험한 바람이 불어오고 있었다. 개인의 힘으로 막을 수 있는 상황이 아니었다. 산이 무너지듯 조선이 무너지고 있었다. 산사태가 일어나 조선은 주저앉고 있었다. 망해가는 나라의 사내로서 바라만 보고 있을 수 없었다.

시국을 걱정하는 모임에 들었다고 왔으나 어떤 해결책도 찾지 못하고 있었다. 어둠이 깊었다. 이기는 집에서 책을 정리하고 있었다.

-계십니까?

나철의 목소리였다.

이기가 반갑게 나갔다. 나철은 이기에게 힘이 되고 있었다. 밝고 활기찬 젊은 사람이었다. 벽이 있으면 부수고 나갈 수 있는 힘을 보았다. 추진력이 있었고, 긍정적이었다. 미래를 낙관적으로 보는 젊은이였다.

-반갑네. 깊은 밤에 어인 일인가.

이기는 나철이 반가웠다.

-바람이 해학을 뵈러 가라고 등을 밀었습니다.

-반가운 말이군. 고향에 내려간다고 했지 않았나?

-그랬지요. 그래서 고향으로 갔습니다.

-얼마나 되었다고 벌써 한양에 있는가?

-그렇게 되었습니다. 마음 안에서 다른 생각을 하도록 부채질을 해서 견딜 수가 없었습니다. 한양으로 가라고, 어서 가야 한다고 부추겨서 참을 수가 없었습니다.

-어찌 된 영문인지 모르겠으나 잘 왔네. 어서 들어오게.

이기의 안내로 나철이 사랑방으로 따라 들어갔다.

주위 벽은 서책으로 둘러싸여 있었다. 나철이 이기의 집을 방문하기는 처음이었다.

-제가 의욕만 가지고 고향으로 내려갔는데, 막상 며칠 생각을 해보니 할 일이 없었습니다.

-구체적으로 어떤 일을 하려고 하는가?

-제가 우리의 역사를 고향에 가서 가르칠 학당을 만들겠다고 마음먹고 내려갔습니다. 막상 학당을 만들려고 마음은 먹었지만 아는 것이 없었습니다. 공맹이나 주자학 그리고 중국의 역사에 대해서 말하라고

하면 할 것이 있는데 우리의 것을 가르치려고 하니 청맹과니였습니다.

청맹靑盲과니가 맞았다. 겉으로는 멀쩡해 보이나 실제로는 앞을 보지 못하는 눈을 가진 청맹과니였다. 조선인이면서 조선의 역사를 모르고 있었다. 단군 할아버지가 나라를 세웠다고 했는데 단군 할아버지가 세운 나라에 대해서 제대로 모르고 있었다.

평생을 배운 것이 중화의 사상이었고, 입에 달고 다니는 이야기가 중화의 역사였고, 명나라의 철학이었다. 내 조상에 대해서는 감사할 줄 모르고 남의 나라 사람에게 배우려고 한 결과가 무식이었다. 내 나라에 감사할 줄 모르고, 남의 나라에 감사하며 살고 있는 자신을 발견했다. 나철이 고향에서 책을 불사르며 이제는 나를 알고, 내 나라를 알고, 내 조국의 역사를 공부해야겠다고 다짐하고 다짐했던 바였다.

나를 모르고 무엇을 알겠다고 할 것인가. 내 나라가 어떻게 탄생하고, 어떻게 지금까지 이어져 왔는가에 대해 알고 싶었다. 우리의 철학이 무엇이고, 사상이 무엇인가를 알고서 다른 철학과 사상을 이야기할 수 있어야 비교할 수 있고, 우리의 자리를 확실하게 알 수 있을 것이었다.

-지금이라도 깨달았다면 고마운 일일세. 조선의 선비가 모두 중화에 물들어 중화를 이야기 하고 있는데 홍암 같은 젊은 사람이 앞서고자 하니 더없이 큰 힘이 되네.

-저는 부끄러운데, 위로해 주십니다.

-부끄러운 일이 아닐세. 왜곡되고, 잊혀져 배운 적이 없고, 들은 적이 없으니 알 길이 있겠는가. 분명한 것은 중화보다 앞서고, 중화보다 뛰어나고, 중화보다 근원인 우리의 사상과 철학 그리고 문화를 모르니 안타깝네.

-저는 이해가 되지 않습니다.

-그럼에도 현실일세. 지금의 우리 조선을 봐도 확실히 증명이 되네. 우리의 고토古土를 우리 것이라고 말하지도 못할 뿐 아니라 우리의 것이라는 생각을 불경하다고 생각하고 있지 않은가.

-그렇군요.

-설령 우리의 것이 좀 모자란다고 해도 우리의 것을 가르쳐야 하는 것인데, 대단한 문화를 만들고 계승해온 우리 민족의 사상과 문화를 경시하고 있으니 안쓰러운 일일세.

-정말 안타깝습니다.

-그러게 말일세. 중화의 것들을 받아들이고 그것을 아는 것이 부끄러운 일이 아니라 오히려 자랑하고 있지 않은가.

-저도 그랬습니다. 불과 얼마 전까지는.

사실이 그랬다. 나철도 이기를 만나기 전까지는 중화의 것들을 외우고 배우는 것이 자랑이었다. 배운 것이 모두 중화의 것이었다. 우리의 선조가 남긴 것들은 아예 무시하고 있었다. 나철은 이기를 만나서 비로소 역사에 대해, 우리 민족에 대해 자각을 했다. 자각의 기폭제를 만들어 준 것이 이기였다.

-역사를 논할 때는 왜곡된 것을 원망하거나 자책할 이유가 없네.

-그건 또 왜지요?

-역사 왜곡은 어떤 것이라고 했지?

-왜곡되는 것이 자연스러운 것이라고요.

-그렇네. 역사는 강자의 것이니 원망하지 말고, 우리 것을 보존하고, 이어가다가 강자가 되었을 때 확실한 근거로 드러내면 되는 걸세.

-아하. 그렇군요.

-지금 우리가 청나라의 땅을 우리 땅이라고 하면 어떻게 되겠는가?

-바로 대국에 대한 역모라고 생각할 것 같습니다.

-그렇네. 그것을 주장하는 순간 조선의 왕을 교체하려 할 걸세. 그것이 바로 강자만이 역사를 가질 수 있다는 이야기를 증명하지 않는가.

-그렇습니다. 이제는 왜국까지 우리를 가르치려 하니 난감할 뿐입니다.

-우리가 할 일은 우리의 역사를 보존하고, 우리의 역사를 젊은이들에게 교육시키는 일일세. 조금 있으면 일본이 우리의 역사를 강탈할 걸세. 강자가 되면 첫 번째 하는 일이 역사왜곡일세.

-그래서 제가 한숨에 달려왔습니다. 한 알의 씨가 될 것을 다짐하고 왔습니다.

-고맙네. 천군만마를 얻은 기분일세.

-그렇게 말씀하시니 제가 송구스럽습니다.

-아닐세. 진정 큰 힘이 되네.

이기의 진심이었다. 선비들 중에 몸을 던져 역사에 뛰어들겠다는 사람들이 거의 없었다. 물론 알지 못해서였다. 그리고 우리의 것을 경시하는 태도가 조선조 500여 년 동안 이어져 왔다. 명에 사대를 하는 것이 당연시 되었고, 조선 왕조 자체가 왕조의 안녕을 위하여 굴종을 자처하고 있었다. 우리의 역사가 적힌 책들은 강제로 수거해갔고, 철저하게 숨기려 조선 왕조가 개국한 이래 일관되게 추진해왔다. 결과는 참혹했다. 남아있는 우리의 역사기록이 사라졌다. 역사책을 가진 자는 목숨을 빼앗겼다. 참형에 처해지는 무서운 역사왜곡의 현장이 조선이었다. 역사를 공부하거나 역사책을 보존하는 것마저도 어려운 상황에서 나철 같은 젊은이가 발 벗고 나서주는 것이 고맙고 대견스러운 일이었다.

-그렇다면 중화의 역사는 어떻게 봐야합니까?

이기가 황현과 이건창에게 설명했던 내용을 다시 반복해야 했다.

-중화는 스스로 땅을 넓힌 적이 없는 비굴한 역사를 가진 종족일세.

-예. 스스로 땅을 넓힌 적이 없다 하셨습니까?

나철은 이기의 말이 믿어지지 않았다. 대륙의 역사는 모두가 중화의 역사로 알고 있었는데 반대되는 말을 듣고는 어이가 없었다.

-그런 표정 이해하네. 누구나 처음 들을 때는 비슷한 생각을 하네. 이상한 것이 아닐세.

이기는 나철이 어이없어 하는 것을 당연하다고 생각했다. 여러 번 경험한 것이었다. 철저하게 중화의 역사를 왜곡시켰고, 조선은 동조했다.

-원나라가 어느 나라인가?

-?

무슨 의미의 질문인지를 파악하지 못했다.

-중화의 나라인가, 북방민족의 나라인가?

-북방민족입니다.

-그럼 금나라는 중화의 나라인가, 북방민족의 나라인가?

-역시 북방민족의 나라입니다.

-그렇네. 그럼 지금 청나라는 중화의 나라인가?

-아닙니다. 고구려가 있었고, 발해가 있었던 땅에서 발원했습니다.

-그러면 북방민족은 중화의 나라인가 우리나라인가?

나철은 대답하지 못했다.

-그것이 바로 중국에서 말하는 야만적인 북방과 동쪽의 나라들이 바로 우리 동이족의 나라일세. 적어도 우리 종족이 아니라면 우리의 형제국인 것은 확실하지 않겠나?

-아, 예.

틀리다고 할 수 없었다. 원나라가 중화가 아니라면 중국은 원나라에 점령당해 넓어졌고, 청나라에 의해 확장된 것이 옳았다.

-명나라가 가지고 있던 것들을 다 지우고 북방민족의 사상으로 건설된 것이 지금 청나라일세. 사직단을 쌓은 모양이나 예법이 다 우리 북방민족들의 것을 그대로 사용하고 있네. 사직단의 모양이 천원지방天圓地方인 것은 북방민족의 오랜 전통일세. 하늘은 둥글고 땅은 모나다는 뜻으로 우리의 강화도에 있는 참성단하고도 같은 모양일세.

-그럼. 중화의 것은 없군요.

-중화는 우리민족의 역사와 문화를 강탈해갔네.

-아, 그렇군요.

나철은 짧게 탄식을 했다.

-금나라, 원나라, 청나라 그리고 발해는 우리와는 어떤 관계로 보아야 합니까?

-예전에 이야기 한 적이 있네. 환국은 9환족에 12분국이라고. 그리고 동이는 구이九夷라고 해서 9개 부족이라고. 이 중 으뜸부족이 배달겨레이고, 다른 부족들이 연합해서 만들어진 연합국일세. 이들 부족이 서로 경쟁하고, 합종연횡하면서 흥망을 거듭한 것이 동북아의 환경이었네.

이기는 이야기를 하다 잠시 쉬었다 다시 시작했다.

-중화는 거의 대부분을 환국과 배달겨레 그리고 다른 여러 부족의 지배를 받거나, 그들에 의해 점령당하면서 국토면적이 넓어졌고, 문화도 탄탄해진 걸세.

-어떤 것들이 있지요?

-제자백가 사상들이 어디에서 왔겠나?

-공자도 이런 말을 했네. '술이부작述而不作'이라고. 전해 내려오는 것을 적기는 했으나 자신이 새로 만들지는 않았다는 이야기지. 그럼 어디서 왔을까. 공자는 대대로 내려오는 예절을 알고 있었고, 나라의 예법을 관장하는 관리였네. 중화가 자신들의 첫 나라라고 하는 하은주夏殷周가 예법을 만들었다는 이야기가 없네. 조정의 조직체계를 만들었다는 근거가 없네. 왜 없을까. 그렇다면 어디에서부터 연유된 예법일까?

-환국이나 단국 아니면 고조선의 예법이라는 말씀이시지요.

-그렇네. 우리의 기록에는 관리가 관장하는 일의 내용과 이름까지 기록되어있네.

-관리에 대한 것도 있습니까?

-그렇네. 삼백·오사 제도가 있었네. 환웅시대이니 단국시대일세. 삼백三伯은 풍백風伯, 우사雨師, 운사雲師로 이루어졌고, 오사五事는 주곡主穀, 주명主命, 주형主刑, 주병主病, 주선악主善惡이라는 다섯 부서로 구성되었지. 오사에서 인간사를 360여 가지 항목으로 나누어 다스렸다고 하니, 환국 시대와 달리 인간 삶의 방식이 많이 복잡해졌음을 알 수 있네.

-기록에 있다는 말씀이시지요?

-그렇네. 그리고 조공이나 조정이라는 말도 다 고조선과 관련된 말일세. 고조선에 공물을 바치는 것을 조공朝貢이라고 하고, 고조선의 궁궐을 조정朝廷이라고 한 것에서 연유하는 것일세. 아니라는 생각이 들면 약소국이 강국에게 예의로 공물을 바치는 것에 왜 '조朝'자가 들어갔는가를 설명해보게.

한자와 한학에 밝은 나철이었지만 대답하지 못했다.

-하늘에 제사를 지내는 것도 그때부터 있었겠군요.

-그렇지. 국가의 제사로는 사직단에서 지내지만 지역마다 하늘에 제사를 지낼 수 있는 신단神壇을 만들었네. 참성단이 바로 그것이고, 소도蘇塗가 있었네. 그곳에서 젊은이들을 가르치고, 나라가 관장할 수 있는 경계를 정하여 백성을 보호하고, 책임과 잘못을 물어 다스리는 성스러운 곳이었네. 또한 국인國人들과 더불어 의논하여, 여러 의견을 하나로 귀결하는 만장일치의 화백和白을 통하여 결정했지. 아울러 지혜로움과 삶을 나란히 수행하여, 인간으로서 온전함을 이루면서 살게 하였던 제도가 있었지.

-공부가 끝이 없습니다.

-처음에는 그럴 걸세. 전체적인 윤곽이 잡히면 이해가 쉽게 될 걸세. 먼저 뼈대를 잡는 것이 필요하네.

-우리의 국통이라고 할 수 있는 나라들을 먼저 바로 세워야겠습니다.

-최초의 나라가 있었는데 어느 나라라고 했는가?

-환국이라고 했습니다.

-다음으로는 단국과 고조선일세.

-거기까지는 알겠습니다.

-다음으로는 북부여일세. 부여 다음으로 사국체제가 들어서네. 고구려 백제 신라 가야지.

-그 다음으로 이국체제가 열리네. 남북조 시대네.

-통일신라가 아니고요?

-그렇네. 대진과 신라라네.

-아하. 그렇군요. 이제야 알겠습니다. 발해라고 하던 나라가 대진이고, 남쪽에는 신라가 있었군요.

-그렇네. 여기까지가 우리가 대륙을 가진 나라였지. 대진국이 망하면

서 우리는 안타깝게 약소국이 되네.

-다음이 고려군요.

-그렇네. 그리고는 지금의 조선일세.

시간 가는 줄 모르고 이야기가 이어졌다. 역사에 몰입한 두 사람은 지칠 줄 몰랐다.

이기는 일어나 서책들을 골라서 방 가운데 모았다. 그리고는 보자기에 서책을 쌓았다. 모두 우리의 역사와 문화를 알 수 있는 책들이었다. 개인이 소유해도 문제가 되지 않을 책들이었다.

-이 책들을 가져다 공부하게. 여기에 없는 것들은 내게 개인적으로 배우도록 하게.

-예. 알겠습니다.

나철은 스승 한 분을 만났다는 기분에 마음에 한결 가벼웠다.

# 역사의 비밀을 캐는 사람들

# 26. 가장 간결하나 가장 깊은 천부경의
## 비밀을 깨치다

묘 향산 중턱에 있는 단굴암에서 바라 보는 세상은 아름다웠다. 산과 산이 중첩되어 원근을 수묵의 짙고 얕음으로 밝혀주고 있었다. 멀수록 색이 옅어지고 다가올수록 색이 진해졌다. 산 밖에 산이 있고 그밖에 다시 산이 있었다. 산으로 들면 다시 산이 있고, 산으로 들면 또 다시 산이 있었다. 산으로 바다를 이루고 있었다. 밀려오는 바닷가의 파도처럼 산이 끝없이 이어지고 있었다. 계연수는 산의 중첩이 자신의 역사공부와 같다는 생각을 했다. 양파처럼 파고 들수록 속은 보이지 않고 새로운 속이 나오는 것과 같았다.

한 사람의 짧은 인생으로 수천 년의 역사를 파악하는 것이 불가능한 것이지만 중심 뼈대만이라도 파악하고 싶었다. 환민족의 역사는 더욱 아득해서 좀처럼 뼈대를 파악하기 힘들었다. 거기에 정신은 오묘하고 깊었다. 특히 천부경은 이해하기 어려웠다. 암호를 푸는 것 같았다. 계연수는 이번에 만난 단학도인에게서 제대로 배워야겠다는 생각이 강했다.

-천부경의 핵심을 한 마디로 하면 무엇입니까?

-앞서 말했지. 인본이라고. 사람이 중심인 사상이고 철학이지.

계연수는 단학도인이 좀 전에 말했던 것이 떠올랐다. '123은 분별할 수 없이 다 같이 중요하기에 천일天一, 지일地一, 인일人一이라고 하지만 특히 사람에게는 태일泰一이라고 하며 하늘과 땅의 기운을 모두 담았기 때문에 클태泰를 넣었다. 우리의 철학은 인본에 있다는 것을 확인시켜 주는 분명한 근거'라고 했었다.

-아하. 말씀하셨습니다. 인일삼人一三이라고 했습니다.

-세 개의 기둥으로 天一一, 地一二, 人一三이라는 것을 눈여겨보아야 하네. 사람이 3본질 중 같은 무게로 중요해서 1이면서도 3이라는 것에 방점이 있네. 그리고 하늘과 땅과는 달리 사람을 태일泰一이라고 하지 않았는가.

-조금 이해가 됩니다.

단학도인은 확실하면서도 단정적으로 설명을 했다.

-인간을 피조물이 아니라 북극성이라는 하늘에서 왔고, 천지로부터 대광명의 기운을 받아서 사물을 보고 느끼고 판단하는 영적 존재로 보는 것이 우리의 우주관일세.

-놀랍습니다.

-내가 틀릴 수도 있을 걸세. 틀렸다면 바로 세워야 할 사람이 자넬세.

-왜 저여야 하나요?

-이유가 어딨나. 스스로 선택한 사람이 바로 자네인 걸.

-제가요?

-그렇지.

계연수는 기가 찼다. 더 이상 물어보기도 벅찼다. 내가 선택한 것을 내가 모르고 있으니. 다만 스스로 다짐했다. 역사의 길로 들어서기로. 그것이 운명이었다는 것인가.

-역사의 의미에 대해서 어떻게 생각하십니까?

-역사는 역사적 사실을 아는 것은 기본이고, 핵심은 역사에서 긍정을 배우라는 것일세.

-역사적 사실을 확인하는 것보다 역사에서 긍정을 배워야 하는 것이 먼저라는 말씀이시지요?

-그렇네. 역사적 사실을 알아서 어디다 쓰겠나. 배울 것이 있는 역사만이 역사지.

계연수에게는 충격적인 말이었다. 역사적 사실을 파악하기 위해서 노력했던 자신을 돌아보았다. 단학도인의 말이 옳았다. 역사적 사실을 알아서 현재를 알고 미래로 가는 바른 길을 찾는 것이 아니라면 역사가 무슨 소용이 있을까. '배울 것이 있는 역사만이 역사'라는 말이 마음을 흔들었다.

-역사의 방향은 긍정이 아니면 알 필요도 없고, 배울 필요도 없네.

-그래도 사실을 알아야 하는 것 아닙니까?

-그렇다면 생각해보게. 나쁜 역사를 나쁘게 사용하거나, 좋은 역사마저 나쁘게 악용한다고 하면 역사를 배울 필요가 있을까?

계연수는 답하지 못했다.

-우리의 역사에서는 무엇을 배워야 합니까?

-근원일세. 처음의 취지가 너무 좋네.

-근원이라고요. 그리고 처음의 취지라면?

계연수는 집히는 것이 있었지만 확연치 않아 되물었다.

-예를 들면 천부경이 그렇지 않나. 단순하면서도 명쾌하게 81자로 우주의 원리를 설명하고, 인본을 말하고 있지. 우주의 원리를 만들어낸

민족이니 이를 근간으로 너와 내가 '큰 하나'가 되어 함께 잘 사는 나라를 만들자는 것이지.

단학도인의 말은 막힘이 없었다. 거침없이 달려가는 바람처럼 후련했다.

-'큰 하나'라는 의미는 무엇입니까?

-말 그대로일세. 애초에 한 나라에서 출발했으니 다시 큰 하나로 통일해 다툼 없는 나라를 만들어 보자는 것이 바람일세.

-애초에 한 나라였다는 것을 인정하십니까?

-환12국이라고 하지 않나. 일종의 연합국인 셈이지. 12부족이었다는 이야기 아닌가. 이들이 분열되고, 연합하면서 지금에 이르고 있지 않는가. 다른 나라들이 모여 함께 잘 살아보자는 것일세. 역사를 바로 알려 근원으로 돌아가 싸움이 없는 세상을 만들어보려는 불쏘시개가 우리의 역사라고 생각하네.

단학도인과 이야기를 하면서 역사인식에 대한 벽을 느끼고 있었는데 해소가 되었다. 애초에 하나였으니 싸움이 없는 큰 하나로 뭉치게 하는 것이 우리민족의 역사라는 생각이 머리에 남았다.

-바람이나 쐬러 나가세.

단굴암에서 나오자 초록세상이었다. 산이 파도가 이어서 밀려오는 것처럼 물결을 이루며 산의 바다를 만들고 있었다. 구름이 군데군데를 점령해 운해를 이루고 있었다. 시원한 바람이 불어갔다.

-이 바람 속에도 시간이 묻어있겠지.

단학도인이 혼잣말로 했다.

-이 바람이 얼마나 많은 시간을 날랐을까.

다시 혼자서 중얼거리듯이 말했다.

계연수도 산이 만들어낸 바다 같은 풍경을 바라보고 있었다. 아득하고 아득해서 세상으로부터 멀리 떨어져 있는 것 같은데 나는 이곳에서 무슨 연유로 단학도인를 만나고 있는 것인가 생각했다. 또 단학도인은 어떤 사람인가. 왜 나를 만나기 위해 깊은 산중에 들었을까. 세상은 묘연했고 설명할 수 없었다. 그럼에도 역사를 짊어진 자로서 이 자리에 서 있음을 느끼고 있었다.

단굴암에는 고맙게도 샘이 있었다. 단굴암에 머물 수 있는 이유이기도 했다. 많은 양은 아니었지만 고산이면서도 생수를 얻을 수 있었다. 적어도 몇 사람은 충분하게 사용할 수 있는 양이었다. 입구는 작아도 들어가면 넓은 면적이었다. 활동하는데 지장이 없는 큰 마당 같았다. 처음 단굴암으로 들 때는 어두웠지만 안에 있으면 불편하지 않을 만큼 밝았다. 항상 불을 피워놓고 있었다. 불이 꺼지지 않게 장작을 쌓아놓았다.

혼자 살면서 가장 많은 시간을 들여야 하는 것은 먹거리였다. 먹고 배설하는 일이 얼마나 많은 시간을 잡아먹는지를 알게 될 때 삶에 대해서 다시 생각하게 되었다. 한 사람이 살기 위해서 세상 전체가 필요하다는 것을 알게 되었다. 서당도 필요하고, 장마당도 필요하고, 집도 필요하고, 계절도 필요했다. 하늘도 필요하고 땅도 필요했다. 길도 필요했다.

물론 역사도 필요했다. 삶의 의미를 찾기 위해서 필요했다. 내가 살고 있는 조선이 어떤 나라인가를 아는데 역사는 필요했다. 나는 누구인가를 아는데 또한 역사는 더욱 필요했다. 진정 한 생명이 존재하기 위해 세상이 다 필요했다. 세상이 제대로 돌아가야 온전하게 한 사람이 살아갈 수 있었다.

-왜 81자일까요?

-9의 의미를 알면 81자의 의미도 보이겠지. 처음부터 들어가 보세.

계연수는 단학도인의 '9의 의미를 알면 81자의 의미도 보이겠지.'라는 말에 군침이 돌았다.

-우주의 시작과 완성을 1에서부터 10까지로 보았지. '일적십거一積十鉅'라고 했네. 1에서 우주가 시작해서 발전해 10이라는 수가 되는데 10은 완성을 의미하는 수야.

-들어갈수록 오묘하고 깊습니다.

-그것이 우리의 우주관일세. 단순하지만 깊네. 단순함으로 담아야 거짓이 없네.

단학도인의 말은 다 이해가 되지 않았다. 명쾌한데 전체를 알고 있는 사람이라야 이해할 수 있는 포괄적인 의미를 담고 있었다.

-우리의 우주의 근본정신 3수 정신일세. 또 우주가 돌아가는 이치를 '대삼합육大三合六'에서 찾을 수 있네.

- '대삼합육大三合六'이요.

-만물이 태어나 변화해 가는 원리를 3수로 설명할 수 있지. 하늘의 변화도 3수 정신이고, 땅의 변화도, 인간의 변화도 3수 정신이야.

-언뜻 이해가 안 갑니다.

-귀 기울여 들어보게. 그래서 천지의 정신은 3+3인 6수라네. 하늘과 인간의 정신도 6수로 , 땅과 인간의 정신도 6수로 나타내지. 6은 81자 중에 한 가운데 배치되어있네. 세상이 운영되는 기본 원리가 6이란 말일세.

계연수는 집중해서 들었다. 정말로 6이 천부경 81자의 한 가운데 있었다. 놀라웠다.

-'중천지中天地'에서는 천지의 이치를 관통해 궁극의 이상을 완성하는 가장 지극한 존재가 인간임을 말하고 있어. 바로 천지의 뜻을 이루는 완성된 존재인 인간이 태일泰一인 것이야.

-우주에서 거룩한 존재가 인간이란 말씀이시지요.

-그렇네. 그래서 우리 민족은 천부경을 신성하게 여기고 주문처럼 외우고 살았지. 지금은 다 사라진 과거가 되었네. 천부경을 한 번에 이해하려고 하지 말고 자꾸 되새겨 보게. 그러면 보이네. 내가 이야기하는 것은 나의 방편일세. 더 크게 보면 더 큰 것이 보일 걸세. 나는 내가 볼 수 있는 만큼만 보고 있는 것일세.

-결국 사람은 자신의 그릇만큼만 볼 수 있단 말씀이십니다.

-그렇네. 천부경의 첫 문장은 일시무시일一始無始一일세. 하나는 비롯됨이 없는 하나에서 시작이 되었단 의미이네. 중요한 건 하나가 있었다는 말이지. 하나에서 왔으니 다른 것들도 모두 하나라는 근원으로서 동일하다는 것이야. 여기에서 천부경의 진가가 보이는 것이야.

단학도인이 잠시 말을 멈추었다 이었다.

-왜냐, 세상의 생명은 같은 근원에서 나왔으니 다 같이 아끼고 서로 도와야 한다는 것일세.

-아하. 그렇군요.

-그래서 '삼신일체三神一體·삼진귀일三眞歸一'이라는 원리가 나오는 것일세.

-세상 원리를 다 담았는데도 81자로 짧은 것이 신비합니다.

-말 많은 사람이 진리를 이야기하는 경우 봤나. 세상은 그런 걸세. 말없이 듣는 자가 무섭지, 말 많고 귀 기울지 않는 자는 두렵지 않은 걸세.

단굴암의 실내의 온기가 온화했다. 군불을 때듯 있는 듯 없는 듯 불씨가 살아 있어 따뜻한 기운을 주었다. 불을 사이에 두고 두 사람의 이야기는 깊어갔다.

-천부경은 오묘한 뜻이 있으면서 내용도 81자의 한자로 아주 짧지. 이렇게 짧은 내용에 우주의 섭리인 모든 시작과 끝을 표현하고 있네. 천부경의 유래와 해설은 아직도 드러나지 않고 있네. 불교에서는 270자의 반야심경 안에 부처의 뜻이 모두 담겨져 있다고 한 것처럼 81자의 천부경에 환민족이 바라 본 우주의 이치가 담겨져 있는 것일세.

-짧지만 중요한 것은 다 담았군요.

-그렇지. 우리가 태양족이라는 것도 담았지. 천부경에 '본마음은 본래 태양과 같다'고 했네. 우리가 태양족임을 보여주는 구절일세. 삼족오에 3수의 원리대로 발이 세 개인 것도 그대로 보여주고 있지 않은가. 우리의 철학은 일목요연하게 하나로 관통이 되어있네. 우주의 원리와 통치의 원리, 그리고 세상을 보는 원리까지도.

-정말 그렇습니다.

역사를 공부해 온 계연수도 우리의 철학과 역사 그리고 나라를 통치하는 원리까지 하나로 통일되어 있음을 확인하곤 했다. 아쉬운 점은 우리의 정신을 잃어버려 중화의 것들과 뒤섞여 있어 순조롭게 돌아가지 못하고 있음을 보았다.

단학도인은 좀 전에 질문했던 것을 떠올렸다. 왜 9자를 가로 세로로 배치했는가에 질문이 떠올랐다.

-9에 대한 의미는 설명하기 나름이지만 쉽게 설명하겠네. 하늘을 1, 땅을 2, 사람을 3으로 표현하지 않았나?

-그렇습니다. 사람만 두고 보세. 3이 처음으로 사람을 표현한 숫자이

니 근원이겠지. 6은 작용이고, 9도 작용하지만 돌아가는 수로 마지막 수가 아닌가?

-그런 듯합니다.

계연수는 확연하게 이해가 되지 않았다.

-9는 작용하는 수로써 마지막 숫자일세. 10은 정지되고 완성된 것이니 동적인 것보다 정적인 것이어서 동적인 숫자의 마지막 숫자인 9로 한 것일세.

-그래서 마지막 수인 9를 좌우로 배치해서 81자로 만들었군요.

-그렇네. 보는 사람마다, 생각하는 사람마다 다른 풀이가 가능하지. 분명한 것은 만왕만래 용변부동본萬往萬來用變不動本이라고 해서 무수히 오가며 변하지만 근본은 변하지 않는다는 걸세.

-작은 문장에 참 많은 내용을 담았고, 근본을 담았습니다.

-그러기에 나는 우리 배달족을 정신의 부족이라고 말하네.

-그리고 말씀 하신대로 우리가 태양족인 이유가 천부경에 그대로 들어있습니다.

-그렇네. 좀 전에 말했던 본 내용은 이것일세. '본심본태양앙명本心本太陽昂明'이라고, 본마음의 바탕은 본래 태양이라서 밝고도 밝다고 했네. 우리 민족은 태양의 밝은 기운을 받아들이는 민족이고.

-우리 전통사상이 사람을 중심에 둔 사상이라는 것에 대해서 좀 더 설명해 주시지요.

계연수는 그동안 공부를 한 것이 오늘을 위해 공부를 해 둔 느낌이었다. 공부를 해놓지 않았다면 오늘 귀한 내용을 알아듣지 못하거나 흘려들을 수도 있었을 것이었다. 단학도인은 들을 수 있는 만큼만 들을 수 있다고 했다.

-가장 강조되는 것은 사람일세. '인중천지일人中天地一'이라고, 사람 안에서 하늘과 땅이 하나 된다고 천명해 놓았네. 하늘과 땅에 사람이 있는 것이 아니라 사람 안에 하늘과 땅이 있다는 최상의 인본을 선언하고 있지.

계연수는 통쾌했다. 사람을 이토록 존귀하게 다루고 있는 천부경을 다시 보았다.

-회삼귀일會三歸一에 대단원의 인본이 들어있네. 천지인, 셋을 모아서 태일泰一로 돌아가는데 주체는 사람일세. 즉 사람으로 해서 하나로 돌아가는 인일人一, 즉 사람 중심의 사상일세.

계연수는 가슴이 벅찼다. 정확하게 핵심을 짚어 한 번에 파악할 수 있도록 해주었다. 자신이 알고 있었던 것이 확실하게 정리되고 있었다. 무언가 미심쩍었고, 어렴풋했던 것들이 확연하게 모습을 드러내고 있었다.

-제가 확실하게 알지 못하는 것 중에 3과 9의 관계, 그리고 27과 81을 설명하는데 어려움이 있습니다.

-그렇다면 생각해 보세. 중요한 건 내 생각이 옳다고 하는 순간 다른 정의가 기다리고 있다는 것을 떠올려야 하네. 다시 말하면 내가 설명하는 것이 지금 옳을 수 있지만 더 높은 단계로 올라가면 다른 해석이 가능하다는 것일세. 사람은 영적진화를 위해 태어난 것이니 내 생각을 고집하지 말아야 하네.

-예. 그리하겠습니다.

단학도인은 상당히 다른 사람이었다. 많은 선비들이 자신의 생각이 옳다고 주장하는데 단학도인은 반대로 말하고 있었다. 자신의 말이 옳다고 하지만 옳지 않을 수 있다는 말이었다. 더 높은 단계에서는 다른 해석이 가능하다는 말이었다.

-다시 설명하겠네. 하늘의 근본인 一은 첫 번째가 되고, 땅의 근본인 一은 두 번째가 되고, 사람의 근본인 一은 세 번째가 되었지. 다시 말하면 하늘과 땅 그리고 사람을 모두 합한 숫자가 3일세. 3이 근본수일세.

-예. 말씀하셨습니다.

-3으로 늘려가는 수가 바로 9, 27, 81일세. 근본수로 우주의 원리를 담은 것이 천부경이라고 할 수 있네.

-천부경의 시작과 천부경의 마지막을 모든 1로 귀결시키고 있습니다. 일시무시일一始無始一과 일종무종일一終無終一이 표현하고 있는 그대로 1을 시작과 끝으로 해석하면 됩니까?

-달리 방도가 없네. 1은 시작이며 끝이고, 1은 동시에 끝이며 시작점이라고 받아들여야 하네.

-예.

-1은 시작 없는 시작이고, 1은 또한 끝없는 끝이라는 의미네. 시작과 끝이 다 같이 1에 있다는 의미지. 해석하는 사람에 따라서는 여기에 핵심을 무無에 두는 사람도 있네. 여기서의 무無는 절대무絶對無로써 절대성의 우주생명의 기운을 말하고, 시종始終을 품어 안은 것으로서의 절대무絶對無를 이야기하기도 하지.

단학도인은 일시무시일一始無始一과 일종무종일一終無終一을 같은 의미로 말했다. 결국 무시무종無始無終, 시작도 없고 끝도 없는 우주의 변화를 담고 있는 것이 천부경이었다.

-천부경은 신비롭습니다. 해석 또한 시작도 없고 끝도 없는 듯합니다.

-삶은 흔들리는 물 위에 정지하려는 배와 같은 것일세. 천부경도 마찬가지로 멈추지 않고 움직이는 우주의 원리를 정지된 정의로 내리려는

시도가 천부경으로 나온 걸세. 자네의 말처럼 결국 해석 또한 시작도 없고, 끝도 없는 것이 되었네.

-그럼에도 정의는 내려져야 하는 것 아닙니까?

-당연하지. 정의는 필요하네. 그래서 하늘과 땅의 일을 완성되지 않은 사람의 언어로 정의내린 것이 천부경 아니겠나.

모닥불이 꺼져갈만하면 다시 장작을 집어넣었다. 불이 잔잔하게 붙어서 온기를 전해주고 있었다. 모닥불은 구들과 연결되어 방을 따뜻하게 데우고 있었다.

계연수는 단학도인과 함께 하고 있는 것이 꿈인가 생시인가 싶었다. 홀로 마음의 결정을 하러 찾아온 단굴암에서 단학도인를 만난 것이 놀라웠다. 스스로가 놀라웠다. 단학도인의 말처럼 결국 내가 갈 길은 정해져 있었던 것이구나 싶었다. 멀리서 늑대가 울고 있었다. 유채색도 무채색으로 변하는 굴 안에서는 늑대의 울음이 멀고 멀었다.

# 27. 홍범도, 권법을 실험하다

하루 종일 쏘다녀도 즐거웠다. 사내 둘이 여인네들의 수다처럼 즐겁게 했다. 말수가 적은 두 사람에게서 보기 어려운 일이었다. 홍범도와 기사범은 서로 안 어울릴듯하면서 잘 어울렸다. 기질은 달랐지만 서로를 간섭하지 않고 자유로운 것이 닮았다. 눈치를 보거나 꾸미지 않고 마음을 소탈하게 털어놓는 것도 닮았다.

모처럼 나온 장에서 홍범도와 기사범이 처음 만났던 주막으로 들어갔다. 탁주 한 사발 시원하게 하기 위해서였다. 자리에 앉아 탁주와 메밀전을 시켰다. 둘이 한 잔 들이켰다. 속까지 시원해지는 느낌이었다. 마음이 편했고, 자유로웠다.

-야. 바로 저 놈이다!

주막으로 들어서던 젊은 건달이 기사범을 보고 손짓을 하면서 소리쳤다.

일행들이 젊은 건달의 소리에 기사범과 홍범도를 바라보고는 그 중 두 명이 다시 소리쳤다.

-맞다. 바로 그놈이다.

세 명의 건달이 기사범을 향해서 다가오자 다른 건달 일행도 쫓아서 다가왔다.

순간의 일이었다. 기사범은 표정 하나 변하지 않고 그대로 앉아있었다. 홍범도는 어찌해야 할 지 머릿속이 복잡했다. 기사범은 잔에 남아있던 탁주를 마저 들이켰다. 건달들도 함부로 덤비지 못했다. 지난번의 기억도 있고, 너무 당당한 모습에 섣불리 덤벼들지 못했다. 문제는 기사범의 실력을 모르는 처음 본 건달들이었다. 기사범과 홍범도를 처음 본 건달들은 배알이 뒤틀렸다. 자신들이 다가가고 있는데도 미동도 없이 술을 마시고 있는 것이 못마땅했다. 지난번에 기사범과 싸운 경험이 있었던 건달들은 뒤로 밀리고 새로운 건달들이 나섰다.

기사범과 홍범도에게 다가오는 듯하더니 주먹을 바로 날렸다. 기사범에게 먼저 날아간 주먹을 기사범은 가볍게 피했다. 거의 동시에 기사범의 주먹이 날아갔다. 단 한 방에 건달이 균형을 잃고 고꾸라졌다. 이어서 다른 건달들이 떼로 기사범에게 달려들었다. 홍범도에게도 주먹이 날아왔다. 기사범은 덤벼드는 건달들의 주먹과 발을 피하면서 탁자에 있던 숟갈을 들어 건달들의 급소를 한 방씩 찔렀다. 홍범도도 자신에게 날아오는 주먹을 막으면서 상대를 주먹으로 한방 먹였다. 기사범과 홍범도의 행동으로 동시에 몇 명이 나가 떨어졌다. 기사범의 솜씨는 부드러우면서 날카로웠다. 순식간의 일이었다.

건달들의 폭력은 짧은 시간에 제압되었다. 기물이 부서지고 할 틈도 없었다. 기사범의 능란한 솜씨와 홍범도의 기량이 빛나는 순간이었다. 기사범이 일렬로 세웠다. 그리고 한 명을 지목했다.

-너. 가서 일당들을 다 데리고 와.

멈칫거리자 다시 기사범이 외쳤다.

-빨리, 가!

기사범의 말에 눈치를 보다 뛰쳐나갔다.

기사범은 다시 술을 마시기 시작했다. 홍범도는 나서지 않고 기사범이 하는 대로 가만히 즐기고 있었다. 무엇을 하려는 것인지 알 수 없었으나 상황을 바라보고 있었다. 자신이 그동안 기사범에게 배웠던 무술과 권법을 처음 사용해보았다. 그동안 수련한 것이 예사로운 것이 아니라는 것을 확인했다. 동네 건달들의 주먹 정도는 가볍게 응징할 수 있음을 알았다.

얼마 후에 몇 명의 건달들이 다시 들이닥쳤다. 이유가 없었다. 손에 몽둥이를 하나씩 든 건달들이 덤벼들었다. 기사범의 몸은 날렸다. 몸이 공중으로 뜨는 듯하더니 두 명을 쓰러뜨리고 몸을 착지하면서 다시 두 놈을 연달아 바닥에 내리 꽂았다. 신기에 가까웠다. 홍범도의 몸놀림도 가벼웠다. 기사범을 따라갈 수 없었지만 일당 두세 명은 충분했다. 일렬로 서 있었던 건달들이 움직임이 수상하자 바로 기사범이 몸을 날려 제압했다. 시간이 짧았다. 전체를 사로잡았다. 기사범은 무술과 권법에 있어 신기에 가까운 사람이었다. 싸움도 상대가 되어야 하는 것인데 기사범은 달랐다. 싸움이 되지 않는 상대였다. 싸움으로 사는 건달들이라 상대를 한 눈에 알아봤다. 나가 떨어져서는 더 덤빌 엄두를 내지 못했다. 한방에 한 명씩 떨어졌다. 일순 제압되었다.

그 중 우두머리인 듯한 건달을 일으켜 세웠다. 우두머리인 듯한 건달의 태도가 확실하게 달라졌다. 비교 우위 정도가 아니라 범접할 상대가 아닌 것을 직감하고 있었다. 기사범이 우두머리에게 모두 자리에 앉게 하라고 지시했다.

-모두 자리에 앉아라.

우두머리가 지시하자 건달들이 모두 자리에 앉았다.

기사범이 운을 뗐다.

-일단 술을 한 잔씩 들면서 이야기 하세.

일반 주객들은 모두 사라지고 기사범과 홍범도 그리고 건달들만이 남았다. 기사범의 말에 따라 탁자마다 탁주가 배달되고 안주가 놓였다.

-자네가 이야기해주게. 나를 만나면 싸움을 걸지 말고 가만 놔두라고.

우두머리 건달에게 기사범이 말했다.

-네. 알았습니다. 형님으로 모시겠습니다.

우두머리 건달이 건달들을 바라보며 허세 담긴 목소리로 크게 말했다.

-앞으로 형님으로 모셔라. 알겠냐!

-예. 알았습니다.

건달들이 한 목소리로 대답했다.

-고맙네. 형님은 필요 없고, 시비만 걸지 말라고 해주게.

기사범은 건달에게 하대를 하지 않았고, 욕은 더욱 하지 않았다. 세워 놓고 훈계도 하지 않았다. 편안한 목소리로 마주 앉아 부탁하듯 부드럽게 말했다.

-내 술값만 내고 가네.

기사범이 일어서자 홍범도도 따라 일어섰다. 기사범이 술값을 내고 밖으로 나왔다. 우두머리 건달이 급하게 따라 일어서며 머리를 조아렸다. 힘에 눌려서 보다는 기세에 압도당한 느낌이었다.

-앞으로 잘 모시겠습니다.

-그냥 간섭만 하지 말아주게.

기사범은 우두머리 건달에게 손을 내밀어 악수를 청했다. 우두머리 건달이 머리를 깊이 숙여 기사범의 손을 잡았다.

-잘 지내시게.

건달들이 문 밖까지 나와 횡렬로 서서 고개를 숙여 인사했다.

홍범도와 기사범은 다시 시장통을 걸었다. 여전히 시끌벅적했고, 혼란 속에도 질서가 있어보였다. 사람이 살아가는 것이 모두 달라도 뒤섞여서 어울리며 잘 살아가고 있었다.

홍범도가 다시 시장통을 걸으면서 기사범에게 말했다.

-한 말씀해야 되는 거 아닙니까?

좀 전에 주막에서 있었던 사건에 대한 이야기였다. 건달들에게 인생충고 한 마디라도 해야 되는 거 아니냐는 물음이었다.

기사범이 소리 내어 크게 웃었다.

-뭔 소리를 하는가. 나도 겨우 살고 있는데 남에게 충고를 하라고?

-그래도 막사는 사람들에 대한 충고가 필요하지 않나요.

-나도 예전에는 그런 생각을 했던 때가 있었네. 이제는 아닐세. 다 성숙한 어른들일세. 그리고 내 생각으로는 예전에는 이런 생각을 했네.

기사범이 잠시 말을 멈추었다 이었다.

-어떻게 저런 행동을 할 수 있을까, 라고 생각했지. 뒤집어보니 반대였네. 그들도 다른 사람을 보고 같은 생각을 하고 있다는 것을 알았지. 사람들은 저마다 비슷한 상황에서 다른 생각을 하고 있었는데 그것은 그 사람이 타고난 만큼, 깨우친 만큼 살고 있는 것이었네. 왜 저렇게 살지, 라고 생각하지만 들여다보면 그렇게 살 수밖에 없는 것이었지.

-그래도 깨우쳐줘야 하는 것 아닙니까?

-아닐세. 노력 안 하는 사람 없고, 잘 살고 싶지 않은 사람이 없다는 걸 알았네. 하지만 타고난 그릇이 다른 거였네. 그릇이 생긴 모양도 다르

고, 크기도 다르고, 깊이도 다른 것과 같다네. 충고하고, 지적하는 것보다 받아주고 밀어주는 것이 필요하다는 걸 알았네. 다섯 살짜리 아이에게 인생을 이야기해서 모르듯이 저마다의 그릇이 있는 거였네.

말을 천천히 차근차근하게 했다.

기사범은 평소에 강요하지 않았다. 홍범도는 기사범에게 이런 철학이 있어서였음을 확인했다. 홍범도는 기사범을 만나서 변화가 있었다. 틀을 만들지 않는 사람이었다. 스스로 알아서 하도록 놔두고, 지나치면 유도하고, 그래도 안 되면 관계를 끊는 사람이었다. 강요해서 되지 않는다는 걸 누구보다도 잘 알고 있었다. 그리고 실천하고 있었다. 기사범은 흐르는 물과 같은 사람이었다.

홍범도는 달랐다. 목표의식이 있었다. 할일이 있다고 정하는 순간 실천하려는 의지가 넘쳤다. 홍범도는 제법 오랜 기간을 머무르면서 자신을 돌아보는 시간을 가졌다. 무술과 권법도 익혔다. 조선 최고의 호랑이 사냥꾼인 기사범을 만나서 배운 것이 사냥이 아니라 오히려 인생이었다. 홍범도의 머릿속에는 기사범과 함께 있으면서 무술과 권법을 배우고 있지만 옥녀에 대한 그리움은 조금도 변하지 않았다. 더 그립고 더 쓰렸다. 아이도 어떻게 컸을까 싶었다. 조금만 더 참고 몸과 마음을 다듬고 나가자고 다짐하고 있었다.


이건창이 유배되어 있는 보성이 시끄러웠다. 소소한 잔치가 열리고 있었다.

-해배를 축하하네.

이건창이 유배되었다가 불과 한 달여 만에 풀려나 다시 한양으로 가는 날이었다. 마을과 향리들이 찾아와 해배를 축하해주고 있었다.

-고맙습니다. 덕분에 잘 쉬고 갑니다. 저에게는 유배지지만 여러분에게는 고향입니다. 보성은 아름다운 마을입니다. 제가 살고 있는 곳, 강화와 닮아있습니다. 최고의 선물로 고향처럼 마음에 담고 갑니다.

-고생하셨네.

마을의 노인이 다가와 손을 잡아주었다.

-예. 고맙습니다.

-삶이 팍팍하지만 사람이 사는 마을에서는 정이 있네.

-그렇습니다.

유배 왔다고 거리를 두고 멀리하려는 사람도 있었지만 감자를 삶아서 가지고 오는 사람도 있고, 말린 생선을 몰래 가져다주는 사람도 있었다. 내로라하는 선비는 몸을 돌리고, 세상을 힘들게 사는 노인이나 아낙들이 오히려 챙겨주었다.

이건창에게는 유배지였지만 고마운 사람들이 있어서 버틸 수 있었다. 유배지에서는 먹고 자고 입는 것을 혼자 해결해야 했다. 선비로 산 사람으로서 여간 어려운 일이 아니었다. 죄인을 받아주는 마을 노인이 있어서 몸을 의지하고 살았다. 두 노인에게 의지해 살면서 인생도 배웠다.

이제는 헤어져야 할 시간이었다.

-당연히 가야되지만 섭섭합니다.

남자 노인이 말했다.

-그동안 고마웠습니다.

-고맙긴 숟가락 하나 더 놓은 것뿐이구만.

이번에는 할머니 노파가 말했다.

-정말 고마웠습니다. 죄인을 보살피는 것이 어려움이 될 수도 있는 일

이라 조심스러운 일인데 고마웠습니다.

이건창은 정말 두 노인에게 고마웠다.

길을 나서면서 이건창은 돌아보고 또 돌아보았다. 두 노인은 그 자리에 서서 바라보고 있었다. 두 노인이 없었다면 어떻게 여기서 버틸 수 있었을까 싶었다. 이건창이 가다 되돌아서서 한참을 서 있으면 두 노인이 어여, 가라며 가라는 손짓을 했다. 그저 하늘만 바라보고, 자식만 바라보고, 땅만 바라보고 그리고 바다만 바라보고 살아가는 사람들을 만났다. 이들에게 좋은 세상이 와야 하는데 그렇지 않았다. 욕망도 순수해서 농사와 고기 잡는 일로 살아가는 사람들이 잘 살아야 하는데 그렇지 못한 것을 안타까워했다. 내려올 때 다짐하고 다짐해서 평안을 얻은 듯했지만 이곳에 머물면서 힘들게 살아가는 사람들을 다시 보면서 이를 물었다. 몸이 부서지더라도 백성을 위해 살아보겠다고.

이건창은 사람 하나 없는 길을 하나의 외로운 짐승으로 길을 걸어가고 있었다. 다시 인생이란 바다로 들어가고 있었다.

# 28. 나철, 환단의 역사에 몰입하다

나철은 이기가 서책을 골라서 보자기에 싸준 책들을 받았다. 자신의 거처에서 보자기를 풀어 책을 펼쳤다. 감성이란 글자가 눈에 들어왔다. 감성監星이라면 별을 관측하는 기관이나 설치물이었다. 처음으로 설치했다는 년도를 보니 단기 418년으로 적혀 있었다. 4천여 년 전에 별을 관측하는 기구가 있었다는 것이었다. 10세 단군 재위 35년이라고 명시되어 있었다. 중화의 나라가 출발하기도 전에 있었던 오랜 별 관측기구였다.

나철은 의심을 가지고 살펴보기로 했다. 그대로 받아들이는 것은 선비로서의 자세가 아니었다. 실증적이고, 기록의 신빙성이 받아들여질 만큼 관련서적을 찾아야겠다고 다짐했다. 무조건적인 믿음을 배제했다. 11대 단군인 도해단군 주에는 놀라운 기록이 있었다. 〈도해단군 재위 28년에 장소를 마련하여 각지의 특산물을 모아 진기한 물건을 진열하게 하였다〉 놀라운 기록은 다음에 있었다. 〈도해단군 재위 38년에 장정을 징집하여 병사로 만들었다. 선비 20명을 뽑아 하夏나라 수도로 보내 처음으로 국훈國訓을 전하여 위엄 있는 명성을 보여주셨다〉는 기록이었다. 놀라운 것은 단기 480년으로 당시의 도해단군으로 명시되어있고, 하나라로 적혀 있었다. 하나라는 중화의 최초 국가라고 하는데 고조선의 11대 단군인 도해단군이 나라를 이끌어가는 국훈을 내려주었다는 기록이었다. 나철은 해석하기가 어려웠다.

나철은 책을 펼쳐 보다 궁금증을 견디지 못하고 이기에게로 달려갔다. 지금까지 알고 있던 하은주夏殷周, 또는 하상주夏商周라고 하는 나라들이 고조선의 신하국이었다는 기록이었다. 물론 이기에게서 많은 이야기를 들었지만 대부분 기록에 의한 근거를 제시하며 이기는 말했다. 그리고 논리적으로 설명을 해서 이해가 쉬웠다. 나철 혼자 서책을 보니 설명이 없어 이해하기가 어려웠다. 마음은 급하고 알 길은 없으니 이를 알고 있을 이기를 찾아갈 수밖에 없었다. 나철의 마음에는 역사로 가득 차 있었다. 이기의 이야기는 지금까지 나철이 가지고 있었던 역사를 뒤집고 있었다. 나철을 흔드는 것은 이기가 근거로 내세우고 있는 것들이 살아있는 언어로 존재하고 있고, 근거가 확실했다는 점이었다.

나철은 이기에게로 달려가자 이기는 마침 출타하려는 중이었다.

-또 찾아왔습니다.

-자주 와야 정이 든다네.

나철의 인사에 이기가 답했다.

-일이 있어 찾아온 듯 한데 어쩌나. 지금 나가려는 참이었는데.

-괜찮습니다. 같이 나가시면서 말씀해주시면 됩니다.

-서책은 살펴보았는가?

-서책을 살펴보다 답답해서 달려왔습니다.

-그럴 걸세. 처음에 보면 무슨 말인지를 알 수가 없네. 본줄기를 꿰뚫

은 후에 가지를 봐야 하는데, 아직은 어려울 걸세.

-그렇습니다. 먼저 큰 흐름을 이해해야 하는데 답답합니다.

-답답할 것 없네. 더구나 조선인이 알고 있는 것과 반대라서 더욱 이해하는데 오래 걸리지.

-중화가 이야기하는 하은주라는 나라에 대해 먼저 알고 싶습니다. 우리가 중화에서 배워왔다고 알고 있는 저 같은 사람이 이제 눈을 뜨기 시작했습니다. 중화의 근원이 우리였음을 이제 막 봤습니다. 한데 하나라와 은나라는 과연 중화의 첫 나라이고 우리보다 앞선 나라입니까?

바늘허리에 실을 꿰려는 것처럼 급한 것부터 물어봤다. 서책을 읽다 벽을 만난 것처럼 답답했다. 고대에 우리와 중화의 출발은 어떤 관계가 있었는가에 관심이 갔다.

-인류 최초의 나라는 대륙에 있었네. 환국이 인류 최초의 나라일세. 이후 환국에서 독립해 동쪽으로 온 사람들이 세운 나라가 배달겨레의 단국일세. 그리고 이어진 것이 고조선으로 보면 되네.

-그러면 하夏나라는 언제 세워진 것입니까?

-하나라는 고조선 때에 세워졌으니 한참 후의 일이네. 하나라가 세워지기 전에 있었던 환국이나 단국으로 보면 비교할 수 없을 만큼 오랜 역사를 가진 것이 환민족의 역사일세.

-근거는 어디에 있습니까?

-중화의 기록에도 있네. 사기를 살펴보면 일부지만 보이지. 숨기고 싶었고, 버리고 싶었겠지만 차마 버리지 못한 것들의 흔적이 여러 곳에 있다네.

이기가 걸으며 잠시 말을 멈추었다 다시 시작했다.

-〈은나라는 동이족이 세운 나라요, 주나라는 우리 화하족이 세운 나라라네. 은왈이주왈화殷曰夷周曰華〉라고. 은殷은 동이족이라 하고, 주周는 화하족이라고 한다는 말일세. 은나라 당시 서경西境의 산시성에 있던 주周나라 민족은 제후諸侯로서 은 왕조에 복속되어 있었네. 주나라가 중국 민족의 기원인 화하족華夏族일세. 조금 더 부연하면 동이족 유목민들이 우수한 금속 문화를 바탕으로 화하족 농경민들을 지배하는 구조가 바로 사실상 최초의 중국 왕조였다고 할 수 있지.

-은나라는 제후국諸侯國이란 말이 나오던데요.

-그렇네. 하은주 모두 제후국이라고 하는데 제후국이 무엇인가. 왕이 있으면 그 아래에 있는 소국의 왕들이나 재상들을 말하는 것 아니겠나. 어느 나라의 제후국이라고 생각이 드는가. 자신들이 최초의 국가라고 하면서 다른 곳에서는 제후국이라고 적어놨지. 앞뒤가 안 맞네. 속이려다 진실이 툭 튀어나온 모양일세.

-그렇습니다.

-사기의 기록에 은나라는 부여와 같이 흰색을 숭상했으며 하늘에 제사를 지내거나 군대를 일으킬 때 점을 쳤다고 했네. 그리고 최초의 국가가 컸겠는가. 그렇지 못했겠지. 이 사실을 증명하는 것이 맹자에도 나오네.

-맹자에 이런 내용이 나온다고 하셨습니까?

-그렇지. 맹자에 나오네. 서로 보는 것이 다른 것일세. 맹자·공손축장구公孫丑章句의 상上 1장에 나오네.

-아하. 그렇군요.

-〈하은주의 전성기에도 땅이 사방 천리를 넘은 적이 없으나, 제나라는 그만한 땅을 가지고 있었다. 닭 우는 소리와 개 짖는 소리가 사방의 국

경까지 도달했다. 제나라는 그만한 백성을 가졌다. 땅을 다시 개간할 필요도 없고 백성을 다시 모을 필요도 없으니 어진 정치를 펴 왕 노릇을 한다면, 아무도 그것을 막을 수 없을 것이다.)라는 내용일세.

나철은 귀를 기울여 들었다.

-중화라는 것이 우리 조선 사람들이 알고 있는 것처럼 큰 나라가 아니었지. 삼국지에 나오는 위촉오가 대륙을 지배한 것 같았지만 황하를 중심으로 소국의 전쟁이었던 것일세. 사발 속의 전쟁 같은 격일세. 지명을 살펴보면 확인되네.

-이해가 됩니다.

-구체적으로 나오는 것도 있네. 하나라 5세 왕 상相이 실덕失德하므로 고조선의 4세 오사구 단군이 식달에게 명하여 남진변藍眞弁 3부의 군대를 이끌고 가 정벌했다는 기록도 있고, 8세 단군인 우서한 단군이 미복을 입고 몰래 국경을 벗어나 하나라의 실정을 살피고 와 관제를 크게 개혁했다는 기록도 있네.

-고조선에게 지배를 받고 있었음이 증명되는군요.

-구체적으로 사람 이름이 나오고, 년도가 나온다는 점에서 무시할 수 없는 증거라고 할 수 있네. 역사는 의심하고 의심해서 확인한 후에 인정해야 하네. 감성적으로 접근하면 실패하게 되네.

-예. 알겠습니다.

-우리 기록에는 정확하게 나와 있지.

-그런 기록들이 다 어디에 있지요?

-그것들은 은자들만의 전유물일세.

-은자들만의 전유물이라고요?

-그렇네.

-왜지요?

-이유는 지난번에 이야기 한 적이 있네. 지금의 조선에서 왕조의 안정을 위해서 우리의 것을 버렸다네. 명나라와 청나라의 입장에서 보면 역모라고 할 수 있지 않은가?

-역모라고 하셨습니까?

-그렇지 않겠나. 명나라의 땅이 우리 조선의 옛 땅이고, 청나라의 땅이 우리 조선의 고토라고 하면 어떻겠는가?

-당연히 인정할 수 없다고 하고, 공격해 올 듯합니다.

-은자들의 역사서에 있는 내용을 살펴보세. 아주 구체적일세. 〈고불단군 56년에 모든 거수국, 다시 말하면 제후국諸侯國에 관리를 파견하여 개국 이래 처음으로 호구조사를 실시하니 인구가 1억 8천만이었다. 고불 단군에 이어 15대 대음단군 때 은나라 왕 소갑小甲이 사신을 보내어 경하했다. 대음단군은 은나라와의 화친을 다지면서 은나라에게 제후국 소임을 다할 것을 다짐받았다.〉는 내용일세. 하나 더 이야기해 볼까?

-예. 좋습니다.

나철이 흔쾌히 좋다고 했다.

-유향이 지은 《설원說苑》 권모權謀편에 이렇게 나오네. 〈은나라를 연 성탕成湯이 하나라의 폭군인 걸桀을 정복하려 했다. 재상 이윤이 말했다. 구이九夷군대의 도움을 받으므로 아직은 불가합니다.〉라는 내용일세.

-결국 성탕成湯이 하나라의 폭군인 걸桀을 몰아내지 않았습니까?

-그렇지. 다음에 이렇게 이어져 있네. 〈다음 해 걸이 구이 군대의 도움을 받지 못하는 것을 알자, 탕임금이 군사를 일으켜 걸왕을 토벌하니

걸이 남소로 도망했다)고 적고 있네.

-대륙에서는 지난번에도 말씀하셨던 환국 단국 고조선으로 이어지는 정통사가 있었군요.

-그렇지.

-백이와 숙제 고사와도 깊은 관계가 있겠군요.

-그렇네. 정리하면 이렇네. 고조선이 건국되면서 수많은 제후국 중에 황하 남쪽에 은나라를 두었고, 고죽국이 황하동쪽에 있었지. 또한 주나라가 은나라를 멸망시키면서 비로소 황하 남쪽에 한족 중심의 나라가 건국되었네. 그리고 황하 동쪽과 만주 연해주, 몽골 동부, 한반도와 일본 남부를 다스리던 고조선이 힘이 약해지자 수많은 제후국들이 제각기 독립적으로 분열되었네. 주나라 또한 여러 개의 나라로 분열되게 되네. 당시에 고조선은 대륙의 강자였지. 규모만 봐도 대단했네.

-얼마나 됩니까?

-약 3,600여 개의 제후국이 있었네. 조선국에서는 일반 군후국君侯國 외에 추장酋長을 둔 마을로 허락墟落이라 불렸던 것들이 있네. 다시 정리하면 2개의 대국, 20개 소국, 70여 조공국을 포함한 3,624개의 허락墟落이 있었다고 적고 있네. 아주 구체적일세.

-아하. 대단합니다.

-그랬지. 그러니 이 역사를 누군들 탐하지 않겠는가. 탐해서 가질 수 없을 경우에는 지워버리는 것이지.

-아쉽습니다. 우리의 역사가 그렇게 강자에 의해 사라졌군요.

-그러니 찾아야 하네. 나라를 세우면 가장 먼저 하는 사업이 있네. 종묘사직을 바로 세우는 것일세. 다시 설명하면 전 왕조의 종묘와 사직을 허물어버리던가 불태워버리고 새로운 종묘사직을 세우는 것일세.

그래야 자신들의 정통성이 들어설 자리가 생기는 것이지.

-역사는 결국 지워지고, 공과는 묻히게 되어있군요.

-그렇네. 역사에는 정사가 없네. 강자의 기록이 정사일세.

-무서운 진실입니다. 다시 말씀드리면 정사에는 역사의 진실이 없다는 말씀이시네요.

-그렇지. 진실은 오히려 야사와 풍속에 많이 남아있네.

-예를 들면 어떤 것들이 있나요?

-예를 들면 소도라는 것이 있네.

-예. 압니다.

-소도蘇塗는 수두, 수투 또는 솟대라고도 하는데 하늘에 제사를 드리는 곳으로 큰 나무에 방울과 북을 매달고 금줄을 쳐서 사람의 출입을 금했다는 내용과 3월과 10월에 제사를 드렸네. 환국시대에 시작되었지.

이기의 말에는 너무 구체적이고 확정적이어서 반박할 근거가 없었다. 실제로 존재하고 있는 것을 설명하고 있는 사람이 이기였다. 실체적인 풍습과 관습은 있으나 그에 대한 근원적인 설명은 어디에도 없는 최초의 내용이었다. 한데 이기의 설명은 너무 구체적이었고 확정적이었다.

-업주가리는 어디에서 연유한 것입니까?

-지금 조선에 살고 있는 사람들이라면 누구나 실행에 옮기고 있는 살아있는 풍습일세. 정안수도 마찬가지고.

-말씀해 주시지요.

-어쩌지. 나는 다 왔네.

-그래도 이 이야기까지만 해 주시고 일보러 가시지요.

나철의 주문에 이기는 싫은 기색 없이 거리에 서서 말했다.

-이리와 보게.

이기가 나철을 집 담장으로 데리고 갔다.

-저기 보이는 것이 무엇인가?

-업주가리지요.

-조선인이 업주가리를 모를 리는 없지 않은가?

-예. 그렇습니다.

어느 집이나 다 있는 업주가리였다. 토기에 곡식을 담아 단상에 두고 볏짚으로 고깔처럼 만들어 씌운 것이었다. 이것을 지역에 따라서는 부루단지 또는 업왕가리라고 했다. 또한 가리는 단으로 묶은 곡식이나 장작 등을 차곡차곡 쌓은 더미를 말한다. 은자들은 알고 있는 내용이었다. 이기와 계연수의 설명이 같았다.

-왜 만들어 놓는지 아는가?

-집안이 잘 되라는 기원의 뜻이 있습니다.

-그렇다면 어떻게 해서 기원이 되고 기도를 하는지 알고 있는가?

-그것은 모르겠습니다.

-단지에 시월이면 햇곡식을 담아서 농사 잘 짓게 해 감사의 인사를 드리고, 내년에도 농사를 잘 짓게 해달라는 기원하기 위한 것일세. 어디에서 연유했느냐?

이기가 여운을 길게 남기자 나철이 다급하게 물었다.

-어딥니까?

나철은 궁금했다.

-단군은 한 사람을 지칭하는 것이 아니라 고조선에서 왕이라는 뜻이라고 알려준 기억이 있는데 생각이 나는가?

-예. 납니다.

-부루단군이 있었네. 부루단군은 고조선의 2대 단군이름일세. 부루단군이 물을 잘 다스리고, 좋은 터에 자리 잡게 해 잘 살게 한 고마움으로 치성을 드린 것이 기원일세.

-최고의 치수를 하신 분이군요.

-그렇네. 기록에는 이렇게 되어있네. 부루단군이 돌아가신 날에 일식이 있었고, 산짐승이 떼를 지어 산 위에서 울부짖고 만백성이 통곡하였다고 했네. 그리고 백성들이 제사를 지낼 때 집 안에 자리를 정하여 제단을 만들어 항아리에 곡식을 담아 제단 위에 올려놓았다고 했네.

-아하. 그렇군요.

사람들이 지나가는 것도 생각하지 않고 남의 담장 옆에 서서 이야기를 이어갔다.

-하나 더 이야기 하고 감세.

-예. 고맙습니다.

길거리 강의였다. 나철은 많은 애국지사를 만나고, 역사에 통달했다고 하는 사람을 만나보았지만 우리의 전통과 우리의 역사에 대해서 이처럼 해박하고 정확하게 짚어내는 사람을 만나보지 못했다. 이기는 놀라웠다. 어디에서 시작되었는지, 어떤 의미를 가지고 시작되었는지에 대해서 설명하는 사람이 조선 팔도에 없었는데 나철에게 이기는 혁명적인 사람이었다.

-정안수 알지 않는가?

-예. 압니다.

-정안수가 어느 별과 관계가 있는지 아는가?

-글쎄요. 금성이나 북극성 아닐까요?

-옳네. 정확하게는 북두칠성일세.

-우리의 별자리 지도를 보면 정확하게 북두칠성이 한 가운데 와 있네. 중화와는 다르지.

-아, 예.

나철은 얼떨결에 자신도 모르게 혼잣말로 대답했다.

-정안수를 뜨는 시간이 있네. 북두칠성이 우물 안에 비치는 시간일세.

-그런가요.

나철은 몰랐던 사실이다. 정안수를 날마다 떠서 치성을 드리는 것은 알고 있지만 북두칠성이 우물에 비치는 시간이란 것은 몰랐다. 그냥 새벽이라는 것만 알고 있었다.

-우리의 고향이 북두칠성이라고 생각했네. 북두칠성이 정확하게 몇 개인지 알고 있나?

-7개 아닙니까?

당연한 것을 물어보는 것이 나철이 모르는 것이 있을 것 같았지만 북두칠성이 7개라는 사실 외에는 들어본 적이 없었다.

-북두칠성은 정확하게는 9갤세.

-9개요?

나철은 이기의 9개라는 말이 뜻밖이었다.

-북두칠성은 실제로는 7개의 별이 아니라 9개의 별일세. 그래서 북두구진北斗九辰이라 불리지. 7개 별자리 이름은 '탐랑 문곡 거문 녹존 염정 무곡 파군'이네. 여기에 무곡성 가까운 곳에 있는 내필성과 외보성을 더하여 9개의 별이 되네.

-새로운 사실입니다. 저는 매번 해학을 뵈면 다른 세계를 만나는 기분입니다. 제가 너무 몰랐구나, 하는 것도 있지만 이처럼 천문이 발달하고, 문화가 깊은 민족이었는가를 확인하게 됩니다. 자긍심으로 배가

부릅니다.

-마저 이야기하세.

-예.

-우리의 칠성문화는 아주 여러 곳에 남아있네. 어머니가 정안수를 장독대 옆 칠성단에 모셔놓고 새벽을 빈 것도 칠성이고, 우리나라 무속 중에서 가장 큰 굿거리는 칠성굿거리일세. 우리 민속의 오래고 오랜 칠성신앙이 절에도 남아있네. 대웅전 뒤에 칠성각으로 모셔져 있고, 현재의 조선조에서도 소격서 1곳을 두어 봄 가을로 초제醮祭라 하여 북두칠성에게 제사를 지내고 있네.

-제가 모르는 것에도 칠성문화가 담겨져 있었네요.

-문화는 역사처럼 한 번에 사라지지 않네. 특히 민간에 드리워진 문화는 더욱 오래 가지. 지금은 드물지만 신랑 신부가 결혼식을 올리면서 맨 먼저 지내던 초례醮禮는 칠성님께 드리는 인사였다네. 그리고 상투를 틀 때에 어떻게 트나?

-앞으로 4번, 뒤로 3번 꼬아서 틉니다.

-이유를 생각해 보게.

-아하. 그렇군요. 7번입니다.

-그렇네. 7번으로 칠성과 직접적인 관련이 있는 걸세. 상투는 세상에서 우리 조선인만 트네. 칠성의 상징이 바로 상투라네.

-정말, 놀랍습니다. 상투를 틀고 다니면서 상투의 의미를 모르고 있으니.

-정확하게 상투는 북두北斗를 받아들인다는 것을 보여주는 상징물일세. 때문에 상두上斗로 쓰고 상투라고 읽는 것일세.

-말씀을 들을수록 문화의 발원지가 우리 민족이라는 사실을 확인하게

됩니다.

-그렇지. 청나라 심양의 고궁 봉황루에 '자기동래紫氣東來'라는 현판이 걸려있다네. 자주빛 서기가 동쪽에서 온다는 뜻일세. 여기서 자기紫氣는 태양빛을 말하고 있는 것이고, 문화의 발원지가 동쪽이어서 동쪽으로부터 문화가 온다는 말일세.

나철은 결심했다. 역사를 이제 막 깨우치기 시작했는데 역사를 배우는 것은 나를 살리고, 나라를 살리는 일이고, 민족을 살리는 일이었다. 또한 인류를 하나로 묶을 수 있는 길이라고 생각했다. 생명의 빛이 보이기 시작했다. 역사의 새싹이 봄처럼 돋아나고 있었다. 나철은 환단桓檀의 경이로운 역사 속으로 걸어 들어가고 있었다.

- 1권 끝, 2권으로 계속 -

# 신광철

**한국학연구소장. 시인, 작가.**

한국학 연구소장 신광철은 한국, 한국인, 한민족의 근원과 문화유산에 대해 연구하고 있다. 살아있음이 축제라고 주장하는 사람, 나무가 생애 전체를 온몸으로 일어서는 것이 경이롭다며, 사람에게도 영혼의 직립을 주장한다. 나무는 죽는 순간까지 성장하는 존재임을 부각시키며 살아있을 때 살라고 자신에게 주문한다. 그리고 산 것처럼 살라고 자신을 다그친다.

신광철 작가는 한국인의 심성과 기질 그리고 한국문화의 인문학적 연구와 한국적인 미학을 찾아내서 한국인의 근원에 접근하려 한다. 40여 권의 인문학 서적을 출간한 인문학 작가다. 최근에는《긍정이와 웃음이의 마음공부 여행》을 두 권으로 묶어냈다. 1권은 '꿈은 이루어서 자신에게 선물하는 거야' 2권은 '인연은 사람을 선물 받는 거야'를 발표했다.

# 소엽 신정균

서예가. 일중 김충현 선생과 초정 권창륜 그리고 한별 신두영 선생에게서 서예를 배웠다. 대한민국에서는 미술대전을 비롯해, 세계로는 프랑스와 미국 캐나다 중국 등에서 초청전시를 했다. 직관과 통찰을 끌어안은 간결함과 직선과 곡선을 품어 안은 활달함을 동시에 가진 서예가다. 거칠면서 단순하다. 휘몰아치면서 숨 멈춘 정지태停止態의 글씨를 보여주는 달인의 경지에 이른 서예가다.